부서진 사월

세계문학전집
215

Ismaïl Kadaré : Avril brisé

부서진 사월

이스마일 카다레 장편소설

유정희 옮김

문학동네

일러두기

1. 번역 대본으로는 '이스마일 카다레 전집' 제4권의 *Avril brisé*(Ismaïl Kadaré, Fayard, 1996)를 사용했다.

2. 주석은 모두 옮긴이주다.

3. 본문 중 고딕체는 원서에서 이탤릭체로 강조한 부분이다.

차례

1

발이 시렸다. 게다가 저린 다리를 조금이나마 움직일라치면 발아래 자갈 틈새에서 고통스러운 신음이 새어나오곤 했다. 그러나 사실 신음은 그의 내부에서 일고 있었다. 그는 큰길이 끝나는 지점, 즉 경사지 뒤쪽에서 매복중이었다. 그토록 장시간을 부동자세로 있어보긴 난생 처음이었다.

해가 기울고 있었다. 두려움이 엄습해왔다. 아니, 그보다는 바짝 경계심이 들었기 때문에, 그는 소총을 뺨에 대고 전방을 겨누었다. 곧 날이 저물기 시작할 것이다. 그렇게 되면 어슴푸레한 빛 때문에 소총의 가늠쇠조차 더이상 분간할 수 없게 될 것이었다. "날이 저물어 총을 겨눌 수 없게 되기 전까지는 반드시 지나갈 게다. 그러니 꼭 참고 기다려야 한다"고 그의 아버지는 말했었다. 그의 소총은 길 양편 덤불이 무성

한 대지에 듬성듬성 자라난 야생 석류나무들 위의, 채 녹지 않은 눈덩이들을 차례차례 겨누었다. 이날이 자신의 생애에서 아주 특별한 날이 되리라는 생각을 아마도 백 번쯤은 한 것 같았다. 그의 총신이 조금 전의 순서를 차례차례 되짚더니 처음 위치로 되돌아갔다. 이제 그는 이 날이 특별한 날이 되리라고 생각했던 이유가, 자신이 무슨 짓을 하는지 지켜보기 위해 반나절 전부터 그곳에서 기다리고 있는 것 같은 눈덩이들과 야생 석류나무들 때문은 아닌가 하는 생각이 들었다.

조금 있으면 날이 저물 텐데. 날이 저물면 조준을 할 수 없을 거야, 그는 생각했다. 어서 황혼이 지고 어둠이 찾아와 이 저주받은 매복지에서 벗어날 수 있기를 바랐다. 그러나 햇빛은 그를 볼모로 잡아두는 것이 만족스럽기라도 한 듯 물러갈 줄 몰랐다. 그는 계속해서 기다려야 했다. 그가 복수를 위해 매복한 것은 이번이 두번째였다. 그러나 죽여야 할 사람이 지난번과 같았기 때문에 근본적으로 이번 매복은 첫번째와 다르지 않았다.

다시 발이 시려왔다. 그는 한기가 발을 타고 올라오지 못하도록 다리를 움직였다. 그러나 한기는 이미 오래전부터 복부, 가슴, 그리고 정수리 끝까지 올라와 있었다. 뇌수까지도 길 양편의 눈덩이들처럼 조각조각 얼어붙은 느낌이었다.

그는 논리적으로 생각을 할 수 없었다. 오로지 야생 석류나무들과 수북한 눈덩이들에 대해 적대감을 느낄 따름이었으며, 그것들이 없었다면 일찌감치 매복을 그만두었을 거라고 이따금 혼잣말을 했다. 그러나 그것들은 부동의 증인으로 그곳에 떡 버티고 서서 그가 내빼지 못하게 가로막았다.

그는 자신이 노리고 있는 자가 길모퉁이에서 불쑥 모습을 드러냈다고, 매복을 시작한 뒤 벌써 스무 번쯤 생각했다. 그는 오른쪽 어깨에 검은 소총의 총신을 올린 채 한 발짝 앞으로 다가섰다. 그는 전율했다. 아니었다, 이번만은 잘못 본 게 아니었다. 그가 기다리고 있던 바로 그 자였다.

그조르그는 전과 마찬가지로 총신을 뺨에 바싹 붙이고는 그자의 머리를 겨누었다. 한순간 그는 그자의 머리가 저항하는 것 같은, 그자의 머리가 조준선에서 벗어나려고 하는 것 같은 인상을 받았다. 마지막 순간에는 그자의 얼굴에 냉소가 번지는 것 같은 생각조차 들었다. 여섯 달 전에도 똑같은 일이 일어났었다. 감히 웃고 있는 그의 얼굴을 해칠 수가 없어서(최후의 순간에 어떻게 그런 동정심이 우러났는지는 알 수 없었다) 총부리를 낮추는 바람에 적의 목에 부상을 입히는 데 그치고 말았던 것이다.

그자가 다가오고 있었다. 이번에도 기껏 부상이나 입히고 말아서는 안 돼. 그조르그는 거의 애원조로 자신을 타일렀다. 먼젓번의 실패로 그의 가족은 배상금을 지불하느라 여간 고역을 치른 게 아니었다. 이번에도 그저 부상이나 입히고 만다면 그의 가족은 파산하고 말리라. 그러나 반대로 그자에게 치명상을 입힌다면, 그의 가족은 단 한 푼도 지불하지 않아도 될 것이다.

그자는 이제 지척에 다가와 있었다. 부상을 입히느니 차라리 총알이 빗나가는 게 낫지, 그는 혼잣말을 했다. 그는 아무 생각도 하지 않으려고 안간힘을 썼다. 지난번에는 지나치게 골똘히 생각했기 때문에 일을 그르치고 말았다. 그는 회한과 수치심에 사로잡혔었다. 그러다가 마지막 순간에, 자신이 저지르려는 일을 정당화하기라도 하듯 '쏘는 것은 너지만 살인을 하는 것은 총이다……'라는 옛말에 의지하여 마음을 다잡을 수 있었다.

미뤄봐야 소용없어, 마땅히 해야 할 일이니 어서 해치우라고. 그는 혼잣말을 했다.

그자의 모습이 보인 것 같다는 생각이 들 때마다, 관습법에 따라 총을 발사하기 전에 경고를 했다. 그러나 경고를 하는 순간에도, 그후에도, 실제로 자신이 큰 소리로 경고를 한 것인지 혹은 말이 목구멍에 얼어붙어 입 밖으로 채 나오지 못했는지 알 수가 없었다. 어쨌든 상대방이 불현듯 고개를 돌린 것만은 사실이었다. 그조르그는 그자가 흠칫 팔을 움직이는 것을 보았다. 어깨에서 소총을 내리려는 것이 분명했다. 그는 총을 발사했다. 그런 다음 고개를 들고, 죽은 자(그 남자는 여전히 서 있었으나 그조르그는 자신이 이미 그자를 죽였다고 확신했다)가 한 발짝 앞으로 나서는 듯하다가 소총을 한쪽으로 떨어뜨리고는, 곧바로 그대로 고꾸라지는 모습을 얼마간 얼이 빠진 채 바라보았다.

그조르그는 매복했던 곳에서 나와 희생자 쪽으로 다가갔다. 길가에는 사람의 그림자조차 얼씬대지 않았다. 들리는 소리라곤 오직 그의 발소리뿐이었다. 죽은 자는 고꾸라져 있었다. 그조르그는 몸을 숙여, 마치 깨우기라도 하려는 것처럼 그자의 어깨 위에 손을 얹었다. 내가 뭘 하려는 거지? 그는 생각했다. 그는 마치 죽은 자를 다시 살려내고 싶기라도 한 것처럼 상대방의 어깨를 움켜잡았다. 내가 뭘 하려는 거지? 그는 다시금 자문했다. 그리고 자기가 몸을 숙인 것은 그자를 영면에서 끌어내기 위해서가 아니라, 엎어진 그자의 몸뚱이를 반듯하게 돌려놓기 위해서란 사실을 곧 깨달았다. 단지 관습법에 따르고자 했던 것뿐이었다. 주변의 야생 석류나무들과 눈덩이들이 이 모든 사건의 증인이 되어 꿈쩍도 않고 자리를 지키고 있었다.

그는 일어나 자리를 뜨려 했다. 그러나 또 한 가지, 죽은 자의 머리에 그의 소총을 기대놓아야 한다는 생각이 들었다.

그는 꿈꿔왔던 대로 모든 일을 해치웠다. 욕지기가 일었다. 그는 피를 보았기 때문이라고 되뇌었다. 얼마 뒤, 그는 인적이 끊긴 길을 따라 거의 뛰다시피 해서 그곳을 빠져나왔다.

어둠이 내리고 있었다. 왠지 모르게 그는 두세 차례 뒤를 돌아보았다. 여전히 쥐새끼 한 마리 얼씬대지 않는 도로는 노을빛에 잠겨 덤불과 가시양골담초 사이로 멀리 뻗어 있었다.

앞쪽 어디에선가 발소리가 들리는가 싶더니 곧이어 사람들의 말소리가 들렸다. 곧 사람 한 무리가 모습을 드러냈다. 어슴푸레한 빛 때문에 그들이 나그네인지 혹은 장에 갔다 돌아오는 산악 지방 주민들인지 얼른 분간이 가지 않았다. 그들은 그가 생각했던 것보다 훨씬 빠르게 다가왔다. 남정네들과 젊은 아낙들, 그리고 아이들이었다.

그들이 저녁 인사를 건네자 그는 걸음을 멈췄다. 그리고 인사에 답하기도 전에 방금 지나온 곳을 가리키며 잠겨들어가는 목소리로 말했다.

"저기, 저기 한길 모퉁이에서 내가 어떤 남자를 죽였어요! 그 사람을 반듯하게 눕혀주세요, 그리고 머리 가까이에 그의 소총을 놓아주세요!"

그들은 잠시 아무 말도 하지 않고 잠잠히 있었다. 그들 중 한 사람이 이렇게 물었다.

"피를 봐서 그러는 거요? 아니면 어디가 아픈 거요?"

그는 아무 대꾸도 하지 않았다. 질문했던 사람이 그에게 몇 가지 처방을 일러주었지만, 그는 귀담아듣지 않았다. 그는 가던 길을 재촉했다. 자신이 마땅히 해야 했던, 죽은 자를 반듯하게 눕히는 일을 부탁하고 나자 마음이 놓였다. 자신이 그렇게 했는지 안 했는지조차 제대로 기억해낼 수 없었던 것이다. 카눈*은 살인을 저지른 자가 자신의 행위로 인한 충격으로 미처 마무리짓지 못한 일에 대해서는 근처를 지나는 행인에게 도움을 청해도 된다고 허락하고 있었다. 반대로 소총을 멀찌감치 내팽개쳐놓고, 죽은 자를 엎드린 상태 그대로 내버려두는 것은 용납할 수 없는 치욕으로 간주했다.

그가 마을에 다다랐을 때, 날은 아직 완전히 저물지 않은 상태였다. 그의 일생일대의 날은 아직도 끝나지 않았다. 반쯤 열려 있는 탑**의 대문을 어깨로 밀치고 그는 안으로 들어섰다.

"그래, 어떻게 됐느냐?" 안쪽에서 누군가가 물었다.

그는 고개를 끄덕여 보였다.

"그게 언제지?"

"조금 전이에요."

그는 나무 계단을 내려오는 발소리를 들었다.

"손에 피가 묻었구나, 가서 손을 씻으렴." 아버지가 그에게 말했다.

---

* 관습법을 모아놓은 법규집. 오스만제국에서 샤리아(이슬람 법)를 보완하기 위해 시행된 것으로, '규칙'을 뜻하는 그리스어 'kanōn'에서 유래했다.

** '집마다 화덕이 있고 화덕에서는 연기가 피어오르기 때문에' 모든 집은 탑으로 불릴 수 있다고 카눈에 정의되어 있다.

그조르그는 기겁을 하며 자신의 손을 살펴보았다.

"그자를 돌려놓을 때 묻었나봐요."

그는 아무런 이유도 없이 당황하고 있었다. 자신이 관습법을 제대로 준수했는지 확인하기 위해서라면 자신의 손을 바라보는 것만으로도 충분했을 터였다.

탑 안에는 커피 볶는 향내가 진동했다. 기이하게도 졸음이 밀려왔다. 벌써 두번째 하품을 했다. 왼쪽으로 고개를 갸우뚱 기울인 어린 누이의 초롱초롱한 두 눈이 마치 언덕 위에서 반짝이는 두 개의 별처럼 아련해 보였다.

"이제 어떻게 해야 하죠?" 그가 불쑥 물었다. 특별히 누구를 겨냥한 말은 아니었다.

"마을에 사실을 알려야지." 아버지가 대답했다.

그제야 그는 아버지가 신발을 찾아 신고 있다는 걸 알았다.

밖에서 다음과 같은 고함소리가 첫번째로 들렸을 때, 그는 어머니가 끓여준 커피를 마시고 있었다.

"베리샤가家의 그조르그가 제프 크리예키크를 쏘았어요!"

그 소리는 음색이 하도 특이해서 포고 사항을 알리는 관원의 목소리 같기도 하고 성가대원의 성가를 연상시키기도 했다.

인간의 소리가 아닌 것만 같은 그 목소리는 순간 그를 무력감에서 빠져나오게 했다. 그는 자신의 이름이 자신의 몸으로부터, 가슴으로부터, 그리고 살갗으로부터 빠져나와 외부로 잔인하게 퍼져나가는 것 같은 인상을 받았다. 그런 느낌을 받기는 난생처음이었다. 베리샤가의 그조르그. 그는 마음속으로 그 무자비한 포고 사항을 알리는 관원의 고함소리를 되뇌었다. 그는 스물여섯 살이었고, 태어나서 처음으로 자신의 이름이 삶이라는 회반죽덩어리 속으로 섞여들어가고 있었다.

"베리샤가의 그조르그가 제프 크리에키크를 쏘았어요"라며 다른 쪽에서 또다른 누군가가 고함치는 소리가 들렸다.

그는 몽롱한 가운데, 방아쇠를 당기기 직전에 상대방에게 경고했던 일과, 이어 야생 석류나무들을 따라 무심한 눈 속을 가로질러 미친듯이 뛰었던 일 같은, 방금 전 자신이 저지른 혼란스러운 일련의 행동들이 전령들의 고함소리 속에 집약되는 것을 들었다. 돌연 그조르그라는 자신의 이름이, 이끼로 거무칙칙해진 교회 현관에 조각되어 있는 글귀만큼이나 묵직하고도 고풍스럽게 느껴졌다.

밖에서는 죽음의 전령들이 날개에 실어 보내듯 연이어 소식을 전하고 있었다.

반시간 뒤, 사람들은 관습법에 따라 네 개의 너도밤나무 가지로 만든 들것에 시신을 실어왔다. 사람들은 그가 아직 숨을 거두지 않았기를 바랐다.

피해자의 아버지는 그의 집 대문 앞에 서서 사람들을 기다리고 있었다. 아들을 실어오고 있던 사람들이 마흔여 걸음 앞까지 다가왔을 때 그가 물었다.

"지금 망자亡者를 실어오는 겐가, 부상자를 실어오는 겐가?"

대답은 짧고 퉁명스러웠다.

"망자요."

그의 혀가 깊숙한 곳, 입속 아주 깊숙한 곳에서 침을 찾는 듯하더니, 마침내 고통스러운 한마디를 내뱉었다.

"그 아이를 집안에 들여놓고 마을사람들과 친척들에게 초상이 났음을 알리게."

브레즈프토흐트 마을로 돌아오는 가축들의 방울소리와 삼종기도를 알리는 종소리, 그리고 황혼녘의 다른 온갖 소리에 방금 선언된 부고가 실려 있는 것만 같았다.

그 시각으로는 이례적으로 한길과 골목에 활기가 넘치고 있었다. 저물어가는 한낮의 햇살의 희미한 잔영 속에서 타오르는 마을 외곽의 횃불들은 싸늘하게만 보였다. 사람들은 망자와 살인자의 집을 오가며 들락거렸다. 삼삼오오 몰려 있던 다른 사람들은 뿔뿔이 흩어졌다가는 이내 다시 모이곤 했다.

마을 집들의 창가에서도 사람들이 소식을 주고받았다.

"그조르그 베리샤가 제프 크리예키크를 죽였다는 거 아세요?"

"그조르그 베리샤가 형의 복수를 했군요."

"베리샤 집안이 만 하루 동안의 휴전을 요청할까요?"

"그야 물론이죠."

높다란 돌집들의 창은 활기 넘치는 마을길을 굽어보고 있었다. 이제 날은 완전히 저물었다. 횃불의 불빛은 엉겨붙기라도 하듯 점점 더 커져갔다. 그 불빛은 점차 짙은 붉은색을 띠어갔으며—무저갱의 심연에서 분출하는 용암과도 같았다—앞으로 벌어질 유혈을 예고하기라도 하듯 붉은 불덩어리에서 불꽃이 타닥타닥 튀어오르고 있었다.

노인이 한 명 낀 남자 넷이 망자의 집으로 향했다.

"중재인들이 베리샤 가문에 대한 이십사 시간의 베사*를 요청하러 가는군요." 누군가가 말했다.

"그들이 베사를 허락할까요?"

"그야 두말하면 잔소리지요."

사정이 그렇다 해도 베리샤가 사람이라면 누구든 조심하지 않을 수 없었다. 사방에서 단속하는 소리가 들렸다. 무라시, 얼른 집으로 들어오너라. 켄, 대문 잠가라. 프렌그는 어디에 있니?

베리샤 일족은 가까운 친척이든 먼 친지든 모두 대문을 굳게 걸어잠갔다. 대대손손 보아왔던 대로 희생자의 가족이 격분하여 최초로 공격에 나설 때가 가장 위험한데다, 그들이 두 가지 휴전 중 아직 어느 것도 베풀지 않은 상태였기 때문이었다. 카눈에 의하면, 유혈로 물불을 못 가리게 된 크리예키크가 사람들에게는 이제 베리샤가의 일족이라면 누구에게든 복수할 권리가 있었다.

마을사람들은 각자 창가에 기대서서 크리예키크가의 집에 들어갔던 중재인들이 나오기만을 기다리고 있었다. 그들이 휴전을 허락할까요? 여인네들은 서로 물었다.

중재인 네 명이 마침내 다시 모습을 드러냈다. 토의는 금세 끝난 모양이었다. 그들의 행동으로 보아서는 아무것도 예측할 수 없었으나, 누군가에 의해 곧 소문이 퍼져나갔다.

"크리예키크가가 베사를 허락했대요!"

사람들은 그것이 짧은 휴전, 즉 이십사 시간 동안의 휴전을 의미한다고 이해했다. 삼십 일간의 휴전을 일컫는 대大 베사에 대해서는 아직 아무도 입에 올리지 않았다. 대 베사는 희생자를 매장하고 난 연후나

---

* 알바니아인들의 도덕 규범 근저에 흐르는 개념. 보호를 맹세하는 것 혹은 약속에 대한 준수, 서약 등을 의미한다.

마을 전체의 요구가 있을 때 거론할 성질의 사안이기 때문이었다.

사람들이 수군대는 소리가 집에서 집으로 이어졌다.

“크리예키크가가 휴전에 동의했대요!”

“크리예키크가가 휴전을 허락했대요!”

“다행이군! 적어도 이십사 시간 동안은 피 흘리는 일이 없을 테니.” 누군가가 덧문 뒤에서 쉰 목소리로 한숨을 쉬듯 덧붙였다.

장례식은 이튿날 대낮에 치러졌다.

관습에 따라 곡하는 여인네들이 먼 고장에서 당도해 손톱으로 얼굴을 할퀴고 머리칼을 쥐어뜯었다. 교회의 고색창연한 묘지는 장례식에 온 남자들로 검은 상복의 물결을 이루다시피 했다. 장례식을 치른 뒤, 장례 행렬은 크리예키크가의 집으로 돌아갔다. 그조르그도 그들 중에 끼어 있었다. 처음에 그는 장례식에 가라는 말에 펄쩍 뛰었고, 그 문제로 아버지와 절대 하질 않길 바랐던 격렬한 말다툼을 벌였다. 그러나 그것은 이 산악 지방에서 수천 번도 더 거듭되어온 일임이 분명했다. 그곳에 가야 해. 그러지 않으면…… 너는 장례식뿐만 아니라 장례 식사에도 참석해야 해…… 그렇지만 저는 그자크스*란 말이에요, 바로 제가 그를 죽였단 말이에요. 제가 왜 그곳에 가야 해요?…… 네가 그곳에 반드시 가야 하는 이유는 바로 네가 살인자이기 때문이다. 장례식이나 혹은 장례 직후 식사에 빠져서는 안 될 사람이 있다면 다름 아닌 바로 너다. 왜냐면 무엇보다도 사람들이 너를 기다릴 것이기 때문

* 피 혹은 살인자를 뜻하는 알바니아어로, 보통 ‘살인자’에 내포되어 있는 경멸의 의미는 들어 있지 않다. 카눈이나 관습법상으로 의무를 완수했다는 뜻이다.

이다…… 왜 제가 그런 일을 해야 해요? 그조르그는 마지막으로 물었다. 그러나 아버지의 서슬 퍼런 눈길을 맞닥뜨리자, 그는 입을 다물었다.

그는 사람들의 눈길을 피부로 느끼며 장례 행렬 한복판에서 걷고 있었다. 창백한 표정을 한 채 비틀거리며 걷는 자신의 모습을 찬찬히 훑어보다가 이내 고개를 돌려 안개 속 먼 곳을 바라보곤 하는 사람들. 그들 중 대부분은 죽은 자의 친척이었다. 그는 아마도 백 번쯤 마음속으로 전율하며 자문했다. 도대체 내가 왜 이 자리에 있어야 하느냐고!

전날, 그가 희생자를 기다리며 매복하는 동안 냉정하기는 했으나 미움 같은 감정을 느끼지는 않았듯이, 그들의 눈길 속에도 증오는 들어있지 않고, 다만 3월의 그날처럼 차가울 뿐이었다. 막 파놓은 무덤, 대부분이 비스듬하게 기울어져 있는, 돌 또는 나무로 만들어진 십자가들, 구슬픈 종소리, 모든 것이 이제 그와 직접적인 관련이 있었다. 손톱으로 할퀸 상처가 가득한, 곡하는 여인네들의 흉칙한 얼굴('오, 하느님, 저 여인들은 어떻게 이십사 시간 만에 손톱을 저토록 기를 수 있나요?'라고 그는 생각했다), 함부로 뽑은 그네들의 머리칼, 퉁퉁 부은 그네들의 눈, 주위에서 울리는 발 구르는 단조로운 소리, 이 모든 죽음의 상황을 만든 자는 다름 아닌 그조르그 자신이었다. 그마저도 충분치 않은 듯, 그는 엄숙한 행렬 한가운데서 다른 사람들처럼 상복을 입고 느릿느릿 걷기까지 해야 했다.

통이 좁은 그들의 하얀 모직 바짓자락이 당장이라도 물 것 같은 음험한 독사처럼 그의 바짓자락을 스쳤다. 그러나 그는 침착했다. 그는 탑 안이나 성채에 숨어 있는 살인자로부터 위협받는 것보다 더 안전한 이십사 시간의 휴전으로 보호받고 있었다. 그들의 소총 총신은 검은색 짧은 튜닉 위로 반듯하게 서 있었다. 그러나 당장은 그를 쏘는 일이 허용되지 않았다. 내일이나 모레라면 또 모를 일이다. 그러나 마을사람들이 그를 위해 삼십 일간의 휴전을 요청할 경우, 그는 다시 사 주 동안을 무사히 지낼 수 있으리라. 그러나 그후로는……

그런데 그에게서 몇 발짝 떨어진 곳에 유달리 흔들리고 있는 소총이 있었다. 그리고 좌측으로는 짧은 소총이 바짝 곧추세워져 있었다. 다른 소총들도 여전히 그의 주위를 겨누고 있었다. 저것들 중 어느 것이…… 그러다 자신을 진정시키기 위함인지 그의 마음속에서 웅성대던 '나를 죽일까'라는 말은 어느덧 '나를 쏠까'라는 말로 바뀌었다.

묘지에서 망자의 집으로 가는 길은 그에게 한없이 길어 보였다. 그러나 그의 앞에는 그보다 한층 고통스러운 시련인 장례 식사가 기다리고 있었다. 그는 죽은 자의 친척들과 같은 식탁에 앉을 것이다. 그들은 그에게 빵을 대접하고 음식과 수저와 포크를 내놓을 것이며, 그는 그것을 먹어야 하리라.

그는 이 황당한 상황에서 벗어나고픈 생각에, 행렬에서 달음박질쳐 도망가고 싶은 생각에 두세 번쯤 시달렸다. 그렇게 하면 사람들은 그를 저주하고, 조롱하고, 유구한 세월 동안 고이 지켜져온 관습을 저버렸다고 비난할 것이다. 만약 그가 이 자리를 박차고 달아난다면, 그리고 그들이 원하기만 한다면, 그들은 심지어 등뒤에서 그를 쏠 수도 있으리라! 그러나 전날 매복지를 벗어날 수 없었던 것처럼, 할아버지, 증조부, 고조부가, 오백 년, 아니, 천 년간 모든 조상들이 이 역사에서 몸을 뺄 수 없었던 것처럼, 자신도 결코 도망가지 못하리라는 사실을 그는 너무도 잘 알고 있었다.

망자의 집이 가까워왔다. 현관의 둥그런 천장 위에 일렬로 난 좁다란 창문들에는 검은 천이 드리워져 있었다. 맙소사, 내가 들어가야 할 곳이 저기라니! 그는 마음속으로 전율했다. 탑의 나지막한 대문까지는 아직 백여 걸음 정도 남아 있었지만, 돌로 만들어진 아치에 머리를 부딪히지 않기 위해 그는 벌써부터 머리를 숙이고 있었다.

장례 식사는 관습에 따라 치러졌다. 식사하는 동안, 그조르그는 자신의 장례 식사에 대해 생각하고 있었다. 그가 지금 이곳에 온 것처럼, 그리고 그의 아버지, 할아버지, 증조부와, 수백 년을 거슬러올라가 자신의 모든 조상이 이런 식의 식사에 참석했던 것처럼, 그 자신의 장례 식사 때 그의 집으로 올 사람은 과연 누구일까?

곡하는 여인네들의 할퀴어진 얼굴에는 여전히 핏자국이 선명했다. 관습은 그들이 살인이 벌어진 마을이나 거리에서 얼굴을 씻는 것을 금하고 있었다. 그들은 집으로 돌아간 후에야 비로소 얼굴을 씻을 수 있었다.

뺨과 이마에 손톱자국이 선명한 그들은 마치 가면을 쓰고 있는 것만 같았다. 그조르그는 그들처럼 할퀸 자국이 선명한 자신의 얼굴을 상상해보았다. 그는 이제 양쪽 집안 후손들의 운명은 번갈아가며 차려질 끝없는 장례 식사에 지나지 않으리라는 느낌을 받았다. 장례 식사에 가기에 앞서 양쪽 집안은 핏자국이 선명한 저 가면을 써야 할 것이다.

그날 오후, 장례 식사를 마친 뒤, 마을에는 또다시 분주히 오가는 사람들의 모습이 눈에 띄었다. 몇 시간 뒤면 그조르그 베리샤를 위한 이십사 시간의 짧은 휴전이 끝날 것이기 때문에, 마을 원로들은 관습에 따라 삼십 일간의 대 베사를 요청하러 크리예키크가로 갈 준비를 벌써부터 하고 있었다.

탑의 현관과 여자들만을 위한 이층에서, 그리고 마을의 광장에서 사람들은 오직 그 문제에 대한 이야기만을 주고받았다. 그해 봄에 일어난 최초의 피의 보복이었기 때문에 사람들이 시시콜콜한 것에 이르기까지 이러쿵저러쿵하는 것은 당연했다. 살인은 법칙에 따라 저질러졌으며, 매장과 장례 식사를 위해 이십사 시간의 휴전이 이루어졌고, 나머지 일에서도 유서 깊은 카눈은 세심하게 준수되고 있었다. 그러니 원로들이 준비중인 삼십 일간의 휴전 요청은 십중팔구 성사될 것으로 보였다.

마을사람들은 자못 결과를 기대하면서, 오랜 옛날이나 최근에 그들의 마을 혹은 인근 마을, 나아가 광활한 고원지대의 궁벽한 고장에서 카눈의 규범들이 제대로 준수되지 못했던 여러 예를 들며 말을 주고받았다. 그들은 관습법을 위반했던 자들을 거론하고, 그들에게 내려진 혹독한 대가에 대해서도 이야기했다. 일족에 의해 처벌된 사람들, 마을에 의해 징계된 일가족, 심지어 일단의 마을, 다시 말해서 깃발*에 의해 한 마을 전체가 처벌된 사례들이 오갔다. 그러나 그들은 다행히도 수년 동안 자신들의 마을에서 그처럼 수치스러운 일로 통탄해야 했던 일은 없었다며 안도의 한숨을 내쉬었다. 모든 것은 옛 규범과 일치

* 예전에 깃발을 소유한 지방 영주의 권위 아래 예속되었던, 여러 마을로 형성된 일정한 면적의 영토를 의미한다.

했으며, 아무도 그것을 위반하려는 맹랑한 생각을 품지 않게 된 지 오래였다. 최근에 벌어진 피의 보복은 옛 관습법에 따른 것이었으며, 베리샤가의 그조르그는 젊은 나이임에도 적의 장례식과 장례 식사가 치러지는 동안 위엄 있게 행동했다. 크리에키크가가 그에게 삼십 일간의 휴전을 베풀 것은 분명했다. 마을 역시 이런 유의 휴전에 동의해주기는 하겠지만, 만일 그자크스가 일시적인 사면을 틈타 자신이 저지른 행동을 자랑삼아 떠벌리고 다닌다면 이미 동의해준 휴전을 깨뜨릴 수도 있었다. 그러나 그럴 리 없었다. 베리샤가의 그조르그는 그런 부류의 청년이 아니었다. 그러기는커녕 늘 현명하고 신중하다는 평을 받는 축에 속했다. 그리고 그렇게 엄청난 일은 엄두도 못 낼 위인이었다.

그날 오후 소小휴전이 끝나기 몇 시간 전에, 크리에키크가가 대大휴전에 동의했다. 마을 원로 중 한 명이 베리샤가의 탑으로 와서 이 사실을 알려주었다. 그는 그조르그가 이를 기회 삼아 그릇되게 행동하지 않도록 조심하라는 충고도 덧붙였다.

원로 대표가 떠나자, 그조르그는 매우 낙담하여 집안 한구석에 처박혀 있었다. 앞으로 삼십 일간은 아무 위험 없이 지낼 수 있다. 그러나 그후로는 죽음이 사방에서 그를 노릴 것이다. 이제 그는 박쥐처럼 태양과 밝은 달과 횃불을 피해 어둠 속에서만 돌아다닐 수 있을 터였다.

삼십 일간이라…… 그는 혼잣말을 했다. 하여간 그는 강도처럼 어둠을 틈타 벽에 몸을 바싹 붙이고 다녀야 할 것이다. 저 아래, 한길의 경사지에서 쏘았던 총알 한 발이 돌연 그의 삶을 두 동강 내버린 것이다. 한편에는 이제껏 살아온 이십육 년간의 삶이 있고, 반대편에는 그날, 3월 17일에 시작되어 4월 17일에 끝날 삼십 일이 놓여 있었다. 그 다음에는 기간이 얼마나 될지 예측조차 할 수 없는 박쥐 같은 삶이 찾아오리라.

그조르그는 좁은 창문 너머의 풍경 한 자락을 흘끗 쳐다보았다. 창밖에는 오직 그만이 느낄, 알프스산맥의 불안한 빛과 절반은 미소를 띠고 절반은 여전히 얼어붙은 3월이 펼쳐져 있었다. 곧 4월이 오리라. 아니, 오직 4월의 첫 보름만이 찾아오리라. 그조르그는 가슴의 왼쪽 한 편이 뻥 뚫린 것 같은 느낌을 받았다. 4월은 이미 그에게 시퍼런 고통으로 다가왔다…… 그랬다, 그에게 4월은 늘 그런 느낌을 안겨주었다. 4월은 뭔가 마무리되지 않는 달이었다. 노래의 가사처럼, 4월의 사랑은…… 그의 마무리되지 못할 4월은…… 어쨌든 더 잘됐지, 뭐. 그는 무엇이 더 낫다는 것인지 알지도 못하면서 그렇게 생각했다. 형을 위해 복수를 한 것이 잘됐다는 것인지, 일 년 중 이 시기에 피를 회수한 것이 그렇다는 것인지.

그에게 삼십 일간의 휴전이 주어진 것은 불과 삼십 분 전이었는데, 그는 벌써 삶이 두 동강 났다는 생각에 익숙해져 있었다. 심지어 자기 삶이 원래부터 그렇게 두 부분으로 나뉘어 있었다는 생각마저 들었다. 지루할 만큼 더디게 흘러간 스물여섯 번의 3월과 스물여섯 번의 4월, 또 그만큼의 겨울과 여름으로 이루어진 스물여섯 해라는 한 토막과, 절반의 3월과 절반의 4월을 지닌, 서리 반짝이는 두 개의 부러진 가지 같은, 눈사태만큼이나 격정적이고 맹렬한 사 주간의 짧디짧은 나머지 한 토막.

남은 삼십 일간 무엇을 할 것인가? 사람들은 보통 대휴전 기간 동안 살면서 그때까지 이룰 수 없었던 일을 마치느라 허둥댔다. 마무리지어야 할 중요한 일이 남아 있지 않을 경우에는 하던 일을 서둘러 마쳤다. 파종기라면 서둘러 씨앗을 뿌리고, 수확기라면 서둘러 이삭단을 거둬들였다. 파종기도 수확기도 아닐 때에는, 집의 지붕을 수선하는 일 같은 좀더 일상적인 일들에 매달렸다. 이런 일마저 할 필요가 없을 경우에는, 다시 한번 황새의 비상이나 10월 첫서리를 보기 위해 밖으로 나가 들판을 정처없이 걷곤 했다. 일반적으로 약혼자들이 결혼을 하는 것도 이 시기였지만, 그는 결혼을 할 수도 없었다. 그가 먼 고장에 가서 약혼했던, 한 번도 본 적 없는 아가씨는 긴 병치레 끝에 작년에 죽었고, 그후로는 어떤 여자와도 인연이 닿지 않았기 때문이다.

그는 안개 자욱한 풍경의 한 자락에서 눈을 떼지 못한 채, 자신에게 남아 있는 이 삼십 일 동안 무엇을 할 수 있을지에 대해 다시 골똘히 생각에 잠겼다. 남은 기간은 턱없이 짧아 무슨 일을 도모하기에는 부족해 보였다. 겨우 한줌에 불과한 날들. 그러나 잠시 후에는 이 유예기간이 끔찍하게 긴, 쓸데없는 덤이라고 느껴졌다.

3월 17일이군, 그는 자신도 모르게 중얼댔다. 3월 21일. 4월 4일. 4월 11일. 4월 17일. 18일. 죽음의 4월. 그리고 영원히 그렇게 지속되겠지, 죽음의 4월, 죽음의 4월, 그리고 더이상 5월은 오지 않을 거야. 결코 5월은 다시 오지 않을 거야.

그가 그렇게 3월에서 4월에 걸친 여러 날들을 입속으로 웅얼거리고 있을 때, 위층에서 아버지가 내려오는 발소리가 들렸다. 아버지는 밀랍을 입힌 헝겊 지갑을 손에 들고 있었다.

"그조르그, 받으렴. 핏값, 500그로셴이다." 아버지가 지갑을 내밀며 말했다.

눈이 휘둥그레진 그조르그는 그 저주받은 지갑으로부터 가능한 한 멀어지고 싶은 듯, 등뒤로 두 손을 숨겼다.

"아니, 왜 그러세요?" 그의 목소리는 금방이라도 꺼져들어갈 것 같았다.

놀란 아버지가 그의 얼굴을 찬찬히 살피며 말했다.

"'아니, 왜 그러세요'라니? 피의 세금을 물어야 한다는 사실을 잊기라도 한 게냐?"

"아, 네에." 그조르그는 마음을 가라앉히며 대답했다.

아버지는 여전히 그에게 지갑을 내밀고 있었다. 그는 손을 뻗었다.

아버지가 말을 이었다.

"모레, 오로시성으로 가거라. 그곳까지 하루는 걸릴 게다."

그조르그는 길을 나설 기분이 아니었다.

"아버지, 그 일은 나중에 하면 안 되나요? 그 돈을 그렇게 당장 지불해야 해요?"

"그렇단다, 얘야. 즉시 지불해야 해. 만사 제쳐놓고 처리해야 할 일이 바로 이 일이야. 피의 세금은 살인을 저지른 즉시 지불하도록 되어 있어."

지갑은 이제 그의 오른손에 들려 있었다. 그조르그는 그것이 꽤 묵직하다고 생각했다. 지갑에는 오직 이날을 기다리면서 한 주 한 주, 한 달 한 달을 더해가며 그의 가족이 저축한 돈이 몽땅 들어 있었다.

"모레, 오로시탑이다." 아버지가 재차 다짐을 했다.

아버지는 창가로 가서 창밖에 있는 무언가를 뚫어져라 쳐다보았다.

그의 눈에 안도의 빛이 서렸다.

"이리 와보렴." 아버지가 아들에게 부드럽게 말을 건넸다.

그조르그는 아버지에게로 다가갔다.

평소 속옷을 널어두는 창밖 안마당의 철삿줄에 셔츠가 하나 걸려 있었다.

"네 형, 메힐의 셔츠다." 아버지는 마치 한숨을 내쉬듯 말했다.

그조르그는 형의 셔츠에서 눈을 뗄 수 없었다. 뽀얀 셔츠는 바람에 나부끼며 물결치다 마치 그 안에 영혼이 들어 있기라도 한 듯 경쾌하게 부풀어올랐다.

형이 살해된 날로부터 일 년 반이 지나, 마침내 그의 어머니가 그날 형이 입었던 셔츠를 세탁해 넌 것이다. 일 년 반 동안 피로 얼룩져 있던 그 셔츠는 카눈이 지시한 대로 피의 회수를 기다리며 그의 집 위층에 걸려 있었다. 핏자국이 누렇게 변색되기 시작하면 망자가 아직 복수를 얻지 못해 괴로워하는 징조라고 사람들은 말하곤 했다.

혼자 있을 때 음침한 위층으로 올라가 그 셔츠를 바라보던 적이 몇 번이던가! 피는 갈수록 누렇게 퇴색되어가고, 죽은 자는 여전히 안식을 갈망하고 있었다. 꿈속에서 셔츠가 말끔히 세탁되어 봄하늘처럼 눈부시도록 새하얘진 모습을 본 것이 몇 번이던가! 그러나 이튿날 아침 잠에서 깨면, 군데군데 엉긴 핏자국이 갈색으로 퇴색한 셔츠가 여전히 걸려 있는 것을 발견하곤 했다. 그때마다 그는 더이상 쳐다볼 수 없을 때까지 셔츠를 뚫어져라 바라보았다. 그는 그렇게 한 주 한 주를 보내며 죽은 자가 심연에 누운 채 지상으로 보내오는 신호를 파악하려 애썼다.

마침내 그 셔츠가 말갛게 세탁되어 빨랫줄에 걸려 있는 것이다. 그런데도 안도감이 들지 못하는 것은 왜일까?

그사이 크리예키크가의 탑 꼭대기층에는 이전에 걸려 있던 깃발이 내려지고, 새 희생자의 피로 얼룩진 셔츠가 새로 내걸렸다.

추운 동절기나 더운 하절기를 거치면서 셔츠는 점점 너절해지고 말라붙은 핏자국의 색깔도 변하겠지만, 아무도 그것에 대해 따지지는 않을 것이다. 셔츠에 생긴 변화는 그만큼 신비로운 계시로 해석될 것이며, 감히 그에 대해 의심하는 사람은 아무도 없을 터였다.

2

벌써 몇 시간 전부터 그조르그는 고원지대를 걷고 있었다. 그러나 어디를 둘러봐도 성이 가까워온다는 표지는 없었다.

부슬비가 내리는 가운데 이름도 없는, 혹은 이름이 있다 해도 그가 알지 못하는 침울하고 헐벗은 광야들이 연달아 나타났다. 광야 저편으로 안개에 싸인 산맥이 아스라히 보였다. 장막처럼 드리워진 안개 너머 산맥은 들쭉날쭉한 산들이 연달아 늘어서 있다기보다는 하나의 거대한 산과 같은 모습이었으며, 신기루처럼 어딘지 모르게 더딘, 창백한 그림자같이 보였다. 안개에 가려진 산맥은 신비해 보이긴 했으나, 각 산의 정상과 깎아지른 듯한 단면이 또렷이 드러나 보이는 청명한 날보다는 한층 위압적으로 다가왔다.

그조르그는 발아래서 돌이 둔탁하게 구르는 소리를 들었다. 길 양쪽으로 군데군데 마을이 형성되어 있었으며, 군청 소재지나 주막은 그보다 한층 드물게 있었다. 그러나 그것이 더 많다 해도 그조르그는 어느 곳에서도 멈출 수 없었다. 그는 해가 저물기 전까지, 아무리 늦어도 저녁때까지는 어떻게든 오로시성에 당도해야 했다. 그의 아버지 말에 따르면, 피의 세금을 비롯하여 피와 관련된 모든 일은 늘 긴급을 요하기 때문이었다.

그가 길을 가는 동안 인적은 거의 찾아볼 수 없었다. 이따금 안개 너머로 산악 지방 주민이 그조르그처럼 혼자서 어딘가로 가고 있는 모습이 눈에 띄기도 했다. 안개 낀 날이면 모든 사물들이 그러하듯, 멀리 떨어진 그들은 익명의 존재 혹은 수증기처럼 느껴졌다.

작은 촌락들도 한길만큼이나 고요했다. 군데군데 가옥이 몇 채 옹기종기 몰려 있었는데, 집들의 뾰족한 지붕에서는 겁먹은 듯한 연기가 모락모락 피어오르고 있었다. '집마다 화덕이 있고 화덕에서는 연기가 피어오르기 때문에 집은 탑, 굴뚝 혹은 어떤 건축물로도 불릴 수 있다.' 유년 시절부터 익히 알고 있는, 거주지에 대한 카눈의 정의가 왜 갑자기 떠올랐는지 알 수 없었다. '앞마당에서 사람을 부르지 않고는 집안에 들어서지 않는다……' 그렇지만 나는 어느 집의 대문도 두드리고 들어가고 싶지 않아! 그는 자신도 모르게 부르르 몸을 떨었다.

여전히 부슬비가 내리고 있었다. 그는 길을 가던 중 옥수수 자루를 짊어진 채 열을 지어 걷는 산악 지방 주민 무리와 마주쳤다. 비록 무거운 짐을 지기는 했으나 그들의 등은 짐의 하중에 비해 훨씬 더 구부정했다. 난알에 물기가 올라 더 무거운 거겠지, 그는 생각했다.

짐을 잔뜩 짊어진 산골 사람들은 그의 뒤 어딘가에서 가던 길을 멈추었다. 한길에는 또다시 그조르그만 덩그러니 남았다. 도로의 양쪽 가장자리는 어떤 때는 경계가 분명하다가 또 어떤 때는 거의 지워져 있었다. 지반이 침하하고 물이 고여 도로 곳곳이 좁아졌기 때문이다. '도로는 깃대의 길이만큼 넓어야 한다.' 그는 아직도 암송하는 카눈의 도로에 관한 정의를 자신도 모르는 사이에 조금 전부터 떠올리고 있다는 사실을 깨달았다. '길에는 사람들이 통행하며, 또한 짐승들이 통행하고, 산 자들과 더불어 죽은 자들도 통행한다……'

그는 자신도 모르게 미소를 지었다. 무엇을 하든 간에 그는 이 정의들로부터 벗어날 수 없었다. 결코 무시할 수 없었다. 카눈은 보기보다 훨씬 강력했다. 카눈은 대지 위로, 들판의 경계 표지들 위로, 도처에 영향력을 행사하고 있으며, 각각의 집 초석 위에, 무덤, 교회, 한길, 시장, 결혼식에 배어 있고, 고지高地의 목장에도 아로새겨져 있으며, 심지어 그보다 높은 하늘에까지 잇닿아 있었다. 그리고 카눈은 비가 되어 하늘로부터 다시 지상으로 떨어져, 무수한 살인의 동기가 되는 관개용 운하들을 채우곤 했다.

그것은 감지할 수 없을 만큼 서서히 시작되었다. 한 남자를 죽여야 하는 일이 피할 수 없게 다가왔던 그 엄청난 날, 결코 잊을 수 없을 그 날부터였다. 때는 여름을 갈무리할 무렵이었다. 그는 친구 둘과 함께 자기 집 대문 앞에 앉아 있었다. 그는 석양이 스러짐에 따라 점점 더 빛을 발하는 반딧불이의 비상을 눈으로 좇고 있었다. 그때 어머니가 부르는 소리가 들렸다. "아버지께서 부르신다."

그가 어찌나 해쓱한 얼굴로 사층에서 내려왔던지, 그의 친구들이 그에게 물었다. "대체 무슨 일인데 그래?" 그는 방금 아버지로부터 들은 이야기를 그들에게 해주었다. 그들이 '지지리 복도 없는 녀석 같으니!' 같은 말을 하리라고 예상했다. 그러나 그들은 그런 말은 한마디도 하지 않고, 동정심인지 혹은 감동한 탓인지 매우 놀란 기색으로 그를 바라보았다. 그날 저녁 이후, 그는 다른 사람이 된 것 같았다. 아버지는 그에게 형의 복수를 하라고 명령하면서, 친지에게 치욕을 안겨주지 않도록, 누구의 입에서도 그조르그 베리샤가 자기 형을 죽인 자를 노상강도처럼 죽였다는 말이 나오지 않도록, 그자를 처치할 때 반드시 따라야 할 법칙들을 사전에 깊이 숙지해야 한다고 일러주었다. 총을 쏘기 직전에 경고해야 한다는 사실을 잊지 말아야 할 텐데! 그는 늘 마음 한편으로 염려했다. 그것은 중요한 일이었다. 그리고 시신을 반듯하게 눕히고 머리에 소총을 기대놓는 것도 잊지 않으면 좋으련만. 이건 두 번째로 중요한 일이었다. 그 외 나머지는 모두 간단했다. 그보다 더 간단한 일은 없을 정도로……

그 법칙들은 일요일 미사 때 들은 설교처럼 꾸역꾸역 그의 머릿속에 떠올랐다.

그것은 시작에 불과했다. 곧 그는 살인 의식은 관습법의 일부분일 뿐이며, 피와는 전혀 상관없는 다른 부분에 비한다면 극히 작은 일부분에 지나지 않는다는 사실을 깨닫고 적이 놀랐다. 그러나 관습법의 각 부분은 아주 가느다란 실의 타래처럼 서로 깊이 얽혀 있어서, 이편이 어디서 끝나며 저편이 어디서 시작되는지 아무도 알 수 없었다. 각 부분, 말끔히 세탁된 것이 피로 얼룩진 것을 낳고, 피로 얼룩진 것이 말끔히 세탁된 것을 낳는 식으로 서로가 서로를 낳으며 대대손손 영원히 이어지는 것 같았다.

그조르그는 멀리서 말을 타고 오는 대상隊商들을 발견했다. 그들이 가까워지자, 무리에 신부가 끼어 있는 것이 보였다. 그는 그들이 신랑의 집으로 신부를 데려가는 신부측 친척들, 즉 크루슈크임을 깨달았다. 비에 흠뻑 젖은 그들은 매우 지친 것 같았으며, 말방울소리가 그나마 작은 행렬에 활기를 불어넣고 있었다.

그조르그는 그들이 지나가도록 비켜섰다. 크루슈크들은 그조르그처럼 비로부터 총을 보호하기 위해 총신이 아래쪽을 향하도록 들고 있었다. 그조르그는 신부의 혼수가 들어 있을 알록달록한 옷보따리를 살펴보면서, 신부의 부모가 넣어주었을 '혼수 탄약통'이 어느 은밀한 구석, 어느 상자 속, 어느 호주머니 속, 어느 수놓은 조끼 속에 들어 있을지 궁금해했다. 그것은 신부가 남편한테서 도망치려고 할 경우, 남편이 부인을 살해할 때 사용할 권리가 있는 물건이었다. 그 생각에 겹쳐 오랜 병치레 끝에 결국 혼사를 치를 수 없었던 약혼녀 생각이 떠올랐다. 혼례 행렬이 지나가는 것을 볼 적마다 그 생각을 떠올리지 않을 수 없었는데, 그날은 이상하게도 그 일이 고통스럽지만 동시에 위안으로 느껴졌다. 그녀가 기나긴 여생을 과부로 지내느니, 자신이 이제 곧 가서 만날 곳에 먼저 간 것이 차라리 잘된 일인 듯싶었던 것이다. 하물며 신부가 남편 곁을 떠나기라도 할라치면 즉시 죽일 수 있도록 모든 신부의 부모가 딸에게 들려 보내야 하는 '혼수 탄약통'이라니. 그라면 당장 혼인 첫날밤 어딘가 깊은 심연 속으로 그것을 내던졌으리라. 그의 약혼녀는 이미 이 세상 사람이 아니고, 이 세상에 더는 존재하지 않는 누군가를 죽인다는 것은 유령과 전쟁을 벌이는 일만큼이나 비현실적이었기 때문에 그런 생각이 드는지도 몰랐다.

신부의 친척들은 그의 머릿속 생각이 채 지워지기도 전에 시야에서 사라졌다. 관습에 따라 행렬의 대장 크루슈카파르가 후미에 서서 한길을 따라 걷고 있는 모습을 상상했다. 한 가지만 달랐다. 이번에는 베일 아래 신부 대신 옛 약혼녀가 다시 떠올랐다. '결혼식은 절대로 연기될 수 없다'고 카눈은 가르쳤다. '신랑과 신부의 들러리들은 신부가 죽어간다 할지라도 끌고 올 각오로 신부를 신랑집으로 데려와야 한다.' 집안에서 그조르그의 혼례에 대한 말이 오가는 동안, 또 그의 약혼녀가 병을 앓고 있는 동안, 그는 이 말을 누누이 들었다. '집안에 죽은 자가 있다 해도 크루슈크의 길을 막아서는 안 된다.' '가족 중에 죽은 사람이 있을 경우에도 크루슈크들은 신부를 데리고 가야 한다. 신부는 집의 한쪽으로 들어가고, 죽은 자는 다른 쪽으로 나간다. 한쪽에서는 곡을 하고, 다른 쪽에서는 노래를 부른다.'

영혼을 짓누르는 이 모든 생각에 짜증이 난 그는 한동안 아무것도 생각하지 않으려 애썼다. 길 양쪽에 길다란 띠 모양의 황무지가, 그 뒤로는 잡목숲과 이름 없는 자갈밭이 펼쳐져 있었다. 오른쪽 어디쯤에서 물레방아가 나타났으며, 이어 좀더 먼 곳에는 양떼의 모습과 함께 묘지가 딸린 교회가 보였다. 그는 그곳을 향해 고개 한 번 돌리지 않고 그저 길을 따라 걸었다. 그러나 물레방아, 가축떼, 교회, 무덤에 관한 카눈의 규범들이 떠오르는 것은 막지 못했다. '사제는 복수로 인한 공격을 받지 않는다…… 형제나 일족의 묘지에 이방인을 위한 묏자리는 없다.'

그는 '제발 그만!'이라고 외치고 싶은 강한 충동을 느꼈다. 그러나 그럴 용기가 없었다. 그는 고개를 숙인 채, 한결같은 걸음으로 계속 걸었다. 멀리 주막의 지붕이 보였고, 그 너머로는 수녀원과 암양떼가, 그보다 더 먼 곳에는 연기가 모락모락 피어오르는 것이 보였다. 아마도 작은 촌락이 있는 모양이었다. 저 모든 것에도 결코 떨쳐버릴 수 없는 수백 년의 역사를 지닌 규범들이 존재했다.

그렇다면 그토록 세세한 규범들과 그 막중한 무게는 대체 어디서 비롯한 걸까? 그것들은 언제, 누구로부터 기원한 걸까? 그러한 의문들에 대해 속시원히 대답해주는 사람은 아무도 없었다. 옛 시절의 왕들을 들먹이는 사람이 있는가 하면, 어떤 이들은 그 규범들이 왕들보다 더 오래된 것이라고 단언하기도 했다.

언젠가 그의 할머니가 그에게 수수께끼 같은 말을 했었다. 네가 산에게 질문할 때 산은 너에게 대답을 해준단다.

그는 수녀원을 따라 걸으면서 사제들만 유일하게 피의 법칙의 지배를 받지 않는다는 것을 생각했다. 그의 머릿속에는 그 생각과 수녀들의 모습과 그녀들이 젊은 성직자들과 맺는다고 들은 관계와, 그 수녀들 중 한 명과 자신이 혹 맺을지도 모를 관계에 대한 생각이 뒤죽박죽되어 떠올랐다. 그러다 그는 아버지가 그에게 했던 말을 떠올렸다. 형의 피를 회수하지 않는 한, 너는 다른 어떤 것을 위해서도 살 수 없다.

그는 하마터면 웃을 뻔했다. 사람을 죽이기 전에는 살 권리가 없다니! 오직 사람을 죽인 연후에야, 그리하여 이번에는 그 자신이 죽음의 위협을 받을 때에야 삶이 이어질 거라니!

아, 아아! 그는 폭발할 뻔했다. 그러나 곧 자신이 무언가 그릇된 일을 저지른 것 같은 느낌이 들었다. 그는 자신의 지나치게 반항적인 태도에 대해 스스로 벌주려는 듯 죽음의 의식儀式 쪽으로 생각을 돌렸다.

산악 지방 주민들은 반드시 소총으로 피를 회수했다. 다른 방식은 결코 사용하지 않았다. 칼, 돌, 노끈 등 불을 뿜지 않고 거리를 좁혀야 하는 다른 수단에 대해 카눈은 언급하지 않았다. 그조르그는 그 점을 사전에 숙지하고 있었다. 한편 세계도 둘로 나뉘어 있었다. 하나는 피의 법칙의 지배를 받았고, 다른 하나는 피의 법칙의 영역 밖에 존재했다.

피의 법칙 밖에 존재한다…… 그는 하마터면 한숨을 내쉴 뻔했다. 그런 영역에 속한 가족들의 삶은 대체 어떤 것일까? 그런 사람들은 아침이면 어떻게 잠자리에서 일어나고 저녁이면 어떻게 잠자리에 들까? 그에게 있어 그들의 삶은 거의 상상할 수 없는 것이었으며, 새들의 삶만큼이나 낯설게 느껴졌다. 그러나 그런 집들이 존재한다는 것은 엄연한 사실이었다. 칠십 년 전, 한 남자가 그의 집을 찾아와 대문을 두드렸던 그 숙명적인 가을밤 이전까지만 해도 그의 가문 역시 그런 상태에 머물러 있었다.

그의 아버지가—그 역시 자신의 아버지로부터 들은 이야기였는데—크리예키크가와 그의 집안 사이의 반목에 얽힌 이야기를 들려준 적이 있었다. 그 이야기에는 양가에 각각 스물두 개, 도합 마흔네 개의 무덤이 나왔으며, 살인을 저지르기 직전에 미리 작성해놓는 비문碑文과, 말 이상의 힘을 지닌 침묵이 나왔다. 그런가 하면 왈칵 솟구쳤던 눈물들과, 단말마의 고통으로 최후의 소망마저 제대로 표현할 수 없었던 일들과, 후속편이 나타나면 이전 판이 이내 지워지곤 했던 음유시인의 세 편의 시와, 부주의로 죽임을 당하고 규범에 따라 배상을 받은 여인이 묻힌 무덤 이야기, 유폐탑에 감금되었던 양측의 남자들, 최후의 순간 실패로 돌아간 화해의 시도, 혼례를 치르는 동안 일어난 살인, 대소大小

휴전의 허락과 장례 식사, '베리샤가의 아무개가 크리예키크가의 아무개를 쏘았다!'라는 외침과 혹은 그 반대를 뜻하는 외침, 횃불들, 마을에서 갑자기 벌어지던 분주한 왕래 등, 그 죽음의 무도舞蹈의 차례가 그조르그에게까지 도달했던 3월 17일 오후에 이르기까지 많은 사건이 나왔다.

이 모든 일은 칠십 년 전, 한 남자가 그의 집 대문을 두드리던 10월의 어느 추운 밤에 시작되었다. 누군가 대문 앞에서 문을 두드렸다는 말을 처음 들었을 때, 어린 그조르그는 "그게 누구였어요?"라고 물었다. 그것은 그의 집안에서, 당시에, 그리고 그후로도 수만 번은 묻고 또 되묻던 물음이었지만 아무도 대답할 수 없었다. 아무도 그 남자가 누구인지 알 수 없었다. 과거지사를 더듬는 지금, 그조르그는 실제로 누군가가 집 대문을 두드리기는 한 건가 하고 의아해할 정도였다. 그에게 있어서 그 소리는 신원을 알 수 없는 무명의 길손이 냈다기보다는 차라리 유령이나 운명 자체가 낸 소리였다고 생각하는 편이 훨씬 수월했다.

그 남자는 대문을 두드린 뒤, 문간에서 사람을 부르면서 하룻밤 신세를 지게 해달라고 부탁했다. 당시 가장이었던 그조르그의 할아버지가 길손에게 대문을 열어주었다. 관습에 따라 식구들은 그를 집안으로 들이고 음식을 내주고 잠자리를 마련해주었으며, 역시 관례에 따라 아침 일찍 가족 중의 남자, 즉 할아버지의 막냇동생이 마을 어귀까지 그 손님을 배웅했다. 그런데 할아버지의 막냇동생이 손님과 헤어지자마자, 갑자기 총성이 울렸다. 그 길손은 이미 죽어 몸이 뻣뻣해졌는지 마을의 경계 부근에 둔탁하게 쓰러졌다. 카눈에 의하면, 누군가가 손님을 배웅하러 나갔는데 손님이 면전에서 죽었다면, 그가 손님을 위해 복수할 의무가 있었다. 반대로 이미 등을 돌리고 돌아선 뒤에 쓰러졌다면, 그런 의무를 지지 않아도 되었다. 손님을 배웅하러 나갔던 할아버지의 동생은 손님이 총을 맞은 순간 이미 등을 돌린 상태였으며, 따라서 그를 위한 복수의 의무를 지지 않아도 되었다. 그러나 그 점을 확인해줄 사람이 아무도 없었다. 때마침 시각이 이른새벽이었기 때문에 주변에 증언해줄 사람이 아무도 없었던 것이다. 그러나 사람들은 할아버지 동생의 말을 그대로 믿어도 되었다. 카눈에서는 말이면 충분했기 때문이다. 그러므로 손님을 배웅했던 할아버지의 동생은 손님과 헤어졌으며, 살인이 저질러진 순간 이미 손님에게서 등을 돌리고 있었다는 것이 기정사실로 받아들여질 수 있었다. 그러나 다른 장애 요인이 돌출했다. 시신의 방향 문제였다. 낯선 손님을 위한 복수의 책임이 베리샤가의 일족에게 돌아가는가를 결정하기 위해 즉석에서 결성된 위원회는 그 사건을 세심하게 검토한 뒤, 결국 확실한 결론을 내렸다. 낯선 남자는 등을 땅바닥에 대고 얼굴을 마을로 향한 채 쓰러져 있었던 것이다. 관습법에 따르면, 낯선 사람에게 잘 곳과 이불을 제공했기에 그가 마을을 벗어나지 않은 이상 보호할 의무가 있는 베리샤가가 이제 그를 위한 복수의 의무를 져야 했다.

위원회가 몇 시간 동안 시신의 주위를 맴돌았던 작은 숲에서 베리샤가의 남자들은 아무 말 없이 집으로 발걸음을 돌렸으며, 탑의 높다란 창가에서 상황을 주시하던 여인들은 이내 사태를 파악했다. 새파랗게 질린 여인들은 짤막한 말 몇 마디를 듣고 더욱 새파랗게 질렸다. 그러나 그들의 가문에 죽음을 몰고 온 손님에 대해서는 저주의 말 한마디조차 입 밖에 내지 않았다. 관습법에 따르면 손님은 신성한 존재이며, 산악 지방 주민들의 집은 집주인과 식솔의 거처이기 이전에 신神과 그곳을 지나는 길손이 묵을 수 있는 거처여야 하기 때문이었다.

10월의 바로 그날, 낯선 길손을 쏜 사람이 누군지 밝혀졌다. 그를 쏜 자는 옛날 카페에서, 어느 여자의 면전에서 당한 모욕 때문에 오래전부터 호시탐탐 기회를 노리며 그를 염탐했던 크리예키크가의 청년이었다.

그리하여 10월의 그날이 저물 무렵, 베리샤가 사람들은 크리예키크가와 원수지간이 되어 있었고, 그때까지 평화로웠던 그조르그의 집안은 마침내 거대한 복수의 소용돌이에 휘말리고 말았다. 그때 이후 마흔네 개의 무덤을 파야 했는데—앞으로 무덤이 몇 개 더 생길지 누가 알겠는가?—모두 그 가을날 밤 낯선 나그네가 그의 집 대문을 두드렸기 때문이었다.

혼자 있는 시간, 생각이 가는 대로 공상에 빠지곤 할 때 그조르그는 종종 그날 저녁, 그 늦은 시각에, 그 손님이 그의 집 대문이 아니라 다른 집 대문을 두드렸다면 가족의 삶이 어떻게 펼쳐졌을지 상상해보곤 했다. 마법을 써서 그날 낯선 길손이 자기 집 대문을 두드렸던 일이 현실에서 지워질 수 있다면(이처럼 그조르그는 전설을 아주 자연스럽게 받아들였다), 그래, 그렇다면 무덤 마흔네 개의 육중한 묘석이 자리를 옮기고, 죽은 자 마흔네 명이 일어나, 얼굴에 쌓인 흙을 떨어내고, 산 자들 사이로 돌아오는 모습을 볼 수 있을 것이다. 그리고 그들이 살아 돌아온다면, 태어날 수 없었던 아이들이 태어날 것이고, 또 그 아이들이 낳을 수 없었던 아기들이 태어나는 등, 모든 게 달라졌을 것이다.

달라져도 무척 달라질 텐데! 그랬다, 만일 마법으로 일의 흐름을 바꿀 수만 있다면 그런 일이 벌어질 것이다. 아아, 길손이 조금만 더 가서 멈춰 섰더라면. 조금만 더 가서…… 그러나 그는 정확하게 바로 그 지점에 멈춰 섰으며, 누구도 피해자가 쓰러진 방향을 변경할 수 없듯, 또 옛 카눈의 법칙들이 결코 수정될 수 없듯, 그 일에 대해 터럭만큼이라도 바꿀 수 있는 사람은 아무도 없었다. 그 두드림이 없었더라면 모든 게 너무도 달라졌을 것이기에, 때로 그조르그는 상상하기가 두려웠다. 그는 일이 그렇게 되어야만 했으며, 피의 소용돌이에 휘말리지 않은 삶이 조용하고 평안하다 할지라도, 한편으로는 무미건조하며 무의미하리라는 생각으로 위안을 삼았다. 그는 복수와 상관없이 사는 몇몇 가족을 애써 떠올렸으나, 그들에게서 어떤 특별한 행복의 징후를 발견할 수도 없었다. 심지어 위험과 관계없는 그런 삶으로는 생명의 값어치를 알 수 없으며, 그렇기 때문에 덜 행복하리라는 생각까지 들었다. 반대로 복수가 들어선 가정에서는 하루하루와 계절들이 그 속에 전율이 동반되어 있기라도 한 듯 다른 가정들과는 사뭇 다르게 흘러갔으며, 그러한 가족은 더욱 아름다운 것 같았고, 그러한 가정의 소년들은 소녀들로부터 더 인기를 끌었다. 그가 방금 전에 마주쳤던 두 수녀도 '그가 죽음을 요구한다, 혹은 죽음이 그를 요구한다'는 것을 의미하는 검은 천이 그의 소매에 꿰매여 있는 것을 보자, 그를 야릇한 눈길로 쳐다봤었다.

그러나 중요한 것은 그게 아니었다. 중요한 것은 그의 내부에서 일어났다. 그의 내부에서 무언가 두렵고도 위엄 있는 것이 생겨났다. 스스로도 그것을 뭐라 설명할 수 없었다. 그는 자신의 심장이 가슴 밖으로 튀어나왔으며, 심장이 그렇게 밖으로 노출되어 있기 때문에 상처받기 쉽고 공격에 극도로 민감하여 크고 작은 모든 사물들—나비, 나뭇잎, 끝없이 펼쳐진 눈 덮인 벌판, 혹은 오늘 내리는 비만큼이나 처량한 비—에 대해서도 기뻐하거나 슬퍼해야 할 것 같은 느낌이었다. 그러나 하늘이 그의 심장 위로 쏟아져내린다 해도 소용이 없을 터였다. 그의 심장은 다 견뎌낼 것이며, 그 이상도 받아낼 수 있을 것만 같았기 때문이었다.

비는 계속 흩뿌리고 있었지만, 구름의 가지들이 잘려나가기라도 했는지 빗방울은 점점 성겨졌다. 그조르그는 자기 고장의 경계를 넘었으며 이제는 다른 지방을 지나고 있음을 확신했다. 주변 풍경은 달라진 게 거의 없었다. 어깨동무를 하듯이 펼쳐진 산들의 정상 위로 호기심이 발동하기라도 한 듯, 불쑥 고개를 내민 다른 산들과 고요한 촌락이 여전히 펼쳐져 있었다. 그는 산골 사람 무리를 만나 이 길이 오로시성으로 가는 길이 맞는지, 그곳까지 얼마나 더 가야 하는지 물었다. 그들은 이 길이 맞긴 하지만 어두워지기 전에 도착하려면 서둘러야 한다고 일러주었다. 그렇게 말하면서 그의 소매에 꿰매인 검은 천을 훔쳐보았으며, 아마도 그 때문인지, 걸음을 재촉하라고 거듭 충고했다.

서두를 거야, 서두를 거라니까. 그조르그는 노여워하며 혼잣말을 했다. 걱정하지 말라고, 날이 어두워지기 전까지는 어떻게든 도착해서 세금을 지불할 테니. 낯선 사람들의 충고에 억지로 따른 건 아니었지만 이유를 설명할 순 없이, 그는 갑자기 노여워져서 정말로 걸음을 재촉했다.

골이 팬 좁은 고원지대—옛날에는 급류가 흐르던 강바닥이었다고 한다—를 가로지르는 길을 걷는 사람은 이제 오직 그뿐이었다. 주변의 대지들은 모두 황무지였다. 멀리 천둥이 울리는 것 같아 그는 고개를 들었다. 비행기가 홀로 구름 속을 천천히 날고 있었다. 잠시 그는 놀란 눈길로 비행기를 좇았다. 일주일에 한 차례씩 티라나와 유럽의 몇몇 나라 사이를 오가는 여객기가 이웃 고장 상공을 지난다는 이야기를 들은 적은 있었으나, 그때까지 비행기를 직접 본 적은 없었다.

비행기가 구름 뒤로 사라지고 목이 뻐근한 것을 느끼고 나서야 그 조르그는 자신이 오랫동안 비행기를 쳐다봤다는 사실을 깨달았다. 비행기는 지나간 뒤 거대한 빈자리를 남겼다. 그조르그는 자신도 모르게 한숨을 내쉬었다. 돌연 허기가 느껴졌다. 그는 집에서 싸온 빵과 흰 치즈를 먹을 생각으로 앉을 만한 쓰러진 나무둥치나 바위를 찾아 주변을 둘러보았다. 그러나 길 양편에는 급류의 흔적이 남아 있는 헐벗은 대지만이 눈에 띌 뿐, 그 외에는 아무것도 없었다. 그는 얼마간 더 길을 가야겠다고 생각했다.

반시간가량 걸었을 때, 멀리 주막의 지붕이 보였다. 그는 거의 뛰다시피 주막까지 가서 문 앞에서 잠시 숨을 돌린 뒤 안으로 들어섰다. 그곳은 간판도 없고, 경사가 심한 지붕에 짚냄새를 풍기는 거대한 홀이 있는, 산악 지방의 여느 주막 같은 평범한 주막이었다. 온통 탄 자국이 있는 기다란 떡갈나무 식탁의 양편에 놓인 떡갈나무 의자에 손님이 몇 명 앉아 있었다. 두 명은 고개를 숙인 채 강낭콩 스튜를 허겁지겁 먹고 있었다. 다른 한 남자는 양손으로 턱을 받친 채 멍한 눈길로 식탁의 널판을 뚫어져라 쳐다보고 있었다.

의자를 찾아 앉은 그조르그는 자신의 소총이 널판에 닿는 것을 느꼈다. 그는 어깨에서 소총을 내려 무릎 위에 올려놓고는, 고개를 까딱여서 비에 흠뻑 젖은 외투의 두건이 등 쪽으로 벗겨지게 했다. 등뒤로 사람들의 존재가 느껴졌다. 그제야 이층으로 통하는 층계 양측으로 산악지방 주민들이 검은 양가죽이나 양모 쿠션 위에 앉아 있는 것이 보였다. 그들 중 일부는 벽에 등을 기대고 약간의 우유에 적신 옥수수빵을 먹고 있었다. 그조르그는 그들처럼 가방에서 빵과 치즈를 꺼내기 위해 일어서려 했다. 그때 강낭콩 향내가 코를 간지럽혔다. 순간 그는 따끈한 말린 강낭콩 수프를 먹고 싶은 강한 충동을 느꼈다. 아버지가 그에게 1그로셴을 주긴 했으나 정말로 써도 되는지, 아니면 지니고 있다가 그대로 집에 가져가야 하는지 판단이 서지 않았다. 그러다가 문득 주막집 주인이 앞에 와 있는 것을 깨달았다.

"오로시성에 가려는 것 같구려? 어디서 오는 길이오?" 주인이 그에게 물었다.

"브레즈프토흐트요."

"그럼 배가 고프겠구먼. 뭘 들겠수?"

주막집 주인은 기형적으로 생긴 비쩍 마른 남자였다. 야바위꾼처럼 보였다. '뭘 들겠수?'라고 물으면서 그와 눈길을 마주치는 대신, 그의 소매에 달려 있는 검은 천을 뚫어져라 쳐다보는 태도가 마치 '네가 살인을 저질러서 500그로셴을 지불하러 가는 모양인데, 내 주막에서 2그로셴 정도를 쓴다고 해서 세상이 끝장나는 것은 아니야'라고 말하는 것 같았기 때문이었다.

"뭘 들겠수?" 이윽고 주인은 그조르그의 소매에서 눈을 떼었지만 그조르그의 얼굴을 바라본 것은 아니고, 약간 옆쪽을 바라보면서 재차 물었다.

"강낭콩 수프 한 그릇 주세요. 얼마죠? 빵은 있어요."

그는 얼굴이 붉어지는 것을 느꼈으나, 가격을 묻지 않을 수 없었다. 아무것도 아닌 일에 피의 세금으로 지불해야 할 돈을 축낼 생각은 없었다.

"사분의 일 그로센이에요." 주인이 대답했다.

그조르그는 안도의 한숨을 내쉬었다. 주인이 등을 돌렸다. 잠시 뒤 그가 손에 강낭콩 수프가 가득 든 나무 접시를 들고 돌아왔을 때, 그조르그는 그가 사팔눈임을 알아차렸다. 모든 것을 잊기라도 하려는 듯 그조르그는 접시 위로 고개를 숙이고는 허겁지겁 먹기 시작했다.

"커피도 들려우?" 빈 접시를 가지러 온 주인이 물었다.

그조르그는 다소 놀란 태도로 주인을 바라보았다. 그조르그의 눈은 이렇게 말하려는 것 같았다. 나를 유혹하지 말아요. 물론 지갑에 500그로센이 있긴 하지만요. 오로시성으로 가져갈 이 지갑에서 단 1그로센이라도 꺼내 쓰느니, 차라리 내 머리를 주는 게(오, 하느님, 이건 바로 삼십 일 뒤면…… 아니, 삼십 일도 못 되어, 이십팔 일 뒤면 내 머릿값이 될 바로 그 액수군!이라고 그는 깨달았다), 그러니까 오로시탑으로 가게 되어 있는 이 지갑 속의 1그로센보다는 차라리 기한 전에 내 머리를 당신에게 주는 게 나을 거예요. 그러나 그가 무슨 생각을 하는지 꿰뚫어보기라도 한 듯 주인은 덧붙였다.

"커피는 거저나 마찬가지요, 10상팀이니까."

그조르그는 초조감을 감추지 못하며 고개를 끄덕였다. 주인은 의자와 탁자 사이를 요리조리 비집고 다니며 접시를 거두기도 하고 새 접시를 내려놓기도 하며 사라졌다가 손에 커피를 들고 다시 나타났다.

그조르그가 커피를 홀짝이고 있을 때, 남자 몇몇이 주막 안으로 들어섰다. 그들이 들어서자 사람들이 웅성거렸다. 사람들이 그들을 향해 고개를 돌리는 것이나, 주인이 그들 앞에서 그러잖아도 기형적인 얼굴을 더욱 일그러뜨리는 품새로 보아, 그 고장에서 유명한 사람들임이 틀림없었다. 그들 중 한 명, 주막의 한가운데로 나서는 남자는 작은 키에 엄격하고 창백한 안색을 하고 있었다. 그의 뒤를 이어 들어선 남자는 바둑판무늬 상의에 바지 밑단을 부츠 속에 넣어 입은, 이상한 도회지풍의 차림이었다. 세번째 남자는 별 특징이 없었는데 눈에는 교만이 가득했다. 어쨌거나 모든 사람들의 관심은 일제히 그 작은 남자에게로 쏠렸다.

"알리 비낙이야, 알리 비낙." 그조르그 주위의 사람들이 수군대기 시작했다. 어린 시절부터 익히 들어 알고 있던 그 유명한 카눈의 주석가가 이런 주막에 자신과 함께 있다는 것을 믿을 수 없어 그조르그는 눈을 크게 떴다.

주인은 옆걸음을 치면서 특별한 손님을 위한 용도로 보이는 옆방으로 그들 무리를 안내했다.

키가 작은 남자는 주인을 따라가며 어느 쪽으로도 고개를 돌리지 않은 채 손님들을 향해 인사말을 중얼댔다. 자신이 유명하다는 것을 의식하고 있었지만, 일반적으로 소인배에게서 보이는 무게 잡으려는 태도나 거만한 몸짓 따윈 찾아볼 수 없었다. 오히려 정반대로 그의 행동이나 표정, 특히 눈길에는 모든 것의 허망함을 깨달은 사람의 평온한 빛이 감돌았다.

주막에 새로 도착한 사람들은 다른 방으로 사라졌으나, 그들로 인해 일었던 웅성거림은 쉽게 가라앉지 않았다. 그조르그는 커피를 모두 마신 뒤였다. 한시가 급했지만, 그곳에 남아 주변에서 벌어지는, 알리 비낙의 출현에 대한 이런저런 해석에 귀기울이는 일이 즐거웠다. 알리 비낙이 어째서 이곳에 왔을까? 십중팔구 까다로운 문제를 해결하려고 왔겠지. 사실 그는 일생을 까다로운 문제를 해결하는 데 매달려왔다. 까다로운 분쟁이 발생해 지방 원로들이 관습법의 해석을 둘러싸고 의견이 엇갈릴 때면, 이 고장 저 고장에서, 혹은 이 깃발 저 깃발에서 그를 불러 자문을 구하곤 했다. 북부 지역의 드넓은 라프시*에 있는 백여 명의 주석가 중 그처럼 유명한 사람은 열 명도 채 되지 않았다. 그러므로 그가 아무런 이유도 없이 길을 나섰을 리는 만무했다. 사람들은 그가 이번 역시, 이웃 깃발에서 이튿날 당장 해결해야 할 지방 간의 복잡한 경계 문제 때문에 이곳에 왔을 거라고 했다. 그런데 눈 색깔이 엷은 남자는 누굴까? 그래, 그는 누구지? 사람들의 말로는 특별히 까다로운 문제가 발생했을 경우, 특히 누군가 부상을 당해 부상의 정도를 따져 변상해야 하는 일이 발생했을 경우 알리 비낙이 종종 데리고 다니는 의사라고 했다. 그렇다면 알리 비낙은 단순히 지방 간의 경계 문제가 아니라 다른 일 때문에 온 것임이 분명했다. 당연한 이야기겠지만, 의사는 경계선을 정하는 일과는 아무런 상관이 없기 때문이다. 그랬다, 사실 사람들이 그가 이곳에 온 동기를 제대로 파악하지 못했는지도 몰랐

* 알바니아어로 고원지대라는 뜻.

다. 어떤 사람들은 며칠 전 고원지대 너머에 위치한 어느 마을에서 일어난 매우 복잡한 일 때문에 왔을 거라고 주장했다. 언쟁이 벌어진 끝에 서로 총질이 오갔는데, 그때 어느 여인이 현장에, 그것도 두 적수 사이에 있다가 무고한 죽임을 당하고 말았다는 것이다. 그녀는 임신 중이었고, 뱃속 아이는 남자였다. 물론 이 사실이 밝혀진 것은 죽은 여인의 몸에서 태아를 꺼내본 까닭이었다. 마을의 원로들은 아기에 대한 복수의 책임이 누구에게 있는지 판단하는 일에 몹시 곤란을 겪은 것 같았다. 알리 비낙은 바로 그 문제를 판가름하기 위해 온 것이 아닐까?

사람들은 또한 세번째 남자, 괴상하게 차려입은 그 남자는 누굴까 하며 의아해했다. 다른 의문들처럼 이 역시 곧 풀렸다. 그는 대지 측정 일을 담당하는 일종의 고용인이었다. 그런데 누군가가 설명하기를, 그의 직업명은 끝말이 괴상망측해서, 그러니까 '기사' 어쩌구 하는 이상한 말이어서 입을 비틀지 않고서는 발음할 수 없는 단어라고 했다. 츠, 측, 아, 그래, 측량기사라 했지!

"그자가, 그 뭐라더라, 츠, 측…… 그래, 측량기사라는 게 사실이라면 자네가 말한 대로 이번 일은 경계에 얽힌 문제인 게 틀림없구먼."

주막 사람들이 다른 일에 대해서도 이런저런 이야기를 주고받을 게 틀림없으리란 생각이 들자, 그조르그는 그들의 이야기에 귀기울이며 그대로 머물고 싶은 마음이 간절했다. 그러나 여기서 더 지체한다면 제 시간에 성에 도착하지 못할 위험이 있었다. 그는 유혹을 떨쳐버리기라도 하듯 자리를 박차고 일어나 강낭콩 수프와 커피 값을 지불하고 나가려다, 마지막 순간 다시 한번 길을 물어봐야겠다는 생각을 했다.

주막 주인이 대답했다.

"큰길을 따라가다보면 크루슈크 무덤이 있는 양 갈래 길이 나오는데 거기서 오른쪽으로 꺾어요, 왼쪽으로 가지 말고. 내 말 알아듣겠수? 오른쪽이오!"

그조르그가 주막을 나섰을 때 빗줄기는 한층 가늘어졌으나 대기는 매우 습했다. 날은 아침나절처럼 여전히 어둑했다. 나이를 짐작할 수 없는 여인처럼 시간을 어림잡을 수 없었다.

그조르그는 떠오르는 상념을 떨쳐내려 애쓰면서 길을 걸었다. 잿빛 황야 사이로 한없이 길이 펼쳐졌다. 그러던 중 반쯤 땅속에 묻힌 채 길을 따라 죽 늘어선 몇 기의 무덤이 시야에 불쑥 들어왔다. 주막집 주인이 말하던 크루슈크의 무덤이 틀림없다고 그는 생각했다. 그러나 길이 갈라지지 않았기 때문에, 그는 크루슈크의 무덤은 좀더 가야 있을 것이라고 생각을 고쳤다. 맞았다. 십오 분가량 지나자 무덤들이 또 나타난 것이다. 그 무덤들은 앞의 것들처럼 땅속에 묻혀 있었으나 더 침울해 보였으며, 이끼까지 덮여 있었다. 그는 무덤 근처를 지나면서 아침나절에 마주친 크루슈크 대상들이 돌아와 이 묘지에 묻혀 영면하는 것이라고 상상했다.

그는 주막 주인이 일러준 대로 오른쪽으로 길을 꺾었다. 그곳을 한참 지난 뒤에도 그는 그 오래된 무덤들 쪽으로 눈길을 돌리지 않으려 안간힘을 써야 했다. 한동안 그는 주변의 울퉁불퉁한 산과 구름과 자신이 혼연일체가 된 듯 기이한 느낌을 받으며, 온갖 상념을 떨쳐버린 무념무상의 상태로 걷는 데 성공했다. 그러나 그는 느긋한 상태가 지속되고 있다는 사실을 깨닫지 못했다. 그랬다면 그 상태가 영원히 지속되기를 바랐으리라. 하지만 돌연 면전에 뭔가가 나타났고, 그로써 그의 혼은 곧 암석과 안개로부터 떨어져나오고 말았다. 폐허가 된 어느 집이었다.

그는 그 집을 따라 걸으면서 잔해 더미를 힐끔힐끔 쳐다보았다. 화재의 흔적은 비와 바람에 의해 이미 말끔히 지워졌으나, 단 한 번 보는 것만으로도 오래전부터 가슴속 깊이 억눌러왔던 눈물이 왈칵 쏟아질 것만 같은 처참한 잿빛 광경은 그대로 남아 있었다.

그조르그는 폐허 쪽을 곁눈질했을 뿐 걸음을 멈추지는 않았다. 그러다 돌연 길가의 야트막한 웅덩이를 훌쩍 뛰어넘고, 두세 걸음 더 떼어, 검게 그은 석회석 더미로 다가갔다. 그는 한동안 꼼짝도 않고 있다가, 빈사 상태에 빠진 사람을 놓고 부상 부위가 어디인지, 그를 죽게 한 무기가 무엇인지를 알아내려는 사람처럼 집 귀퉁이로 가서 고개를 숙인 채 돌 몇 개를 헤쳐보았다. 나머지 세 귀퉁이에도 똑같이 해보았다. 집의 초석礎石이 모두 뽑힌 것을 확인한 그는 그 집에 살던 사람이 환대법을 어겨 이 지경이 되었음을 깨달았다. 불로 전소된 뒤 모든 초석이 뽑히는 것, 카눈에 따르면 가장 중대한 범죄인, 손님과 집주인의 관계에 대한 베사의 규정을 배신할 경우, 그 집이 맞는 운명은 바로 그런 것이었다.

그조르그는 수년 전, 마을에서 베사의 위반 행위에 대해 내려진 처벌을 떠올렸다. 마을의 모든 남자가 집합해 살인자를 향해 일제히 총격을 가하고, 그자는 복수를 받을 자격이 없다고 천명했으며, 베사의 위반으로 죽임을 당한 손님이 묵었던 집은—그 가족들은 실상 아무런 책임이 없었음에도—불살라졌다. "이것으로 마을과 깃발에 대한 나의 죄과를 씻을 수 있기를 바랍니다!"라고 외치며 집을 향해 불붙은 짚단을 던지고, 집을 도끼로 부수는 데 앞장선 사람은 다름 아닌 집주인이었다. 그의 뒤로는 그처럼 손에 불 짚단과 도끼를 든 마을 남정네들이 모두 집합해 있었다. 그 일 이후 수년 동안 집주인에게는 왼손으로만, 그리고 다리 아래로만 물건이 건네질 수 있었는데, 손님의 피를 회수해야 한다는 사실을 상기시키기 위함이었다. 아버지나 형제, 심지어 아이의 피는 회수될 수 있을지 몰라도 손님의 피는 결코 회수할 수 없다는 사실은 자명했다.

이 지붕 아래서 어떤 불충한 일이 벌어졌을까. 그는 발로 돌멩이 두세 개를 툭툭 차면서 생각했다. 돌은 둔탁한 소리를 냈다. 그는 다른 집이 있나 살펴보기 위해 주위를 둘러보았으나, 스무 걸음 정도 떨어진 곳에 폐허 더미가 보일 뿐이었다. 대체 무슨 일일까? 그는 생각했다. 그는 기계적으로 잔해를 향해 걸음을 옮겼으며, 그곳을 한 바퀴 돌아보고는 그 집의 초석 네 개도 같은 일을 당했음을 알아차렸다. 그렇다면 마을 전체가 이런 처벌을 받았단 말인가? 그는 자문했다. 그곳에서 좀더 떨어진 곳에서도 이러한 폐허 더미를 발견하자, 그는 좀전의 생각이 맞았음을 확신했다. 수년 전 그는 베사를 위반해서 깃발로부터 처벌을 당한 어떤 먼 마을에 관한 이야기를 들은 적이 있었다. 두 마을 사이의 경계 문제를 놓고 언쟁이 오가던 중, 중재인이 죽임을 당했다. 깃발은 죽임을 당한 중재인의 피의 회수 책임을 마을에 맡겼다. 그러나 마을은 그의 피에 대한 복수를 소홀히 했다. 그래서 사람들은 그 마을을 부수기로 결정했다.

그조르그는 유령처럼 가벼운 걸음으로 폐허 사이를 돌아다녔다. 한 마을 전체를 죽음으로 몰아넣은 그자는 대체 누구였을까? 폐허를 그렇게 방치하는 것보다 더 고약한 일도 없었다. 그조르그가 밤에만 운다고 알고 있던 어떤 새가 '오르르' '오르르' 하며 울었다. 성에 도착하려면 시간이 얼마 없다는 데 생각이 미치자 그는 눈으로 한길을 찾았다. 다시금 적막을 깨뜨리며 새의 울음소리가 들려왔다. 이번에는 좀더 멀리서였다. 그러나 그조르그는 이 불운한 마을에서 배신을 당한 남자는 대체 누구였을까, 하고 다시 궁금해했다. 그러자 대답이 들려왔다. '오르-오르르!' 그의 귀에는 그 소리가 마치 자기 이름을 부르는 것처럼 들렸다. '그조르그-그조르그.' 그는 픽 웃었다. '마침내 응답을 듣게 되는군.' 그는 한길을 향해 걸음을 옮겼다.

얼마 뒤 한길을 따라 걸으면서, 그는 폐허가 된 마을로부터 받은 무거운 인상을 떨쳐버리기 위해 관습법에 나오는 형벌 중 가벼운 처벌로는 무엇이 있는지 기억해보려고 애썼다. 집주인의 배신 행위는 아주 드문 일이었으며, 따라서 집을 불사르는 일도 드물었고, 마을 전체를 파괴하는 일은 더더욱 드물었다. 관습법은, 중대한 죄과가 아닌 경우 죄인을 가족과 함께 깃발 밖으로 추방한다는 것을 그는 기억해냈다.

처벌의 예들이 머릿속에 한꺼번에 줄줄이 떠오르자, 그조르그는 그것들로부터 벗어나려는 듯 걸음을 재촉했다. 형벌은 다양했다. 한 예로 추방이 있다. 추방된 죄인은 다른 모든 사람들로부터 영원히 격리되었다(장례식도 결혼식도 치를 수 없으며 밀가루 대부권貸付權도 박탈당했다). 과수원의 나무를 베는 일이나 토지의 경작을 금하는 것도 있었다. 또한 금식을 부과하기도 했다(금식은 가정에서 했다). 일 주나 이 주 동안 어깨나 허리띠에 무기를 차고 다니는 것이 금지되기도 했다. 또 집안에 묶여 있거나 감금되기도 했으며, 가장이나 안주인이라면 가족에 대한 권한을 박탈당하기도 했다.

그중 그가 겪은 것은 감금뿐이었다. 그는 혼례가 벌어지던 중 잘못을 저질렀는데, 아버지는 그의 설명을 들은 뒤, 즉석에서 이 주간 감금이라는 판결을 내렸다.

하루에 한 번, 불을 켜는 석양 무렵 누이가 그에게 빵과 물을 가져다주었다. 마지막날 누이가 그에게 다시 자유로운 몸이 되었노라고 선언했을 때, 그는 고개를 숙인 채 지하실의 돌계단을 올라왔다. 위에서 기다리고 있던 어머니는 그가 먼 여행에서 돌아오기라도 한 것처럼 그를 껴안았다. 그러나 아버지는 퉁명스러운 어조로 이렇게 말할 뿐이었다. "네가 다시 자유의 몸이 되었음을 모든 마을사람이 알 수 있도록 밖으로 나다니도록 해라."

그는 매우 수치스러운 심정으로 집을 나섰다. 태양이 밝게 비쳤고 교회의 종들이 울리고 있었다. 사방에서 사람들이 그에게 말했다. 자유로운 몸이 됐구나, 그조르그? 처음에는 거북하게 느껴졌으나 친구들과 다시 만나고, 특히 교회 현관에서 여자아이들이 전과는 다른 눈길로, 호기심이 담긴 눈길로 바라보자, 이상하게도 그는 곧 전에는 결코 경험하지 못한 기쁨을 만끽했다.

며칠 뒤, 아버지가 남자 대 남자로 마주앉아 이야기를 하자며 그를 위층으로 불렀을 때, 그는 감금당한 일이 우연의 소산이 아니었구나, 하고 생각했다. 그날 아침은 맑은 하늘과 간밤에 내린 눈으로 눈이 부셨던, 유달리 투명한 아침이었다. 반짝이는 세상은 마치 유리로 만들어진 것 같았으며, 모든 것이 영롱한 빛 속에 흔들리다 산산조각이 날 것 같았다. 아버지가 그조르그에게 그의 의무를 상기시켜준 날이 바로 그날 아침이었다. 그조르그는 창가에 앉아 아버지가 들려주는 피에 관한 이야기를 들었다. 전 세계가 피로 얼룩진 것 같았다. 피는 눈雪을 붉게 물들이더니, 점점 퍼져나가 곳곳에서 엉겨붙었다. 그러나 그는 그 붉은 점이 다름 아닌 자신의 눈目 속에 있는 것임을 깨달았다. 그는 고개를 숙인 채 아버지의 말에 계속 귀를 기울였다.

그후 그조르그는 난생처음으로, 이유는 알 수 없으나, 한 가족의 반항적인 구성원에게 가해질 수 있는 온갖 벌에 대해 마음속으로 생각해보았다. 드러내놓고 이야기하고 싶진 않았지만 그는 사람을 죽인다는 것이 혐오스러웠다. 1월의 그 아침에 아버지가 그의 마음속에 지피려 애썼던 크리예키크가에 대한 증오심은 반짝이는 햇살에 저항할 수 없는 것 같았다. 그의 마음속에 증오의 불길이 지펴지지 않았다면, 그것은 무엇보다도 아버지의 태도가 너무도 냉랭했던 탓이라는 사실을 그는 미처 깨닫지 못했다. 꼬리에 꼬리를 물고 복수가 이어져 내려온 오랜 세월 동안 증오심은 이미 천천히 식어버린 것이 틀림없었으며, 그 정도가 얼마나 심한지, 애초에 증오심이란 것은 존재하지도 않았던 듯 느껴질 정도였다.

그들이 두번째로 피의 회수에 관해 이야기를 나누던 날, 아버지의 어조는 좀더 굳어 있었다. 그날도 여느 때와는 다른 날이었다. 비는 내리지 않고 안개도 끼지 않았으나, 흐리고 초라해서 맑은 하늘과 밝은 햇빛은 꿈도 못 꿀 날이었다. 그조르그는 아버지의 눈길과 마주치지 않으려고 애썼지만, 그의 눈길은 덫에 걸리기라도 하듯 아버지의 눈길에 붙들리고 말았다.

"보아라." 아버지는 턱으로 맞은편 벽에 걸려 있는 셔츠를 가리키며 말했다.

그조르그는 그쪽으로 고개를 돌렸다. 목 혈관들이 마치 녹슬기라도 한 듯 삐걱거리는 느낌이 들었다.

"피가 누렇게 바래기 시작했어. 망자가 복수를 원하는구나." 아버지가 새삼 확인시켜주었다.

실제로 셔츠의 핏자국은 누렇게 바래 있었다. 아니, 바랬다기보다는 오랫동안 사용하지 않던 수도꼭지를 처음 틀었을 때 흘러나오는 녹물 색깔이었다.

아버지가 말을 이었다.

"그조르그, 너는 너무 지체했다. 우리의 명예, 특히 너의 명예는……"

'전능자께서 우리의 이마에 명예의 두 손가락을 새기셨다.' 그 일이 있고 몇 주 동안 그조르그는 아버지가 그날 자신에게 인용했던 관습법 구절을 수백 번도 더 생각하고 생각했다. '더럽혀진 네 얼굴을 말끔히 씻을지 더욱 더럽힐지는 네가 자유롭게 결정할 문제다. 네가 남자로 남든가 그러지 않든가 하는 것도 네가 결정할 일이야……'

홀로 생각하기 위해 탑의 꼭대기층으로 올라갈 때면, 그조르그는 나는 자유로운가? 하고 자문했다. 그가 잘못을 저질렀을 때 아버지가 내리는 벌은 명예를 잃게 될 경우 받을 벌과 비교하면 아무것도 아니었다.

이마에 새겨진 명예의 두 손가락이라…… 그는 그 명예가 자리잡을 만한 정확한 위치를 찾기 위해 이마를 더듬어보았다. 다른 곳도 아니고 그게 왜 하필 그곳에 있어야 할까? 그는 궁금해했다. 이 말은 충분히 이해되지도 못한 채 사람들 입에 빈번히 오르내렸다. 결국 그는 이 말의 의미를 이해하게 되었다. 명예의 자리가 이마 한복판이라면, 상대방을 쏠 때 머리의 바로 그 지점을 쏘아야 하기 때문이었다. 정면에서 쏘아 적의 이마 한가운데를 맞혔을 경우에는 노인네들이 "잘 맞았군"이라고 말하지만, 총알이 등이나 배 혹은 사지에 맞았을 경우에는 "고약하게 맞았는걸"이라고 말하지 않던가.

메힐 형의 셔츠를 보기 위해 위층으로 올라갈 적마다, 그조르그는 이마가 타는 듯한 느낌을 받았다. 셔츠의 핏자국은 갈수록 퇴색해갔다. 날씨가 더워지기 시작하면 아예 누렇게 되리라. 그때가 되면 사람들은 그와 그의 가족들에게 다리 아래로 커피를 건네기 시작하리라. 카눈의 관점에서 보면 그것은 곧 죽음을 의미했다.

사방이 막다른 골목이었다. 처벌을 감수하거나 다른 어떤 희생을 치른다 해도 그를 구제해줄 수는 없었다. 세상의 다른 어떤 일보다도 그를 두렵게 만드는 일, 무릎 아래로 커피를 건네받는 일을 어디선가 당할 것이었다. 그때가 되면 그에게는 오직 하나의 문을 제외하고 다른 모든 문들은 닫히리라. 치욕은 오직 관습법에서만 출구를 찾을 수 있다고 관습법은 규정하고 있었다. 크리에키크가의 일족 중 한 명을 죽이는 일만이 이러한 상황에서 벗어나게 해줄 수 있었다. 그렇게 해서 지난봄, 그는 마침내 매복하기로 결심을 굳혔던 것이다.

그때부터, 그의 집안은 활기를 되찾았다. 무거운 침묵이 감돌던 집안에 돌연 왁자지껄한 소리가 넘쳐났다. 딱딱하기만 했던 집의 사방 벽조차 부드러워진 것 같았다.

당시 돌발 사태가 벌어지지만 않았다면 그는 벌써 그의 의무를 완수하고, 지금쯤이면 유폐탑에 갇혀 평온하게 지내거나 혹은 지하에서 더욱 평안했으리라. 혼인하여 먼 깃발로 가서 살던 친척 아주머니가 아무런 예고도 없이 그의 집을 찾아왔다. 몹시 고민했던 아주머니는 유혈을 막기 위해 산을 일고여덟 개 넘고, 또 그만큼의 들판을 걸어왔다. 아주머니는 아버지를 제외하면 그조르그가 일가친척 중 마지막으로 남은 남자라고 말했다. "이제 그조르그가 살해되면, 우리는 크리예키크가 사람을 또 한 명 죽이겠지요. 그다음은 당신 차례가 될 거고요. 그렇게 되면 베리샤가는 대가 끊기게 돼요. 그렇게 되지 않도록 막아야 해요. 대가 끊기지 않도록 해야 한다고요. 그쪽에 핏값을 지불하라고 제안하세요!" 아주머니는 통사정을 했다.

그의 가족들은 처음에는 아주머니의 말을 들으려고도 하지 않았으나, 얼마 뒤 입을 굳게 다물었고, 아주머니가 말하도록 내버려두었다. 결국 그녀의 충고에 찬성도 반대도 하지 않는 공백의 시간이 찾아왔다. 그들은 지쳤으나 아주머니는 전혀 피곤한 기색이 아니었다. 조카나 친척들의 집을 전전하며 밤낮 가리지 않고 애쓴 결과 아주머니는 마침내 목적을 달성했다. 지난 칠십 년간 줄곧 죽음을 겪으며 장례식을 치러야 했던 베리샤가는 크리예키크가에게 핏값의 지불을 제안하기로 결정했던 것이다.

산악 지방에서는 매우 드문 사건인 화해의 요청은 그의 마을을 넘어 전全 깃발에까지 대단한 반향을 불러일으켰다. 관습법에 따른 모든 조치가 취해졌다. 니케 프렐라 영감이 베리샤가의 몇몇 친구와 친척, 즉 '피의 주인들'이라고 불리는 사람들과 함께 중재인들을 이끌고 핏값 지불을 위한 회식을 하러 살인자의 집, 즉 크리예키크가의 집으로 갔다. 그들은 관습법에 따라 살인자와 식사를 하면서 크리예키크가가 지불해야 할 핏값을 정했다. 이제 남은 절차는 그조르그의 아버지, 달리 말해 피의 소유주가 정과 망치를 들고 가 살인자의 집 대문에 십자가를 새기고 서로의 피를 한 방울씩 나누는 것이었으며, 그러고 나면 마침내 화해의 맹세가 이루어졌다고 간주되었다.

그러나 그 순간은 오지 않았다. 그조르그에게 삼촌뻘 되는 한 할아버지가 일의 성사를 막았기 때문이었다. 식사가 끝난 뒤, 관습법에 따라 남자들이 각각 방으로 들어가 발로 방바닥을 구르면서 집안 구석구석에서 피의 망령을 말끔히 몰아내는 의식을 치르는 동안, 그 할아버지가 돌연 고함을 질렀다. "안 돼!" 그는 일족 가운데서 결코 눈에 띄는 법이 없던 조용한 노인네였다. 따라서 그곳에 참석한 사람들 중 그처럼 날벼락 같은 일을 저지를 수 있으리라고 예상하기에는 가장 어려운 인물이었다. 모두가 경악하여 어찌할 바를 몰랐다. 방바닥을 내려치기 위해 치켜들었던 발과 꼿꼿했던 머리, 그리고 목이 순식간에 힘없이 떨어졌다. "안 돼!" 그는 다시금 고함을 질렀다. 주임 중재인으로 자리에 참석했던 사제가 손을 저어 사태를 종식시켰다. 사제는 "피의 보복은 계속된다"고 선언했다.

한동안 주위의 관심 밖에 있던 그조르그는 다시금 모든 사람들의 시선을 한몸에 받는 존재가 되었다. 잠시 벗어났던 고뇌가 다시 찾아왔지만 그는 동시에 일종의 만족감을 느꼈다. 물론 모든 사람들의 관심이 다시 자신에게 집중되는 것을 느꼈기 때문이었다. 피의 법칙에서 벗어났으나 망각의 먼지로 뒤덮인 조용한 삶과, 떨리는 시침실처럼 한끝에서 다른 한끝으로 번쩍이며 흐르는, 위험하기는 하나 죽음의 광휘로 장식된 삶 중에서 어느 것이 더 나은지 말할 수 없게 되었음을 그는 느꼈다. 그러한 두 삶을 모두 경험해본 지금 누군가가 "하나를 고르시오"라고 말한다면, 그조르그는 분명 주저하리라. 평화 없는 삶에 익숙해지기까지 긴 시간이 필요했던 것만큼 평화에 익숙해지기 위해서도 수년의 세월이 필요하리라. 피의 법칙은 이러한 것이어서, 누군가에게 행동의 자유를 주더라도 한동안은 그 틀 속에 그의 영혼을 붙들어놓는 것이다.

화해의 시도가 실패로 돌아가고 며칠 뒤, 잠시 비어 있던 그의 하늘에 위험의 먹구름이 다시 몰려들었을 때, 그조르그는 다시금 누군가를 죽여야 한다는 생각에 익숙해졌다. 그는 피의 회수를 위해 살인하는 사람을 일컫는 도레레스, 즉 '죽이는 손'으로 조만간 변해야 했다. 도레레스는 일족의 전위병이자 죽음의 집행자일 뿐 아니라, 복수가 이어지는 동안 가장 먼저 희생되는 자이기도 했다. 상대방 일족에게 복수의 차례가 돌아갔을 때, 그들은 응징자로 나선 사람에게 복수를 시도한다. 그 대신 다른 사람이 저격당하는 것은 응징자에게 복수하기가 불가능한 경우였다. 크리예키크가와 반목해온 지난 칠십 년 동안 베리샤가에는 스물두 명의 응징자가 있었는데, 그들 또한 대부분 총에 맞아 죽었다. 응징자들은 일족의 아름다운 꽃이자, 실질적 정수精髓이며, 추억의 중심이었다. 일족 간의 무수한 일이 잊히고, 사람들과 사건들이 먼지를 뒤집어쓰기 마련이라면, 일족의 무수한 무덤 위에 꺼지지 않는 작은 불꽃인 이 응징자들만은 결코 기억에서 지워지지 않았다.

여름이 찾아왔다. 그러나 그해 여름은 다른 어떤 여름보다 짧았다. 베리샤가는 앞으로 살인이 벌어지면 자신들의 탑에 틀어박혀 지낼 수 있도록 밭일을 서둘러 끝냈다. 그조르그는 젊은 청년이 이따금 결혼식 전날에 느끼곤 하는 심정과 유사한 잠잠한 슬픔을 느꼈다.

10월 하순, 그는 마침내 크리에키크가의 제프를 쏘았다. 그러나 죽이지는 못하고 턱에 부상만 입혔다. 부상을 입힌 자에게 부과되는 벌금 액수를 정하는 일을 맡은 관습법 의사들이 찾아왔다. 부상 부위는 머리였으며, 그들은 그로센 세 지갑, 즉 핏값으로 지불해야 하는 금액의 절반을 벌금으로 산정했다. 베리샤가가 양단간에 선택할 수 있다는 의미였다. 즉 벌금을 지불하든가, 아니면 부상을 입힌 것을 피의 절반을 회수한 것으로 간주하든가. 그러니까 후자의 경우, 만일 베리샤가가 벌금을 지불하지 않고 회수할 피에 대해 부상을 공제한다면 피의 절반이 이미 회수된 셈이기 때문에 크리에키크가 사람을 죽이는 일은 더이상 허락되지 않았다. 그저 부상을 입힐 권리만 지니게 되는 것이다.

물론 베리샤가는 부상을 입힌 사실에 대해 피의 절반을 회수한 것으로 간주하는 일 따위는 받아들이지 않았다. 비록 벌금이 무겁긴 했으나, 그들은 저축해둔 자금을 축내서 벌금을 지불했으며, 그 결과 핏값의 미불금은 고스란히 남게 되었다.

부상에 대한 벌금을 청산해가는 동안, 그조르그는 아버지의 눈이 경멸과 고통으로 어두워진 것을 보았다. 아버지의 눈은 그에게 이렇게 말하는 것 같았다. 너는 기껏 피의 회수만 더디게 만들었을 뿐 아니라, 이제는 우리를 파산지경으로 내몰고 있어!

그조르그는 점점 더 죄의식을 느꼈다. 전에도 간소한 저녁식사였지만 식단은 한층 더 조촐해졌다. 그의 아버지는 의도적인 듯 제일 먼저 식사를 마쳤으며, 그 때문에 그조르그는 빵이 목구멍에 걸려 넘어가지 않을 지경이었다.

같은 시각, 크리에키크가가 풍족한 생활을 누리고 있는 것은 멀리서 보아도 확연했다. 그들은 벌금으로 받은 돈으로 소 한 마리와 양 두 마리를 샀다. 매일 저녁 가축의 방울소리가 그조르그의 귓전을 때렸다.

그런 다음 무기력한 시기가 찾아왔다. 삶이 제자리걸음하는 것 같았다. 부상을 당한 자는 한동안 그의 집에 몸져누워 있었다. 총알에 턱이 부서졌는데 상처가 세균에 감염되었다는 소문이었다. 그해 겨울은 어느 때보다도 길고 우울했다. 잠잠한 눈(이렇게 눈사태를 한 번도 일으키지 않는 평화로운 눈은 처음 본다고 노인네들은 말했다) 위로 바람이 소리를 내며 불었으나 그 역시 잔잔한 것이었다. 그조르그 삶의 유일한 목적인 크리에키크가의 제프는 침대에 누운 채 계속 시름시름 앓고 있었다. 그조르그는 자신이 쓸데없이 배회나 하는 할일 없는 사람처럼 느껴졌다.

그해 겨울은 정말이지 결코 끝이 나지 않을 것 같았다. 그러다 부상을 당한 자가 나아가고 있다는 것을 알게 되었을 때, 이번에는 그조르그가 덜컥 병이 나고 말았다. 그는 순교를 감내하려고 했기에 임무를 완수하기 전까지는 자리에 눕지 않으려 했다. 그러나 그것은 불가능했다. 낯빛이 백지장같이 창백해진 그는 가능한 한 서 있었으나, 결국 쓰러지고 말았다. 그는 두 달간을 죽은 것도, 그렇다고 산 것도 아닌 상태로 누워 있었으며, 반면 제프는 그의 와병을 틈타 자유롭게 마을을 돌아다니기 시작했다.

몸져누운 탑의 이층 방 한구석에서 그조르그는 아무것도, 거의 아무런 생각도 하지 않으며 창 너머 풍경만 바라보곤 했다. 그곳에는 눈을 뒤집어쓴 하얀 세상이 펼쳐져 있었는데, 그 세상과 그는 더이상 아무

관계도 없었다. 그는 이 세상에서 자신을 이방인으로, 심지어 불필요한 존재로 느끼게 된 지 이미 오래였으며, 만일 바깥세상이 여전히 그를 기다린다면, 오직 살인과 관련해서였다.

그가 눈으로 뒤덮인 땅을 그렇게 하염없이 바라보는 동안, 그는 그래, 그래, 나는 곧 갈 거야, 그의 피를 받으러 가는 데 더이상 지체하지 않을 거야, 라고 생각하는 것 같았다. 어찌나 집요하게 그 생각에 매달렸던지, 때때로 그는 자신이 만든, 자그마한 선홍빛 핏자국이 하얀 벌판 한복판에 얼룩지는 광경을 실제로 본 것 같은 느낌을 받곤 했다.

3월 초순에 들어서자, 몸이 호전되었음이 느껴졌다. 그달 둘째 주에 접어들자, 그는 자리에서 일어났다. 문밖출입을 하게 됐으나 다리는 여전히 후들거렸다. 병으로 여전히 정신이 몽롱하고, 촛불처럼 창백한 안색을 한 그가 매복을 하러 떠날 수 있으리라고는 아무도 생각하지 않았다. 적이 여전히 와병중인 것으로 안 크리예키크가의 제프가 불시에 당한 것은 필시 바로 그런 이유에서였을 것이다.

이따금 비는 금방이라도 멈출 듯 가늘어지다가도 돌연 기세를 떨치며 쏟아지곤 했다. 때는 아직 오후임이 분명했다. 그조르그는 다리가 묵직해져옴을 느꼈다. 날은 여전히 우중충했다. 달라진 것은 오로지 마을뿐이었다. 그것도 길을 가다 마주친 주민들의 옷차림이 달라진 것을 보고 알아차렸다. 큰길에서 좀 떨어진 곳에 작은 촌락들이 형성되어 있었다. 곳곳에 있는 구리 종탑들이 멀리서 희미한 빛을 반사했다. 이어 몇 킬로미터 동안 아무것도 없는 대지가 다시 이어졌다.

눈에 띄는 행인의 수가 점점 줄어들었다. 그조르그는 다시 오로시성에 대해 물었다. 사람들은 우선 그에게 성은 매우 가까운 거리에 있다고 말했다. 그러나 이제 정말 성이 가까워졌을 것이라고 생각하면, 성은 아직 멀리 있다고 대답해주는 것이었다. 행인들이 몸짓을 해가며 같은 방향을 멀리 가리킬 적마다 그의 시선은 안개 속으로 흩어져버리곤 했다.

두세 차례, 그조르그는 저녁이 되었다고 느꼈으나, 전혀 그렇지 않았다. 영원히 끝나지 않을 것 같은 오후였다. 마을들은 세상으로부터 영원히 숨어버리고 싶기라도 한 듯 큰길에서 멀리 떨어져 있었다. 성까지 아직도 멀었는지 그는 다시 한번 물어보았다. 이제 거의 다 왔다는 대답이었다. 그 행인은 손을 들어 성이 있는 방향을 가리켰다.

"날이 어두워지기 전에 도착할 수 있을까요?" 그조르그가 물었다.

"그럼요. 석양 무렵이면 도착할 겁니다." 상대방이 대답했다.

그는 다시 걷기 시작하다 지쳐 주저앉았다. 저녁은 쉽게 오지 않으면서 성이 여전히 멀리 있도록 만드는 것 같기도 했고, 혹은 반대로 성까지 남은 거리가 저녁이 오지 않도록, 저녁 어스름이 지상에 깔리지 않도록 막고 있는 것 같기도 했다.

한번은 안개 속에서 탑 같은 것을 보았다고 생각했다. 그러나 그 어두운 물체는 그날, 그러니까 기나긴 날의 새벽녘에도 본 수녀원 건물임이 밝혀졌다. 얼마간 길을 걸은 뒤, 그는 다시 한번 성채에 거의 다 왔다고 생각했다. 미끄러운 길 꼭대기에서 마침내 분명히 성을 보았다고 믿기까지 했다. 그러나 그것의 동태를 눈여겨본 그는 그것이 오로시탑이 아니며, 그렇다고 어떤 다른 건축물도 아닌, 짙은 안개 덩어리일 뿐이었다는 사실을 깨달았다.

한길에 다시 홀로 남게 되었을 때, 그는 종내에는 성에 당도하리라는 희망이 사그라졌음을 느꼈다. 길 양쪽에서 풍기는 슬픈 인상은 마치 잘못 그린 그림처럼 그곳에 자라난 몇 그루의 가시덤불로 인해 한층 짙어져 있었다. 대체 어찌된 거지? 그조르그는 자문했다. 이제는 외진 마을도 사라졌는지 보이지 않았다. 무엇보다도 고약한 것은 앞으로는 그런 마을조차 더이상 나타나지 않으리라는 느낌이 든다는 사실이었다.

그래도 그는 걸으면서 지평선상에서 탑을 찾기 위해 이따금 고개를 들곤 했다. 그러다 탑을 보았다고 생각했으나, 그다지 믿지는 않았다. 그는 몇 세기 전부터 관습법의 준수 여부를 감독해오고 있는 대공의 성에 대한 이야기를 어릴 때부터 들어 알고 있었다. 그는 가능한 모든 방법을 동원하여 성의 모습을 상상해보았다. 그의 상상 속 성은 반은 견고하게 건축되어 있으나 반은 용의 모습을 하고 있는 등, 무어라 규정할 수 없는 모습이었다. 라프시 주민들은 성을 간단하게 오로크라고 불렀는데, 그들의 이야기만으로 성을 상상하기란 불가능했다. 그리고 실제로 자신도 믿을 수 없는 심정이지만, 어쨌든 멀리서 성을 보았다고 생각되는 지금도 그것이 어떻게 생겼다고 설명할 재간은 없었다. 안개 속에서 본 성의 형태는 높지도 낮지도 않은 것 같았으며, 커다란 건축물 같기도 하고, 또 어떤 때는 매우 작은 건물 같은 인상을 주기도 했다. 그조르그는 그것이 구불구불 펼쳐진 오르막길로 인해 성을 보는 각도가 계속 바뀐다는 사실과 관계가 있음을 알아차렸다. 그러나 그가 성에 가까이 다가갔을 때에도 더 분명해진 것은 아무것도 없었다. 그는 그것이 바로 성이라고 확신했고 또한 아니라고 확신하기도 했다.

어떤 때는 각양각색의 건물에 공통의 지붕이 하나 씌워져 있는 형태라고 생각하다가도, 또 어떤 때는 지붕은 여러 개이고 건물이 하나인 것도 같았다. 그가 다가가면 갈수록 성은 모습을 달리하는 것 같았다. 그러다 마침내 서로 연결되어 있는 듯한 여러 채의 건물들 한복판에 우뚝 솟은 주루主樓가 보이는 것 같았다. 그러나 한참을 더 걷자, 주루는 시야에서 사라지고 부속 건물들만 눈에 들어왔다. 이어 부속 건물들 또한 붕괴되는 듯하더니, 더 가까이 다가갔을 때에야 그것이 탑이 아니라 일종의 일반 가옥 같은 것임을, 그리고 그중 일부는 일반 가옥도 아니고 반은 폐쇄된 지하 저장고의 일종임을 알 수 있었다. 주위에 살아 있는 생명체라고는 찾아볼 수 없었다. 내가 길을 잘못 든 걸까? 그는 자문했다. 그러나 바로 그 순간 어느 남자가 그 앞에 불쑥 나타났다.

"피의 세금을 내려는 거요?" 남자는 그의 오른쪽 소매를 흘끗 쳐다보며 이렇게 말하더니 대답을 기다리지도 않고 팔을 뻗어 지하 저장고 중 한 곳을 가리켰다.

그조르그는 그가 가리키는 방향으로 갔다. 다리가 더는 말을 듣지 않을 것 같은 느낌이었다. 그의 앞에는 매우 오래된 나무문이 가로놓여 있었다. 그는 그 안으로 들어가야 하는지 물어보려고 뒤돌아보았으나 남자는 이미 사라지고 없었다. 그는 한동안 문을 찬찬히 살핀 뒤, 문을 두드려보기로 결심했다. 오만 군데 좀먹은 나무문에는 온갖 종류의 못과 아무렇게나 박아넣은 철조각이 덕지덕지 달려 있었다. 대부분은 비스듬히 박혀 있었는데, 아무런 용도도 없는 듯했다. 그것들은 노인네 손의 손톱처럼 고색창연한 나무문과 한몸이 되어 있었다.

막 문을 두드리려던 그는 온갖 종류의 금속 조각이 박혀 있는 그 문에 정작 문을 두드리는 장치는 없다는 사실을 발견했다. 문에는 자물쇠 비슷한 것조차 보이지 않았다. 그제야 그는 문이 반쯤 열려 있음을 알았다. 그리고 태어나 단 한 번도 해본 적이 없는 짓을 했다. '주인 계세요!'라며 미리 인기척을 내는 대신 그냥 문을 밀고 들어간 것이다.

창고는 거의 어둠에 싸여 있었다. 처음에 그는 그곳에 아무도 없는 것 같다는 인상을 받았다. 그러나 곧 한구석에서 불이 타오르고 있는 것을 알아차렸다. 그것은 침울한 불이었다. 젖은 나무를 태우고 있어 불꽃보다는 연기가 더 많이 났다. 옆에는 남자 몇 명이 대기중이었다. 나무 걸상에 앉은, 혹은 구석에 웅크리고 앉은 그들의 모습을 분간해내기 전에, 외투에서 풍기는 거친 양모 냄새가 먼저 코를 찔렀다.

그도 무릎 사이에 소총을 끼우고 벽에 기대앉았다. 눈이 차츰 어둠에 익숙해졌다. 연기로 인해 입안에 쓴맛이 돌았다. 이윽고 그는 다른 사람들의 소매에도 검은 리본이 달려 있는 것을 알아보았다. 그렇다면 그들도 그처럼 피의 세금을 지불하기 위해 이곳에 왔다는 이야기였다. 그들은 모두 네 명이었다. 잠시 후에는 다섯 명이라고 생각했다. 그러나 채 십오 분도 되지 않아, 다시 그들이 네 명이라는 인상을 받았다. 왜 그랬는지 알 수 없으나, 그가 다섯번째 사람이라고 착각했던 것은 그저 어두운 구석에 세워놓은 나무 밑동이었다.

"어디서 오는 길입니까?" 그의 곁에 웅크리고 있던 남자가 물었다.

그조르그는 자기 마을의 이름을 댔다.

밖에는 어둠이 깔려 있었다. 사람들이 그늘로부터 벗어나기가 무섭게 무너져내린 폐허처럼, 그는 자신이 저장실 문턱을 넘어서자마자 어둠이 불쑥 닥친 것 같은 기분이 들었다.

"별로 멀지 않네요. 나는 쉬지 않고 이틀 반을 걸어야 했지요." 옆사람이 말했다.

그조르그는 그에게 뭐라고 대답해야 할지 알 수 없었다.

누군가 삐거덕 소리를 내며 문을 밀고 들어왔다. 남자는 곧장 화덕 쪽으로 오더니 팔에 든 나뭇단을 불속에 던졌다. 물에 젖은 가지라, 화덕에서 간헐적으로 올라오던 불꽃이 꺼지고 말았다. 불구인 듯한 그 남자는 조금 뒤 석유 램프에 불을 붙이더니, 벽에 박힌 무수한 못 중 하나에 램프를 걸었다. 램프 유리에 달라붙은 거무스름한 그을음을 통해 반짝이는 노란 불빛은 저장고 구석구석까지 비추기에는 역부족이었다.

입을 떼는 사람이 아무도 없었다. 남자가 다시 나가고 잠시 후 다른 남자가 들어왔다. 조금 전에 다녀간 남자와 닮은 모습이었다. 손에 아무것도 들고 있지 않다는 점만 달랐다. 그는 사람 수를 세려는 듯 죽 둘러보더니(두세 차례 나무 밑동으로 시선을 돌렸는데, 그것이 사람인지 아닌지 확인하기 위함인 듯했다) 다시 나갔다. 시간이 조금 흐른 뒤 그는 손에 냄비를 들고 돌아왔다. 그의 뒤로 나무 사발 몇 개와 옥수수빵 두 개를 든 사람이 따라왔다. 그는 사람들 앞에 사발과 빵조각을 하나씩 놓아주었으며, 손에 냄비를 든 남자는 강낭콩 수프를 부어주었다.

"당신은 운이 좋았어요. 식사를 주는 시각에 맞춰 도착했으니까요. 그렇지 않았다면 내일까지 쫄쫄 굶어야 했을 겁니다." 옆사람이 그조르그에게 말했다.

"빵과 치즈를 조금 가져왔는걸요." 그조르그가 대답했다.

"어째서요? 성에서는 피의 세금을 지불하러 온 사람에게 하루에 두 차례 먹을 것을 주는데요."

"그런 줄은 몰랐습니다." 허겁지겁 빵을 한입 삼키며 그조르그가 말했다.

옥수수빵은 딱딱하게 굳어 있었지만, 그는 배가 고파 죽을 지경이었다.

그조르그는 어떤 금속 물체가 무릎 위로 떨어지는 것을 느꼈다. 옆 사람의 담뱃갑이었다.

"한 대 피우세요." 옆사람이 그에게 말했다.

"여기 온 지 얼마나 됐나요?" 그조르그가 물었다.

"정오부터 있었어요."

그조르그가 아무 말도 하지 않았음에도 그는 그조르그가 놀랐으리라고 짐작한 모양이었다.

"왜 그렇게 놀랍니까? 어제부터 기다리는 사람들도 있는걸요."

"그래요? 나는 오늘 저녁 돈을 지불하고 내일 아침에는 마을로 출발할 수 있을 거라고 생각했는데요." 그조르그가 말했다.

"그렇게는 되지 않을 겁니다! 내일 저녁까지만 지불할 수 있어도 운이 좋은 거예요. 이틀을 기다려야 할지도 몰라요. 사흘이 걸릴 수도 있고요."

"사흘요? 어떻게 그럴 수가 있지요?"

"성의 입장에서 보면, 피의 세금을 받는 일은 급할 게 없으니까요."

그조르그는 반박하고 싶었다. 그렇지만 제 아버지께서는 오늘 저녁까지 꼭 이곳에 도착해야 한다고 하셨단 말이에요. 그러나 옆사람은 말을 이었다.

"살인을 저지르면 곧장 이곳으로 와야 하지요. 그러나 세금을 받는 시간으로 말할 것 같으면 전적으로 저들 소관이랍니다."

저장고의 문이 흔들리더니 강낭콩 수프 냄비를 가져왔던 남자가 다시 들어왔다. 그는 빈 사발을 거둬들이고 화덕의 불을 부지깽이로 한번 쑤석거리더니 다시 나갔다. 그조르그는 그의 모습을 눈으로 좇았다.

"저들은 대공의 하인인가요?" 그는 낮은 소리로 옆사람에게 물었다.

옆사람은 어깨를 으쓱해 보였다.

"뭐라고 말해야 할지 모르겠군요. 하인 노릇을 하는 대공의 먼 사촌들인 것 같습니다."

"그래요?"

"이 주변의 건물들을 봤지요? 대공과 혈연관계인 가족들이 많이 살고 있답니다. 경비원이나 급사장 역할을 하지요. 그들 차림새를 눈여겨보았는지 모르겠군요. 산악 지방 주민의 차림새도, 그렇다고 도회지 사람의 차림새도 아니에요."

"그러네요." 그조르그도 인정했다.

"자, 한 대 더 피우세요." 남자가 담뱃갑을 내밀며 말했다.

"고맙습니다만, 저는 담배를 거의 피우지 않아요." 그조르그가 대답했다.

"언제 살인을 했나요?"

"그저께요."

언제 살인을 했나요…… 마음속으로 그 질문을 되뇌면서, 그는 새로운 날을 맞은 느낌을 받았다. 마치 집 짓는 일이나 혼인 준비, 혹은 첫아이의 탄생에 대해 묻는 투였다.

일찍이 그는 그러한 일을 성취해본 적이 없었다. 그가 이승에서 한 유일한 일은 오직 살인뿐이었다.

그조르그는 소총의 차디찬 총신을 꼭 붙잡았다.

밖에서는 빗소리가 들려왔다.

"올겨울은 끝날 기미가 보이지 않네요."

"그래요, 정말 지루하군요."

멀리서, 아마도 주主탑의 내부에서 나는 듯한, 날카롭게 삐거덕거리는 소리가 들려왔다. 육중한 문짝이 열리는 소리였다. 열리거나 아니면 닫히는 중이었을 그 문은 한참 동안 삐거덕 소리를 냈다. 그 소리에 이어, 곧 밤새의 울음소리처럼 들리는, 혹은 보초병이 내는 고함소리 같은, 그러니까 친구에게 건네는 인사말이나 작별인사 같은 고함소리가 뒤따랐다. 그조르그는 몸을 한층 깊숙이 웅크렸다. 자신이 오로시성에 와 있다는 사실을 확신할 수 없었다.

삐거덕대는 문소리에 졸음이 달아나고 말았다. 그가 세번째 눈을 떴을 때, 나뭇단을 한아름 든 꼽추가 들어오는 것이 보였다. 그는 화덕에 나뭇단을 던진 뒤 석유램프의 심지를 돋웠다. 나뭇가지에서 물이 뚝뚝 떨어졌다. 밖에는 여전히 비가 오나보다고 그조르그는 생각했다.

램프의 불빛으로 방에 있는 사람들이 자고 있지 않다는 것을 알 수 있었다. 등이 시려왔으나 화덕 근처로 다가가는 것을 무언가가 막는 것 같았다. 불이 몸을 덥혀주지 않으리라는 느낌 때문만은 아니었다. 여기저기 눌어붙은 검은 그을음 사이로 가물대며 희미하게 비추는 불빛은 그곳에 대기중인 사람들의 침묵을 한층 더 무겁게 만들고 있었다.

그조르그는 그들이 모두 살인자이며, 각자 나름의 사연을 간직하고 있으리라고 두세 번쯤 생각했다. 그러나 그 이야기는 그들 마음 깊은 곳에 이중으로 꽉꽉 숨겨져 있었다. 화덕 불빛 아래로 보이는 그들의 입, 특히 턱이 옛 자물쇠의 모습을 연상시키는 것은 우연이 아니었다. 성까지 오는 길 내내, 그는 누군가가 그의 사연에 대해 물을지 모른다는 생각에 잔뜩 겁을 먹고 있었다. 두려움은 저장실에 들어서는 순간 절정에 달했으나, 일단 이곳에 들어서자 위험에서 벗어났다는 어떤 확신이 들었다. 그런 안도감은 이곳에 먼저 와 있던 사람들의 굳은 태도에서 비롯한 것인지도 몰랐다. 아니면 새로 도착한 이가 처음엔 사람으로 착각해서 무례하다고 생각하거나, 혹은 반대로, 처음에는 나무토막인 줄로 알았다가 곧 자신의 착각에 미소를 지으며 사람이라고 생각하고 인사를 건네다, 결국 가서 진실을 알게 되는 나무 밑동 덕분인지도 몰랐다. 이제 그조르그는 나무 밑동이 바로 그런 목적을 위해 놓여 있는 거라고 생각하게 되었다.

꼽추가 화덕에 던져넣은 축축한 나뭇가지가 타다닥 타오르기 시작했다. 그조르그는 한숨을 깊이 내쉬었다. 밖에는 어둠이 한층 짙어졌을 게 분명했다. 멀리서 북풍이 땅바닥을 쓸며 약하게 불고 있었다. 그는 뭔가 이야기하고 싶은 심정이 되었고, 그런 자신에게 매우 놀랐다. 그러나 그런 바람 이상으로 현재 주변의 기묘한 인상에 더욱 놀랐다. 주위 사람들의 턱이 조금씩 형태가 변해가는 것 같았던 것이다. 그들의 이야기가 목젖까지 올라와 있었으며, 그들은 추운 겨울밤 내내 그날분의 꼴을 되새김질하는 소처럼 되씹기 시작했다. 이제 이야기가 그들의 입술에서 흘러나오기 시작했다. 복수를 한 지는 얼마나 됐습니까? 나흘이오, 댁은요?

이야기는 그들의 거친 모직 외투에서 조금씩조금씩 흘러나왔다. 검은 바퀴벌레와도 닮은 그들의 이야기는 슬금슬금 기어다니다가 서로 부딪치기도 했다. 휴전 기간 삼십 일 동안 뭘 할 겁니까?

난 그동안 뭘 할까? 그조르그는 곰곰이 생각해보았다. 할 게 아무것도 없었다.

간혹 그는 결코 좋다고 생각할 수 없는, 몸을 따스하게 하기보다는 더 떨게 만드는 저 불 근처에서 기어다니는 검은 바퀴벌레들과 함께 남은 날을 이 눅눅한 저장고에 묶여 있게 될지도 모른다는 느낌이 들었다.

언제쯤 세금을 지불하라고 나를 부를 것인가? 이곳에 들어온 이래로 우리 중 단 한 명만이 불려나갔다. 며칠을 기다려야 할까? 만약 부름을 받지 못한 채로 일주일이 지난다면? 저들이 끝내 나를 부르지 않는다면?

문이 열리더니 낯선 남자가 한 명 들어왔다. 멀리서 왔음을 한눈에 알 수 있었다. 무심한 불빛이 두세 차례 그를 비추었다. 불빛은 그가 진흙투성이에 후줄근하게 젖었다는 것까지 알아볼 수 있을 정도로 비추더니 다른 사람들처럼 그를 어둠 속에 내동댕이쳤다.

깜짝 놀란 듯한 그 남자는 구석으로 가더니 나무 밑동 곁에 자리잡았다. 그조르그는 불과 몇 시간 전, 이곳에 들어왔을 때 자신의 모습이 어떠했는지 궁금해서 곁눈으로 계속 그를 살폈다. 그 남자는 두건이 달린 망토를 벗더니 무릎 위에 턱을 괴었다. 그의 사연은, 겉으로도 드러나는 것처럼, 여전히 그의 내부 깊숙이 묻혀 있었다. 아직은 그의 목구멍에서 한참 먼 곳에 묻혀 있었다. 혹 그의 이야기가 아직 그의 육체와 한몸이 되지 않았다면, 표면에, 그러니까 막 살인을 저지르고 꽁꽁 얼어, 완수하지 못한 어떤 것을 이루고 싶기라도 한 듯 무릎을 감싼 채 신경질적으로 떨고 있는 두 손 위에 머물고 있는 것인지도 몰랐다.

3

마차는 산길을 경쾌하게 달리고 있었다. 고무 바퀴가 달린 사륜마차로, 도시에서는 산책할 때 쓰이거나 삯마차로 사용되는 것이었다. 검은 벨벳으로 덮여 있는 것은 의자뿐이었으나 마차의 전체적인 외양에는 벨벳의 느낌을 풍기게 하는 무언가가 있었다. 그런 이유 때문인지 마차는 기대했던 것보다 훨씬 수월하게 험한 산길을 달리는 듯했다. 무슨 불화나 가라앉히기 힘든 분노 때문은 아니었지만, 우아한 차량과 어울리지 않는 말들의 헐떡임이나 말발굽소리만 없다면 한결 조용하게 달릴 수 있을 것이다.

베시안 보릅시는 아내의 손을 잡고 그들이 반시간 전에 지나온 소도시, 즉 북부 지방에서 가장 높은 고원지대인 라프시 바로 아래 위치한 최전방 도시가 시야에서 사라진 것을 확인하려는 듯 차창에 머리를 기울였다. 이제 그들의 전방과 양쪽에는 평야도 아니고 산도 아닌, 아주 특이한 굴곡에 약간 경사진 대지가 펼쳐져 있었다. 엄밀하게 말하면 산은 아직 시작되지도 않았으나, 산의 그림자를 분간할 수는 있었다. 이 고원지대를 산이라고 하지 않으면서 그렇다고 평원이라고도 부르지 않는 것은 바로 이 산 그림자 때문인 것 같았다. 그곳은 건조하고 사람도 거의 살지 않는 중간지대였다.

이따금 작은 빗방울들이 마차 유리창을 타고 흘러내렸다.

"'저주받은 산정山頂들'이라." 오래전부터 고대해왔던 모습에 경의를 표하듯이, 다소 떨리는 나지막한 목소리로 그가 말했다. 그는 그 이름이 풍기는 위엄 때문에 아내가 깊은 인상을 받았다고 느꼈고, 그래서 만족스러웠다.

그녀도 차창으로 얼굴을 기울였다. 목덜미에서 향수 냄새가 풍겼다.

"그게 어디에 있는데?"

베시안 보릅시는 처음엔 턱짓을 했다가, 이어 손짓까지 했다. 그러나 그녀는 그가 가리킨 방향에서 짙은 안개 외에는 아무것도 알아볼 수 없었다.

"아직은 아무것도 보이지 않아. 조금 더 가야 하거든." 그가 설명했다.

그녀는 남편에게 그대로 손을 맡긴 채 벨벳 의자 깊숙이 몸을 묻었다. 마차가 요동치는 바람에 출발 직전에 소도시에서 산, 그들의 이야기가 실린 신문이 바닥에 떨어졌으나 주울 생각도 하지 않았다. 그녀는 자신들의 여행 소식을 담은 작은 기사의 제목을 떠올리면서 다소 멍한 미소를 지었다. '뜻밖의 밀월여행: 작가 베시안 보릅시가 어린 아

내와 북부 고원지대로 신혼여행을 떠나다!'

기사는 좀 모호했다. A. G.(그 둘의 공통 지인인 아드리안 구마를 말하는 걸까?)라는 기사의 작성자가 그들의 여행에 호의적인지, 혹은 일종의 악의를 가지고 대하는지 분간하기 어려웠다.

약혼자가 결혼 이 주 전에 이 여행 계획에 대해 말을 꺼냈을 때, 그녀는 세상에 그보다 더 엉뚱한 생각은 없을 것이라고 생각했다. 그러나 그녀의 친구들은 이렇게 말했다. 놀랄 일도 아니지. 결코 평범하다고는 할 수 없는 남자와 결혼을 하니, 바로 그 순간부터 너는 이미 그에게 엉뚱한 것밖에는 기대할 수 없는 거야. 그러나 우리가 너에게 말해줄 수 있는 한 가지 사실은 네가 무척 운이 좋다는 거야!

정말이지 그녀는 행복했다. 결혼식 전 며칠 동안 그들은 반은 세속적이고 반은 예술적인 티라나의 사교계에서 미래에 떠날 신혼여행에 대해 이야기했다. 친구들은 그녀를 부러워하며 이렇게 말하곤 했다. 너는 현실에서 벗어나 전설의 세계, 다시 말하면 서사시의 세계로, 우리 시대에는 거의 찾아보기 힘든 서사시의 세계로 가는 거야. 그러고는 요정과 오레이아스*, 음유시, 이 세상 최후의 호메로스 찬가, 그리고 끔찍한 면도 있지만 너무도 위엄 있는 카눈에 대한 말들이 뒤따랐었다. 그런가 하면 다른 사람들은 그러한 열광적인 태도를 빈정대면서 은밀하게 의구심을 내비쳤다. 알프스는 여전히 날씨가 추운데, 서사시대의 탑들은 돌로 지어져 있고, 뭐니 뭐니 해도 신혼여행이니 안락한지를 염두에 두지 않을 수 없다는 것이다. 반면에 아주 드물긴 했지만

* 그리스신화에 나오는 산의 요정.

익살을 떨며 이렇게 말해주는 사람도 있었다. "가라고, 북부 지방으로 가. 오레이아스들 틈에 있다면 너희 둘에게 아주 좋을 거야. 특히 베시안에게는 기가 막힐 노릇 아니겠어?"

그렇게 해서 그들은 지금 어둑한 고원지대를 향해 달리고 있는 것이었다. 그녀는 라프시에 관해 많은 것을 읽었고, '황태후'라는 이름이 붙은 여학교에서 공부할 때 그곳에 대해 아주 많은 이야기를 들었다. 그러나 무엇보다도 그후, 베시안과 약혼한 뒤로 라프시는 그녀의 마음을 끌었으며, 동시에 두려움을 주기도 했다. 실제로 그녀가 읽거나 들은 것들, 심지어 베시안의 글조차 영원한 안개에 싸인 고원지대의 삶이 어떤 것인지 알 수 있게 해주지는 못했다. 그녀는 사람들이 고원지대에 대해 이러쿵저러쿵하는 모든 이야기가 모호하고 불분명하다는 인상을 받았다. 베시안 보릅시는 북부 지방에 대해 반은 비극적이고 반은 철학적인 단편소설들을 쓴 적이 있는데, 언론의 반응은 미적지근했다. 어떤 평론가들은 그의 단편을 보석이라며 환영했지만, 어떤 이들은 현실감이 떨어진다며 질타했다. 디안은 만일 남편이 이 이상한 순례를 시도하고자 결정했다면, 북부 지방에 대한 호기심을 과시하기 위해서라기보다는 그의 내부에 있는 무언가를 확인하기 위한 것이리라고 두세 차례 생각했었다. 그러나 만일 그게 목적이라면 그는 훨씬 전에 이 여행을 감행할 수 있었을 것이며 혼자서도 갈 수 있었으리라는 짐작이 들자 생각을 바꿨다.

그녀는 이제 그를 살피고 있었다. 턱에 일어난 경련과 차창 너머를 바라보는 태도로 볼 때, 그가 일종의 초조감을 억누르고 있다고 판단했다. 그녀는 그의 그런 태도를 이해할 수 있었다. 그가 며칠 동안 줄기차게 떠벌렸던, 반은 환상적이고 반은 서사적인 그 세계가 쉽사리 모습을 드러내지 않는 게 분명해 보였다. 밖에는, 즉 마차 양쪽에는 세상에서 가장 음울한 비를 맞아 축축이 젖은 잿빛 돌들이 무수히 널려 있고, 사람이 살지 않는 황야가 끝도 없이 펼쳐져 있었다. 그녀는 생각했다. 그는 내가 실망할까봐 겁내고 있어. 그래서 그녀는 다시 한번 이렇게 말하려 했다. 베시안, 걱정하지 마. 우리가 길을 떠난 지 아직 한 시간밖에 안 됐잖아. 그리고 나는 북부 지방의 모든 신비가 우리 눈앞에 단번에 나타날 거라고 생각할 만큼 순진하지도 인내심이 부족하지도 않아. 그렇지만 그녀는 아무 말도 하지 않았다. 친숙한 동작으로 그의 어깨에 머리를 기댄 것이 전부였다. 그녀는 그런 행동이 다른 어떤 말보다도 그를 안심시킬 거라고 직감했다. 그녀는 마차가 흔들림에 따라 그의 어깨에서 출렁이는 자신의 밝은 밤색 머리칼을 곁눈으로 바라보며 한동안 가만히 있었다.

남편의 어깨가 움직인다고 느꼈을 때, 그녀는 잠 속으로 빠져들고 있었다.

"디안, 저기 좀 봐." 그가 그녀의 손을 잡으며 낮은 소리로 말했다.

멀리 한길 끝에, 검은 윤곽이 보였다.

"산악 지방 주민들이야?" 그녀가 물었다.

"그래."

마차가 그들에게 다가갈수록 윤곽들은 점점 길어지는 것 같았다. 두 사람이 거의 차창에 얼굴을 붙이다시피 하고 있어서, 그녀는 입김 때문에 뿌옇게 된 차창을 두세 차례 닦아야 했다.

"저들이 손에 들고 있는 게 뭐지, 우산인가?" 작은 소리로 그녀가 물었다. 그때 마차는 산악 지방 주민들과 불과 오십 걸음 정도밖에 되지 않는 거리에 도달해 있었다.

"그래, 분명 그렇군." 그는 우물거리며 웅얼댔다. "음, 그런데 저들은 우산을 어디서 구했을까?"

마차는 마침내 산악 지방 주민들을 지나쳤다. 주민들은 그들의 마차를 계속 눈으로 좇았다. 베시안은 그들이 들고 있는 물건이 고래뼈와 천조각으로 만든 낡은 우산인지 확인하기 위해 고개를 돌렸다.

"우산을 준비해 들고 다니는 산악 지방 주민들은 한 번도 본 적이 없는데." 그가 중얼거렸다. 디안 역시 놀랐으나, 남편의 기분을 상하게 하지 않으려고 놀라움을 표출하는 것을 자제했다.

더 길을 가서, 옥수수 자루를 짊어진 두 명을 포함하여 다른 일단의 산악 지방 주민들을 보았을 때, 그녀는 그들을 못 본 척했다. 베시안은 잠시 그들을 지켜보았다.

"옥수수군." 결국 그가 말을 내뱉었으나, 디안은 아무 대꾸도 하지 않았다. 그녀는 다시 남편의 어깨에 머리를 기댔으며, 그녀의 머리칼은 마차가 요동치면서 가볍게 흔들리기 시작했다.

이제 길을 주의깊게 관찰하는 쪽은 그였고, 그녀는 좀더 유쾌한 쪽으로 생각을 돌리려 애썼다. 어쨌든 전설적인 산악 지방 주민들이 옥수수 자루를 짊어지고 다닌다거나, 비를 피하기 위해 너덜너덜하게 해진 우산을 사용한다는 것이 그렇게 큰 불행은 아니었다. 겨울 문턱이면 수도의 거리에서, "나무 벱니다!" 하고 사람의 목소리라기보다 야행성 새의 울음소리처럼 서글픈 고함을 질러대면서 어깨에 도끼를 메고 다니는 사람을 어디 한둘 보았던가? 그러나 베시안은 그녀에게 그

사람들은 산악 지방을 대표할 만한 이들은 아니라고 말했다. 이유야 어찌됐든 서사시의 대지를 떠난 그들은 뿌리 뽑힌 나무처럼 추방된 것이며, 그들의 영웅적 위상이나 타고난 미덕을 상실했다는 것이다. 어느 날 밤 그는 손을 들어 지평선 위 하늘 높은 곳을 가리키면서 진정한 산악 지방 주민들은 저 위, 라프시에 산다고 그녀에게 말한 적이 있었다. 마치 라프시가 지상이 아닌 하늘에 펼쳐져 있기라도 한 것처럼.

이제 차창에 얼굴을 바짝 붙인 그는 아내가 이렇게 말할까봐 창밖에 보이는 황야에서 눈을 떼지 못했다. 손에 초라한 우산을 들거나 등에 옥수수 자루를 짊어진 저 불쌍해 보이는 나그네들이 나에게 그토록 떠벌렸던 산악 지방의 그 전설적인 용사들이란 말이야? 그러나 디안은, 비록 환상이 산산조각났다 해도, 그런 말은 결코 하지 않을 생각이었다.

그에게 기대앉은 그녀의 눈꺼풀이 마차가 요동함에 따라 이따금 감기곤 하는 가운데, 불모의 벌판이 자아내는 슬픔을 떨쳐버리려는 듯, 그녀는 약혼식을 올린 뒤 첫 며칠 동안 일어났던 일들의 편린을 떠올렸다. 수십 가지 추억들 중에서도 큰길가의 플라타너스들, 카페의 문들, 그들이 손깍지를 끼었을 때 반짝이던 약혼반지, 그리고 그녀가 처녀를 잃던 날 오후 옆집에서 들려오던 피아노 소리 등이 떠올랐다. 디안은 자신의 실망감을 어느 정도 씻어주기를 바라며 그 기억들을 끝없이 펼쳐진 황야 위로 쏟아놓았다. 그러나 황야에는 아무런 변화도 일지 않았다. 축축하고 헐벗은 황야는 그녀의 행복했던 모든 추억뿐 아니라, 모든 세대의 행복한 기억마저도 눈 깜짝할 사이에 삼킬 듯한 태세였다. 그녀는 일찍이 이 같은 땅을 본 적이 없었다. 황야 위로 우뚝 솟은 산들은 '저주받은'이라는 수식어가 붙고도 남을 만했다.

그녀는 처음에는 베시안이 어깨를 움직이는 바람에, 그다음엔 부드럽게 말을 거는 그의 목소리 때문에 졸음에서 깨어났다.

"디안, 저길 좀 봐, 교회야."

그녀가 차창으로 다가가자, 시야에 돌로 만든 종탑 위로 우뚝 솟은 십자가가 들어왔다. 교회는 불쑥 튀어나온 암석 위에 자리했는데, 길이 바로 그 아래쪽에 나 있었기 때문인지 혹은 하늘이 잿빛이어서인지, 검은 십자가는 위태롭게 균형을 유지하며 구름 사이에 서 있는 것만 같았다. 아직은 먼 거리에 있었으나 점차 가까이 다가가자, 종의 모습과 검은 십자가의 그림자 아래 미소처럼 반짝이는 청동빛 광택이 확연히 눈에 들어왔다.

"어쩌면 저렇게 예쁠까!" 디안은 탄성을 질렀다.

베시안은 고개를 끄덕였으나 아무 말도 하지 않았다. 십자가의 준엄한 그림자와 종의 은은한 빛이 주변의 모든 사물 위에 드리워져 있어서, 사방 10킬로미터 밖에서도 따로따로든 한데 어우러진 형태로든 십자가와 종을 알아볼 수 있을 게 분명했다.

"저기 봐, 저기에 산악 지방 탑들이 있군."

그녀는 교회에서 시선을 겨우 떼어 높다란 돌 건물을 찾아보았다.

"어디?"

"저 경사지 위, 저 위를 봐." 그는 손짓을 해가며 말했다. "저기, 저기에 또하나 있군, 더 멀리, 저쪽, 건너편 언덕에."

"그러네!"

그는 갑자기 생기를 띠고 열심히 지평선을 탐색하기 시작했다.

"산악 지방 주민들이야." 그는 앞쪽의 천창天窓을 향해 손을 뻗으며 말을 이었다.

그들은 이쪽을 향해 걸어오고 있었으나 아직은 거리가 멀어 제대로 분간하기 어려웠다.

"이 근처에 큰 마을이 있는 게 분명해."

마차가 그들에게 가까워지자 디안은 남편이 극도로 긴장하고 있음을 알아챘다.

"어깨에 소총을 메고 있는데." 그녀가 말했다.

"그래." 그는 안심한 듯, 그러나 차창에서 눈을 떼지 않고 대답했다. 그의 눈은 무언가를 찾고 있는 것 같았다. 산악 지방 주민들과는 겨우 스무 걸음밖에 떨어져 있지 않았다. 그는 마침내 불쑥 디안의 어깨를 잡아끌며 말했다. "저것 좀 봐. 저 사람 오른쪽 소매에 달린 검은 리본 봤어?"

"응, 응." 그녀가 대답했다.

"저기 또 죽음의 표시가 있네. 그리고 저기, 저기에도 있고."

그는 흥분하여 숨을 헐떡였다.

"끔찍해!" 그녀는 자신도 모르게 내뱉었다.

"뭐라고?"

"내 말은 그러니까, 아름다우면서도 끔찍하다는 뜻이야."

"사실이야. 뭐라 정의할 수 없는 아름다움이라고 해야겠지."

그는 이상한 번득임이 담긴 눈길로 그녀를 향해 불쑥 고개를 돌렸다. 그는 마치 이렇게 말하려는 것 같았다. 이 모든 것을 믿지 않았지, 고백하라고. 사실 그녀는 그런 의심을 한 번도 드러낸 적이 없었지만,

그럼에도 그녀의 눈에 나타난 씁쓸한 비난의 빛은, 아니야, 나는 아니라고! 당신을 믿지 않았던 사람들은 당신 친구들이지 내가 아니야! 라고 대답하고픈 그녀의 바람만큼이나 또렷했다.

마차는 산악 지방 주민들을 뒤로한 채 계속 달렸다. 베시안은 이제 미소로 얼굴이 환해져서 의자에 등을 기대고 앉아 있었다.

"어둠의 지역이, 생명의 법칙보다 죽음의 법칙이 우선시되는 지역이 가까워지고 있어." 그는 혼잣말하듯 말했다.

"그렇지만 피를 회수할 임무를 맡은 사람과 피를 회수당해야 하는 사람을 어떻게 구별하지? 검은 리본을 단 것은 똑같잖아." 디안이 물었다.

"그래, 같아. 죽음의 낙인은 죽음을 부과하려는 사람에게나, 그 죽음이 찾아다니는 사람에게나 똑같지."

"끔찍해." 그녀는 자신도 모르게 말했다.

"이 세상 다른 어떤 나라에서도 벌목하기 위해 표시해놓은 나무처럼 죽음의 표시를 몸에 달고 다니는 사람은 없다고."

그녀는 조심스럽게 그를 살폈다. 베시안의 눈은 짜증스러운 기다림 끝에 돌연 불붙은 내면의 빛으로 반짝이고 있었다. 처음에 보았던, 우스꽝스럽게 생긴 망가진 우산을 들거나 등에 평범한 옥수수 자루를 짊어진 주민들 따위는 이제 존재하지도 않는 것 같았다.

"저기, 저들이 또 있어!" 그가 탄성을 질렀다.

이번에는 그녀가 그들 중 한 명의 소매에 검은 천이 달려 있는 것을 먼저 발견했다.

"그래, 이제 우리는 죽음의 왕국에 들어섰다고 할 수 있겠군." 베시안은 차창에서 눈을 떼지 않고 말했다. 창밖에는 여전히 비가 내리고 있었다. 빗줄기는 안개에 희석되기라도 하듯 점점 가늘어졌다.

디안은 엷게 미소를 지었다. 그가 말을 이었다.

“그래, 우리는 율리시스처럼 죽음의 왕국에 들어선 거야. 율리시스는 죽음의 왕국으로 내려갔고 우리는 올라가야 한다는 점이 다르긴 하지만.”

그녀는 계속 그를 관찰하면서 그의 말에 귀기울였다. 그는 그들의 입김으로 뿌얘진 차창에 이마를 기대고 있었다. 차창 너머 세계의 모습이 바뀐 것 같았다.

“그들은 짙은 안개 속의 유령처럼 소매에 검은 리본을 달고 길 위를 배회하고 있어.” 그가 말을 이었다.

그녀는 한마디도 입 밖에 내지 않고 그의 말을 듣고 있었다. 이곳으로 오기 전, 이 모든 것에 대해 얼마나 많은 이야기를 했던가. 그러나 지금 남편의 말 속에는 새로운 울림이 있었다. 그들 뒤로는 자막이 들어간 영화의 한 장면처럼, 한층 침울해진 풍경이 펼쳐져 있었다. 그녀는 그가 언젠가 말해주었던, 머리에 수의를 뒤집어쓴 사람들도 길에서 만날 수 있을지 묻고 싶었다. 그러나 무언가가 그 질문을 하는 것을 막았다. 아마도 그녀의 물음이 정말로 그들을 나타나게 하지 않을까 하는 순진한 두려움 때문인 듯했다.

마차는 이제 상당히 먼길을 달려왔으며 마을은 더이상 눈에 띄지 않았다. 오직 교회의 십자가만이 무덤의 십자가들처럼 약간 비뚤어진 채, 하늘마저 묘지 터를 닮아 살짝 내려앉은 듯한 지평선 끝에서 천천히 흔들리고 있었다.

“저기 돌무덤이 있네.” 그는 손으로 길 끝을 가리키며 말했다.

그녀는 잘 보기 위해 목을 길게 뺐다. 길 양쪽에 아무렇게나 쌓인 주변의 돌보다는 약간 밝은 빛의 돌들이 뚜렷한 순서 없이 쌓인 무더기였다. 비가 오지 않았다면, 돌들이 그처럼 슬퍼 보이지는 않았으리라고 그녀는 생각했다. 그에게 그런 생각을 털어놓자, 그는 부정의 몸짓과 함께 미소를 지었다.

“여기 사람들이 무란이라고 부르는 돌무덤은 언제나 슬픈 듯 보여. 그리고 주변의 풍경이 경쾌할수록 더욱 침울해 보이지.”

“그렇겠네.” 그녀가 말했다.

그가 말을 이었다.

“나는 각양각색의 표시, 상징이 있는 온갖 종류의 무덤과 공동묘지들을 둘러본 적이 있어. 하지만 우리의 산악 지방 사람들이 사람이 죽은 바로 그 자리에 만드는 이 소박한 돌무덤보다 진정한 무덤은 없다고 생각해.”

“그래, 저 돌무덤에선 뭔가 비극적인 것이 느껴져.” 그녀가 대답했다.

“무란이라는 명칭 또한 그래. 잔인하고, 어떻게 해도 가라앉힐 수 없는, 날것의 고통이 연상되지. 그렇지 않아?”

그녀는 고개를 끄덕인 후 다시 한숨을 내쉬었다. 자신의 말에 흥이 난 베시안은 삶의 부조리성과 이 북부 지방에서의 죽음의 현실성, 주로 죽음과의 관계에 따라 존경을 받거나 멸시를 당하는 이 지방 사람들에 대해 계속 떠벌렸다. 그는 또한 아기가 태어났을 때 산악 지방 주민들이 ‘아기가 장수하고 소총에 죽기를!’이라는 끔찍한 소원을 빈다고 말했다. 그러니까 질병에 의한 것이든 노쇠에 의한 것이든 자연사는 고원지대 주민들에겐 수치스러운 것이며, 살아가는 동안의 유일한 목표는 죽을 때 그 같은 종류의 자그마한 기념물이 세워지게 해줄 명예라는 자본을 축적하는 것이었다.

"그런 희생자들을 기리는 노래를 들은 적 있어. 그 노래는 그들의 무덤인 저 무란과도 같은 것인가봐." 디안이 말했다.

"사실이야. 그런 노래도 돌무더기처럼 가슴을 저미게 하지. 결국 무란의 구조와 그 노래의 구조를 지배하는 것은 동일한 개념이야."

디안은 다시 터져나오려는 한숨을 참기 힘들었다. 때때로 그녀는 가슴속 깊은 곳에서 무언가가 내려앉는 듯한 느낌을 받았다. 베시안은 그녀의 마음을 들여다보기라도 한 듯, 이 모든 것이 침울한 이야기인 것은 사실이지만 그 안에는 위대함도 없지 않다고 재빨리 덧붙였다. 결국 죽음이라는 차원은 그 자체의 위대성으로 인해 인간의 운명에 어떤 영원을 부여해주는데, 그것은 죽음이 존재의 비천함과 왜소함으로부터 인간을 끌어올리기 때문이라고 설명하려 애썼다.

"죽음이라는 척도로 삶을 평가한다는 것은 특별한 재능이 아닐까?"

그녀는 어깨를 으쓱해 보이며 미소를 지었다.

베시안이 다시 말을 이었다.

"관습법이, 특히 피의 법칙에 관한 부분에서 보이는 재주가 바로 그런 것이지. 기억나?"

"응, 잘 기억하고 있어." 그녀가 대답했다.

그는 갑자기 그녀에게로 고개를 돌리며 말했다.

"그건 실로 죽음에 대해 수많은 이야기를 해놓은, 죽음의 헌장이라 해야겠지. 그것이 얼마나 야만적이고 가혹하든 간에, 나는 한 가지는 확신해. 그것은 이 세상에서 가장 괄목할 만한 헌법 체계 중 하나이며, 우리 알바니아인들은 그것을 창조한 것에 대해 긍지를 가져야 한다는 거야."

그는 맞장구치기를 기다리는 것 같았으나, 그녀는 입을 다물고 있었다. 다만 온화하게 그의 눈을 들여다볼 뿐이었다.

그가 말을 이었다.

"그래, 내가 제대로 말한 거야. 우리는 긍지를 가져야 할 거야. 라프시는 근대 국가에 속하면서도—그러니까 유럽 근대 국가의 부분이라는 뜻이지, 원시 부족들의 거주지가 아니라—법·사법 체계·경찰·법정, 요컨대 국가의 모든 속성을 내동댕이친 유일한 지역이야. 이렇게 이 지역은 그런 속성을 내동댕이쳤다고. 내 말 이해하겠어? 한때는 이곳도 그런 국가의 속성을 따랐지만 곧 부정했어. 잇따른 외부 침략자들이 세운 정부나 훨씬 뒤, 알바니아의 독립 정부로 하여금 고원지대를 그렇게, 즉 절반은 왕국과 가까운 모습으로, 절반은 국가의 통제에서 벗어난 지역으로 인정하고 그대로 내버려둘 수밖에 없도록 완전한 다른 법칙들로 대체한 거지."

디안의 시선은 남편의 입술과 눈의 움직임을 차례로 더듬었다.

"그리고 콘스탄틴과 함께 시작되는 오래된 이야기*가 있어. 그는 이미 죽은 사람이었는데, 새로운 정의를 세우기 위해 무덤에서 일어났지. 그것이 바로 새로운 법, 베사의 법이야. 이 모든 것은 바로 그 이야기에서 비롯된 거야."

---

* 18~19세기에 형성된 게르만의 민요시. 알바니아에 유입돼 알바니아식으로 변형되었다. 카다레의 「누가 도룬틴을 데려왔나?」 등 다른 세 작품의 소재가 되기도 했다.

그녀가 용기를 내어 말했다.

"그렇지만, 오늘날은 일반적으로 국법이 관습법보다 더 진보적이라고 받아들여지잖아?"

"나중에 만들어진 국법이 물론 당연히 더 현대적이지. 그렇다고 해서 무슨 의미가 있는 것은 아니야. 실제로 이 세상에서 무엇이 더 진보했고 또 무엇이 뒤떨어졌는지 누가 판단할 수 있겠어? 우리가 어느 진보된* 청명한 아침에 잠을 깬다면, 우리가 꾸물대는 때인 거야."

"베시안, 당신이 나를 조롱하려는 것 같은 느낌이 들어." 디안은 그가 손가락으로 그녀의 목을 만지도록 내버려둔 채 말했다.

베시안은 부정했다.

"절대로 그렇지 않아. 수많은 사람과 모든 세대가, 심지어 국가들까지도 우상이나 미친 사상을 좇고 있는데, 그와 반대로 당신은 어떤 이유에서건 뒤처져 있다고 상상해봐……"

"그렇지만 현행법이 옛 법으로 대체되는 것이 가능하다고, 혹은 바람직하다고 생각해?"

"일부라면 안 될 게 뭐 있겠어? 물론 쉽다는 것은 아니야. 하지만 불가능한 일도 아니라고. 예를 들면 국왕의 근위기병들은 이따금 이곳까지 올라오기는 하지만, 늘 너무 늦게 도착해. 달리 말해서, 바로 코앞에서 벌어지고 있는 일을 국가가 못 본 척한다는 거지. 그런데 분명한 것은 국가가 바보는 아니라는 거야. 이건 당신도 믿어줘야 해. 이 세상에는 어리석은 사람들이 존재하지. 그러나 어리석은 국가란 존재하지

* 일종의 말장난으로, 이때의 '진보'는 시간이 더욱 흐른 때, 즉 늦은 아침을 말한다.

않아. 국가가 현재 벌어지고 있는 일을 못 본 척한다면, 옛 법과 충돌할 경우 국가의 사법 체계가 단번에 마비되리라는 것을 너무도 잘 알고 있기 때문이야."

그는 마치 누가 성질을 건드리기라도 한 것처럼 흥분했다. 그녀는 그 흥분이, 어느 날 저녁 수도 티라나의 엘리트가 모이는 카페 쿠르잘에서 그에게 쏟아졌던 비난에 대한 뒤늦은 반격일지도 모른다는 것을 간파할 만큼 그를 잘 알고 있었다.

디안은 말머리를 돌리려 시도했으나, 흥분이 가라앉을 때까지 그가 이 문제를 쉽게 넘겨버리지 않으리라는 것도 잘 알고 있었다. 역시 그녀의 판단은 옳았다.

그는 말을 이으며 목소리를 차분하게 가라앉히려고 애썼으나 목소리는 여전히 흥분된 상태였다.

"저 아래, 티라나에서는 많은 사람이 관습법에 대해 그릇된 생각을 가지고 있어. 당신은 그런 오해가 카눈 단어 자체의 음색과 관련있다는 것, 즉 동양 쪽인 터키어에서 유래되었다고 믿는 것에서 비롯된다는 사실을 모르지 않을 거야. 그러나 그것은 고대 그리스어 카눈kanoun에서 온 말이며, 라틴족이 그것을 카논canon으로 바꾸었고, 이어 알바니아인들이 카누kanù로, 그리고 이유는 알 수 없으나 다시 카눈kanun으로 바꾼 것이라고 설명해주면, 그들은 눈이 휘둥그레지는 거야. 그래서 그 말을 '터키풍風'으로 취급하면 안 된다는 걸 이해하고 나면, 그들은 아이들이 사물에 대해 묻는 식으로 끼어들어 질문을 해. '그럼, 좋은 거야? 나쁜 거야?' 그러나 다른 모든 위대한 것처럼 카눈은 좋다, 나쁘다라는 판단 위에 존재해. 그런 것을 뛰어넘는 거지……"

그 말에 그녀는 화가 나서 얼굴을 붉히고 말았다. 한 달 전 바로 그녀가 똑같은 질문을 했던 것이다. '관습법이 좋은 거야, 나쁜 거야?' 그때 그는 아무 대답도 하지 않고 미소만 지었다. 그런데 지금 알고 보니 그것은……

'놀리려고 해봐야 소용없다고!'

그녀는 의자의 반대편 끄트머리로 몸을 뺐다.

"왜 그래?" 베시안이 말했다.

그들이 서로에게 진심을 설명하기까지는 몇 분의 시간이 필요했다. 그녀의 말에 그는 박장대소했다. 그는 그녀의 기분을 상하게 할 의도는 전혀 없었으며, 그녀가 그날 그런 질문을 했는지조차 기억에 없노라고 맹세했고, 결국에는 그녀에게 사과했다.

이 작은 소동이 마차 내부에 적게나마 생기를 가져다준 것 같았다. 그들은 서로 껴안고 애무했으며, 이어 그녀는 가방을 열고 작은 거울을 꺼내 엷은 색 립스틱이 지워지지 않았는지 확인했다. 그러고 나서 그들의 지인들과, 아주 오래전에 떠나온 듯한 티라나에 대해 이런저런 이야기를 나누기 시작했다. 그러다 화제가 다시 관습법에 대한 것으로 넘어갔을 때, 분위기는 더이상 낡은 장검의 날처럼 둔탁하거나 차갑지 않고 훨씬 자연스러워졌다. 그들이 특히 일상생활에 관한 관습법에 대해 이야기를 나누었기 때문이다. 약혼식 전날, 그가 그녀에게 호화 장정본의 카눈을 선물했을 때, 그녀가 가장 가벼운 마음으로 읽었던 것이 바로 그 부분이었다. 그러나 그녀는 지금 그가 인용하는 대부분의 구절을 잊어버렸다.

순간순간, 그들의 마음은 티라나의 거리와 공통의 친구들에게로 돌아가곤 했으나, 지평선 위에 물레방아 하나, 양떼 한 무리, 홀로 걷는 나그네 한 명이라도 나타나면 베시안은 그것에 관한 관습법 조항을 언급하곤 했다.

그가 주장했다.

"카눈은 완벽해. 물질적인 것이든 정신적인 것이든 삶에서 다루지 않는 분야가 없어."

정오를 얼마 남겨두지 않고 그들은 크루슈크 행렬과 마주쳤다. 그는 그녀에게 행렬의 순서도 매우 엄격한 법칙에 따르고 있으며 그것을 위반할 경우 결혼식이 장례식으로 돌변할 수도 있다고 설명했다. "저기 봐, 무리 끝에 크루슈크 혹은 크루슈카파르라고 하는, 무리의 대장인 신부의 아버지 혹은 오빠가 말의 고삐를 잡고 가잖아."

차창에 경탄의 빛이 서린 얼굴을 바짝 댄 디안은 신부의 의상에서 눈을 뗄 수 없었다. 세상에, 어쩌면 저렇게 아름다울까! 저렇게 아름다울 수가! 그녀는 거듭 감탄했다. 베시안은 그녀에게 몸을 기댄 채 크루슈크에 관한 관습법 구절을 부드러운 목소리로 읊어주었다. "결혼식은 절대로 연기될 수 없다. 가족 중에 죽은 사람이 있을 경우에도 크루슈크들은 신부를 데리고 가야 한다. 신부는 집의 한쪽으로 들어가고, 죽은 자는 다른 쪽으로 나간다. 한쪽에서는 곡을 하고, 다른 쪽에서는 노래를 부른다."

행렬이 그들 뒤로 처지자 베시안과 디안은, 관습법에 따라 아내가 남편을 속일 경우 남편이 사용할 수 있도록 '자네의 손이 축복받기를!'이라는 말까지 하면서 신부 가족이 신랑에게 건네주는 그 유명한 '혼수 탄약통'에 대해 언급했다. 그들은 서로가 부부의 정절의 서약을 범할 경우 일어나게 될 일에 대해 농담을 하면서 장난을 치고, “자네의 손이 축복받기를!”이라고 말하며 비난조로 서로의 귀를 잡아당겼다.

“순 애라니까.” 베시안이 말했다. 쾌활한 한때가 지나자, 그녀는 그가 실제로는 카눈에 대해 농담하는 것을 극도로 싫어하며, 그럼에도 그가 그렇게 한 것은 조금이나마 자신을 즐겁게 해주기 위함이었다는 생각이 들었다.

‘관습법을 가지고 농담하지 않는다.’ 언젠가 그가 그런 말을 하는 것을 들은 적이 있었다. 그러나 그녀는 곧 머릿속에서 그 기억을 쫓아버렸다. 정작 흥겨운 기분이 사그라든 것은 창밖을 두세 차례 내다보고 난 뒤였다. 풍경이 달라져 있었다. 하늘은 광활하게 펼쳐져 있는 듯했다. 하늘이 한층 넓어 보이면서, 천정점天頂點이 훨씬 압도적으로 다가와 있었다. 그녀는 문득 새를 본 것 같아 ‘새다!’ 하고 탄성을 지를 뻔했다. 마치 거기서 관용이나 우호의 증표라도 발견한 것처럼. 그러나 그녀가 본 것은 앞서 보았던 것처럼 짙은 안개 속에 약간 비스듬하게 세워진 십자가일 뿐이었다. 내부로 들어가면 프란체스코회 수도원이 있고, 더 깊숙이 들어가면 수녀원들이 있는 거군, 하고 그녀는 생각했다.

마차는 규칙적으로 살랑살랑 흔들리며 계속 달렸다. 그녀는 졸음과 싸우면서 이따금 우렁찬 메아리에 실린 듯 멀리서 들려오는 베시안의 목소리를 듣곤 했다. 그는 계속해서 관습법의 조항, 주로 환대법과 관련된 조항들을 인용해 말하고 있었다.

비록 졸고 있었지만, 그녀는 톱니바퀴의 녹슨 이빨이 맞물리듯 삐거덕거리며 돌아가는, 그가 인용하는 옛 법 조항이 평화롭고 일상적인 부분에서 유혈의 부분으로 넘어가고 있음을 알았다. 어떤 식으로 다루든 간에 필연적으로 그 부분에 도달하게 되는 것이다. 이제 그는 울림이 섞인 카랑카랑한 목소리로 카눈 세계의 전형이라 할 어느 사건에 대해 이야기하고 있었다. 그녀는 반쯤 몽롱해진 상태에서 빠져나오지 않으려 애쓰면서 여전히 눈을 감고 있었는데, 그렇게 해야만 베시안의 목소리가 그런 기묘한 공명이 섞인 소리로 들릴 것이라고 생각했기 때문이었다. 그 목소리는 그녀에게, 어느 날 밤 홀로 깎아지른 듯한 산 아래를 지나던 길손 이야기를 해주었다. 누군가 피를 회수하기 위해 자신을 감시하고 있다는 것을 알아차린 길손은 오래전부터 복수하려는 자를 경계해왔다. 그런데 어둠이 깔릴 무렵 한길에서, 그는 돌연 불길한 예감에 사로잡혔다. 주위에는 황량한 벌판이 펼쳐져 있을 뿐이었다. 집 한 채 없었으며 그가 손님으로서 보호를 요청할 만한 사람도 없었다. 단지 염소떼가 보일 따름이었는데 그나마도 목동은 어디론가 가고 없었다. 자신의 용기를 북돋우기 위해, 혹은 흔적도 없이 죽고 싶지는 않아서, 그는 세 차례 소리쳐 목동을 불렀다. 그러나 응답이 없었다. 그러자 그는 목에 큰 방울을 단 숫염소를 불렀다.

"큰 방울을 달고 있는 숫염소야, 내게 불행이 닥친다면, 이 야산의 재를 넘기 전에 이 몸이 베사 아래 죽었다고 주인에게 전해주렴."

그리고 그가 감지했던 대로, 몇 발짝 못 가서, 그는 그를 감시하던 자에게 죽임을 당했다.

디안은 눈을 떴다. 그녀가 물었다.

"그래서, 그다음은 어떻게 됐는데?"

베시안은 쓴웃음을 지었다.

그곳에서 그리 멀지 않은 곳에 있던 다른 목동이 낯선 길손의 마지막 말을 들었고, 그 말을 염소떼의 목동에게 전해주었다. 그리고 희생자를 알지 못하는, 그를 본 적도 없고 자신을 부르는 소리를 들은 적도 없는 그 목동은 자신의 가족과 염소떼와 모든 근심사를 놔둔 채, 베사에 의해 자신과 단단히 결속된 그 남자의 복수를 위해 달려갔고, 그로써 복수의 소용돌이에 휘말렸다.

"끔찍하고 터무니없어! 그리고 뭐랄까, 숙명적이야……" 디안이 말했다.

"사실이야. 이건 끔찍하고 부조리하고 숙명적이야. 다른 모든 위대한 것들처럼." 그가 대답했다.

"그래, 다른 모든 위대한 것들처럼." 다시 구석으로 몸을 웅크리며 그녀는 그의 말을 따라 했다. 그녀는 한기를 느꼈다. 두 산 사이의 잿빛 틈새에서 수수께끼에 대한 설명을 찾으려는 듯, 계곡으로 멍한 시선을 보냈다.

말로 표현하지는 않았지만 베시안은 그녀의 의문을 짐작한 듯 말을 이었다.

"그래, 알바니아인의 관점에서 손님이란 반신半神의 존재야."

디안은 그의 말이 지닌 생경함을 피하려는 듯 눈을 감았다. 베시안은 어조를 낮추었다. 그러자 그의 목소리는 그녀가 예상했던 것보다 더 빠르게 이전의 공명을 되찾았다.

"산을 신들의 영역으로 남겨두었던 다른 많은 민족과 달리, 우리 산악 지방 사람들은, 그들 자신이 그곳에 살기 때문에 산에서 신들을 쫓아내거나 혹은 신들과 공존할 수 있도록 신들을 변형시켜야 했다는 말을 예전에 들은 기억이 나. 내 말 알아듣겠어, 디안? 그렇게 해서 라프시라고 하는, 호메로스 시절을 연상시키는, 반은 현실적이고 반은 환상적인 세계가 설명될 수 있는 거지. 그리고 또 그렇게 해서 '손님'이라고 하는, 반은 신적인 존재의 창조도 설명할 수 있고."

그는 이유는 알 수 없었지만, 자갈길을 굴러가는 바퀴 소리에 귀기울이며 한동안 침묵했다.

한참 뒤 그가 말을 이었다.

"손님은 정말 반신의 존재야. 그리고 누구나 돌연 손님으로 변한다는 사실은 그의 신성神性을 흐리는 것이 아니라 반대로 강화시키지. 어느 집 대문을 몇 차례 두드리기만 해도 하루아침에 신적인 지위를 획득한다는 사실은 신성을 한층 진실되게 해줘. 어깨에 배낭을 짊어진 초라하기 짝이 없는 길손이 우리집 대문을 두드리는 순간, 그는 우리의 손님으로 우리에게 자신을 맡기며, 보통 사람과는 다른 인물, 범할 수 없는 지배자, 입법자, 이 세상의 불꽃으로 변하는 거지. 이런 변신의 돌연성이야말로 신성의 특성이야. 고대 그리스인들의 신들은 가장 예측할 수 없는 방법으로 불쑥 나타나곤 하지 않았어? 바로 그런 식으로 손님은 알바니아인의 대문 앞에 출현하는 거지. 다른 모든 신들처럼 그는 수수께끼를 지니고 있어. 운명이라 해도 좋고 숙명이라 해도 좋을 왕국에서 곧장 그리로 온 거야. 몇 차례 대문을 두드리는 소리에 전全 세대의 생존이나 소멸이 좌우될 수 있어. 산악 지방 알바니아인에게 손님은 그런 존재라고."

"그렇지만 정말 끔찍해!" 그녀가 탄성을 질렀다.

그는 그녀의 말을 못 들은 척했다. 단지 미소를, 그것도 대화에 무심한 태도를 보이고 싶어하는 사람 특유의 싸늘한 미소를 지을 뿐이었다.

그는 말을 이었다.

"그래서 베사로 결속된 손님이 불행을 당하는 것은 알바니아인으로서는 불행 중의 불행, 일종의 세상의 종말이지."

그는 이 지역에서 손님을 배신한다는 것은 치욕 중의 치욕으로 간주된다고 설명하면서 계속 말을 이어갔다. 자신의 아버지나 아들의 피의 회수는 연기할 수 있다. 그러나 손님의 피는 그렇지 않다. 바로 이것이 '알바니아인의 집은 신과 손님의 집'이라는 그 굉장한 격언의 의미였다.

그녀는 차창을 통해 밖을 내다보았다. 그 산들보다 세상의 종말이라는 배경에 더 적절한 풍경은 찾기 힘들 것이라는 인상을 받았다.

"수년 전, 이 고장에서 이곳 산악 지방 주민들을 제외한다면 누구라도 경악했을 대사건이 벌어졌어." 베시안은 디안의 어깨에 손을 올리며 말했다. 그의 손이 그녀에게 이처럼 무겁게 느껴진 적은 없었다.
"그래, 정말 경악할 만한 사건이었지……"

왜 내게 그 사건에 대해 이야기하지 않는 걸까? 뜻밖에도 그가 한동안 침묵을 지키자, 그녀는 의문이 들었다. 이미 경악할 만한 이야기들을 들은 지금, 다른 이야기를 더 듣고 싶은지 어떤지 그녀 자신도 알 수 없는 심정이었다……

"한 남자가 죽임을 당했지. 그것도 매복으로 당한 것이 아니라, 시장 한복판에서 당했어……" 베시안이 말을 이었다.

디안은 곁눈으로 베시안의 입술 양 가장자리의 움직임을 살폈다.

그는 그녀에게 살인은 대낮에 매우 혼란스러운 시장에서 벌어졌는데, 휴전이 요청되지 않아 즉석에서 피를 회수할 수 있는, 살인이 저질러진 처음 몇 시간 동안 희생자의 형제들이 바로 살인자를 추격하기 시작했다고 말했다. 살인자는 추격자들을 따돌리는 데 성공했으나, 그 사이 희생자의 일족이 들고일어나 사방으로 그를 찾아다녔다. 해가 떨어졌고, 다른 마을에서 온 살인자는 그 고장에 대해 잘 알지 못했다. 잡힐까 두려웠던 그는 가던 길에 본 첫번째 집의 대문을 두드려 베사를 허락해달라고 부탁했다. 집주인은 낯선 자에게 친절을 베풀어 그의 바람을 들어주었다.

"그가 친구에게 하듯 자신의 몸을 의탁하기 위해 들어갔던 그 집이 누구의 집이었는지 상상할 수 있겠어?" 베시안은 디안의 목덜미에 입술을 가져다대며 물었다.

디안은 휙 고개를 돌려 휘둥그레진 눈으로 그를 똑바로 쳐다보았다.

"그 집은 희생자의 집이었어." 그가 말했다.

"세상에, 그럴 수가. 그래서 그다음엔 무슨 일이 벌어졌는데?" 그녀가 말했다.

베시안은 숨을 깊이 들이쉬었다. 그는 처음에는 양측의 누구도 의심하지 않았다고 말했다. 살인자는 그가 손님으로 들어간 집이 뭔가 불행을 당했다는 사실을 깨달았다. 그러나 자신이 불행의 원인을 제공한 당사자라는 사실은 상상조차 하지 못했다. 한편 집주인은 그 길손이 누군가를 죽여 쫓기고 있다고 추측했으나, 역시 그 희생자가 바로 자기 아들이라고는 감히 의심하지 않은 채, 슬픔을 억누르고 관습에 따라 길손을 맞아들였다. 그리고 함께 화덕 주위에 둘러앉아 식사를 하고 커피를 마셨다. 한편 죽은 자는 관습에 따라 다른 방에 누워 있었다.

디안은 무언가 말하려고 했으나, 할 수 있는 말이라곤 기껏 '부조리'

니 '숙명'이니 하는 것뿐임에 생각이 미치자 입을 다물기로 했다.

베시안이 말을 이었다. "늦은 저녁, 한동안 맹추격을 벌인 끝에 기진맥진한 희생자의 형제들이 집으로 돌아왔지. 그들은 들어서자마자 화덕 앞에 앉아 있는 손님을 보고는 누구인지를 알아보았어." 베시안은 이 말이 그녀에게 어떤 영향을 미쳤는지 살피기 위해 디안에게로 고개를 돌렸다. "겁내지 마, 아무 일도 벌어지지 않았으니까." 그가 말했다.

"어떻게 그렇게 됐는데?"

"아무 일도, 아무 일도 벌어지지 않았어. 처음엔 화가 머리끝까지 치민 형제들이 총을 겨눴지. 그러나 아버지는 서너 마디 말만으로도 그들의 행동을 완전히 중지시키고 진정시키기에 충분했어. 당신은 그 말이 무슨 말이었는지 짐작할 수 있겠지."

당황한 그녀는 머리를 가로저었다.

"노인네는 단지 이렇게 말했어. '우리 손님이시다, 해치지 마라.'"

"그래서? 그다음은, 그다음은 어떻게 됐는데?" 그녀가 물었다.

"그다음, 그들은 관습이 정한 시간 동안 자신들의 친구이자 적인 그 사람과 함께 어울렸어. 그와 이야기를 나누고 그의 잠자리를 마련해주었어. 그리고 아침에는 그를 마을 경계까지 배웅했지."

디안은 이마에서 무언가를 뽑아내고 싶기라도 한 것처럼 양미간에 두 집게손가락을 갖다댔다.

"이곳 사람들이 손님에 대해 갖고 있는 생각이 바로 이런 거야."

베시안은 더 잘 보이도록 빈 공간에 물건을 놓아두듯, 침묵 사이에 이 말을 했다. 그는 디안이 처음처럼 '끔찍해라'라고 말하든가 아니면 무언가 다른 평을 하리라고 기대했으나, 그녀는 묵묵히 있을 따름이었다. 그녀는 여전히 무언가를 뽑아내려다 찾지 못한 듯, 미간에 두 손가락을 갖다대고 있었다.

밖에서 말들이 헐떡이는 낮은 숨소리와, 마부의 간헐적인 휘파람소리가 들렸다. 디안의 귀에는 그 소리에 섞여, 이유는 알 수 없지만, 다시 낮고 느린 톤으로 돌아간 남편의 목소리가 들렸다.

"그러면 이제 문제는 알바니아인들이 왜 이런 것을 만들어냈느냐, 하는 거야."

그는 그녀의 어깨 쪽으로 머리를 기울인 채, 자신의 말이 그녀가 개입할 수 있는 여지를 거의 남겨두고 있지 않은데도, 그녀에게 이 문제에 대한 대답이나 추측을 촉구하듯 말했다. 그는 알바니아인은 왜 혈연관계를 포함한 인간의 다른 모든 관계를 넘어서는 위치에 손님을 올려놓는 관습을 만들어냈느냐고 재차 질문했다(그러나 그의 질문이 향한 상대가 자신인지, 디안인지, 혹은 다른 누구인지는 알 수 없었다).

베시안에 따르면 그것은 설명하기 어려웠다. 다만 그 속에서 평범한 사람을 하루아침에 현기증 나는 높은 곳까지 끌어올리는 초유의 방법을 찾아볼 수 있지 않을까? 산악 지방 주민들은 이따금 그럴 필요성을 절감했음이 틀림없었다.

그가 말을 이었다.

"손님이라는 지위는 이곳에서는 군주와도 같은 존경을 받는 위치야. 그런 지위를 누리기 위해서는 단도를 휘두를 필요도, 독약을 준비할 필요도 없어. 단지 대문을 똑똑 두드리기만 하면 돼."

디안은 미소를 지으며 남편의 목덜미를 부드럽게 쓰다듬었다.

"참 말도 잘하네!" 그녀가 말했다.

그는 그녀의 관자놀이를 덮고 있는 짧은 고수머리 위에 입을 맞추었다.

"일단 그런 지위를 누리게 되면, 알바니아인들의 위험하고 비참한 삶에서 손님이 됐다는 사실은, 불과 네 시간 동안이든 이십사 시간 동안이든 간에 일종의 휴식, 여분, 휴전, 유예의 시간이 되는 것이지. 또 일상의 삶에서 벗어나 신의 삶을 지향하는 것이 된다고까지 생각할 수 있어. 그렇게 말하지 못할 이유가 있을까?"

그는 대답을 기다리는 듯 입을 다물었다. 그에게 뭐든 말해야 한다고 느꼈지만, 그녀는 다시 한번 그의 어깨에 머리를 기대는 쪽이 훨씬 편했다.

베시안은 아내의 머리칼에서 풍기는 친숙한 향수 냄새에 생각의 흐름이 흐트러지는 것을 느꼈다. 그들을 가깝게 만드는 모든 것—그녀에게로 향하는 그의 생각, 입술, 사진들, 영원한 사랑에 대한 맹세 등—보다, 다른 어떤 것보다, 그의 어깨에 살포시 기댄 그녀의 밤색 머리칼은 그를 한결 짜릿한 행복감에 젖게 했다. 자신이 행복한 남자라는 생각이 그의 의식 속에 잔잔한 빛을 뿜기 시작했으며, 그러한 생각은 마차의 자그마한 벨벳 공간 속의 호사스러운 물건들이 주는 불가해한 무력감을 견딜 수 있게 해주었다.

"피곤해?" 그가 그녀에게 물었다.

"응, 조금."

그는 그녀의 어깨에 팔을 두르고, 신부의 몸에서 풍기는 향내를 값비싼 물건처럼 아껴 맡으며 부드럽게 그녀를 안았다.

"곧 도착할 거야."

그는 그녀의 어깨에 그대로 팔을 두른 채 밖을 보기 위해 차창 쪽으로 살짝 머리를 기울였다.

"한 시간, 길어도 한 시간 반이면 목적지에 도착할 거야." 그가 거듭 말했다.

멀리 창밖으로, 비에 흠뻑 젖은 3월 오후의 들쭉날쭉한 산맥의 지형이 선명하게 드러났다.

"여기가 어디지?"

그는 모른다는 말을 하려는 듯 어깨를 으쓱하더니, 그녀에게 아무런 대답도 하지 않은 채 다시금 창밖을 내다보았다. 그녀는 그들이 출발하기 전의 나날(이제 그날들은 그녀에게 같은 3월이 아닌, 별들만큼이나 머나먼 다른 3월인 듯 느껴졌다)을 떠올렸다. 그들이 북부 산악 지방에서 자신들을 기다릴 친구에게 전보를 치기 위해 우체국에 갔다가 만난 아드리안 구마의 말대로 '북부 지방의 모험'에 관한 무수한 말과, 웃음소리와 농담과 우려와 질투가 넘치던 시간이었다. 고원지대 주민에게 전보를 친다고? 아드리안 구마는 탄성을 질렀었다. 마치 새나 천둥에게 전보를 치려는 것 같군! 당시에 그들 셋은 함께 박장대소했다. 그리고 재담 사이로, 아드리안은 계속 물었다. 너희 정말 가는 곳의 주소는 가지고 있는 거야? 미안한 말이지만 난 정말 믿을 수가 없다고!

"조금만 더 가면 도착할 거야." 베시안이 차창을 향해 고개를 숙인 채 세번째로 같은 말을 꺼냈다. 디안은 표지판도 이정표도 없는 길에서 어떻게 목적지가 가까워졌는지를 알 수 있는지 궁금했다. 베시안은 석양과 함께 자신들이 밤을 보낼 탑이 가까워오고 있기 때문에, 산악 지방 사람들의 환대법 숭배에 대해 말할 시간이 이제는 거의 없다고 생각했다.

"조금 후면, 우린 당장 오늘 저녁부터 손님의 왕관을 쓰게 될 거야." 그는 그녀의 뺨에 입술을 가까이 가져다대면서 낮게 말했다. 그녀는 그를 바라보며 고개를 끄덕였다. 그녀는 그들의 가장 내밀한 순간처럼 숨이 가빠졌으나, 결국 한숨을 내쉬고 말았다.

"왜 그래?" 그가 물었다.

"아무 일도 아니야. 그냥 겁이 좀 나서 그래." 그녀는 냉랭한 목소리로 대답했다.

"정말? 겁이 난다고? 어떻게 그럴 수 있지?" 그가 웃음보를 터뜨리며 물었다.

"나도 몰라."

그는 마치 자신의 웃음이 그녀의 얼굴 앞에 들이댄 성냥불이라도 되는 듯 그것을 꺼뜨려야 할 것처럼 고개를 절레절레 흔들었다.

"이봐, 디안. 설사 우리가 죽음의 왕국에 와 있다 해도 걱정할 건 하나도 없어. 당신은 위험하거나 사소한 어떤 도발 행위에 대해서도 어느 때보다도 더 안전하게 보호받을 테니까. 어떤 국왕 부처도 우리 부부보다 더 안전할 순 없을 거야. 오늘 저녁 우리 부부의 근위병보다 더 헌신적인, 자신의 현재와 미래를 희생할 각오가 되어 있는 근위병을 둘 수는 없을 테니까. 이런 상황이라면 안심해도 좋지 않을까?"

그녀는 앉은 자세를 고치며 말했다.

"그게 아니야. 나도 뭐라고 딱 집어 말할 순 없지만, 내가 두려워하는 것은 그런 게 아니란 말이야. 조금 전에 당신은 신성이니, 운명이니, 숙명이니 하는 말을 했잖아. 정말 너무나 아름다운 것들이야. 하지만 그와 동시에 겁도 난다고. 나는 아무에게도 불행을 가져다주고 싶지 않단 말이야."

그는 경쾌한 목소리로 말했다.

"아하, 다른 모든 왕비들처럼 당신도 왕관이 매혹적이긴 하지만 겁나기도 한다는 거군. 이해가 가는 말씀이지. 왜냐하면 모든 왕관은 번쩍이는 광채를 지니고 있지만, 궁극적으로 그 아래에는 가시가 숨거져 있거든."

"그만해, 베시안. 그만 놀리라고!" 그녀가 부드럽게 애원했다.

그는 여전히 재미있어하는 말투로 말했다.

"놀리는 게 아니야. 나도 당신과 같은 느낌이 든다고. 손님과 베사와 복수는 고대 비극의 톱니바퀴와도 같은 것이고, 그런 장치 속으로 뛰어든다는 것은 비극의 씨를 잉태하는 거겠지. 어쨌든 디안, 우리가 겁낼 것은 아무것도 없어. 아침이면 우리는 왕관을 벗고 저녁까지는 그 무게를 떨쳐버릴 테니까."

그의 손이 그녀의 목을 더듬어왔다. 이어 그녀의 머리에 그의 머리의 무게가 느껴졌다. 그녀는 생각했다. '그곳에서 우린 어떻게 자게 될까? 함께 잘까, 아니면 따로 잘까?' 그녀는 그에게 큰 소리로 물었다.

"아직도 더 가야 해?"

베시안은 마차 문을 열고 존재조차 잊고 있던 마부에게 물었다.

대답과 동시에 얼음장 같은 바람이 마차 속으로 밀려들어왔다.

"다 왔습니다."

"후유, 되게 춥네." 디안이 말했다.

그때까지만 해도 결코 끝날 것 같지 않던 오후가 물러날 징후를 보이고 있었다. 어느덧 말들의 숨소리는 거칠어졌고, 디안은 말들이 입에 거품을 문 모습을 상상했다. 그사이 말들은 베시안과 그녀가 묵게 될 낯선 탑을 향해 마차를 끌었다.

마차가 멈춰 섰을 때는 아직 어스름이 완전히 깔리지 않은 때였다. 그들은 마차에서 내렸다. 장시간 요란한 말발굽소리를 들어온 탓인지 주변의 세계는 적막하고 얼어붙은 듯한 느낌을 주었다. 마부는 길에서 상당히 먼 거리에 있는 탑들 중 한 곳을 가리켰고, 베시안과 디안은 여전히 뻐근한 다리를 이끌고 그곳까지 가려면 어떻게 해야 할지 난감해했다.

그들은 한동안 마차 주위를 맴돌다가, 여행용 가방과 트렁크를 꺼내기 위해 다시 마차에 올랐다. 이윽고 마부가 짐을 들고 뒤를 따르는 가운데, 그들은 서로 팔짱을 끼고 앞장서서 기묘한 행렬을 이루며 탑을 향해 길을 가기 시작했다.

탑이 가까워지자, 베시안은 아내의 팔에서 자신의 팔을 빼내고는 그녀가 보기에 그다지 확신이 서지 않은 걸음걸이로 석조 건물을 향해 다가갔다. 폭이 좁은 대문은 굳게 닫혀 있고 총안銃眼에도 사람들의 모습은 보이지 않았다. 베시안의 머릿속에 한 가지 의문이 번개같이 스치고 지나갔다. 그들이 전보를 받았을까?

베시안은 탑 앞에 서서 고개를 들고 관습에 따라 "주인장 계십니까, 손님을 받으시겠습니까?" 하고 고함을 질렀다. 다른 곳이었다면 남편이 산악 지방의 손님 역할을 하는 것을 보고 박장대소를 했으련만, 지금은 무언가가 그녀의 웃음을 막았다. 아마도 가슴을 짓누르는 석조 건물의 그림자(옛사람들 말대로 탑의 그림자는 무거웠다) 때문인 것 같았다.

베시안이 두번째로 고개를 들고 주인장을 부르려는데, 주인이 디안 앞에 모습을 드러냈다. 곧이어 그는 차디찬 천년의 성벽 아래 초라하고 무방비 상태로 서 있는 베시안을 쳐다보았으며, 그에게 뭔가 질문을 하려 했다.

이미 오래전에 자정이 지났다. 디안은 처음엔 너무나 추워서 벌벌 떨었지만, 두툼한 양모 이불을 두 채나 덮자 이제는 너무 더워서 잠을 이루지 못하고 있었다. 그녀는 이층 방, 그것도 바닥에서 그 집 여인네들과 처녀들과 함께 자게 되었다. 베시안은 그 위층의 손님을 위한 침실로 들어갔다. 그녀는 틀림없이 베시안도 잠을 이루지 못할 것이라고 생각했다.

아래층에서 소의 울음소리가 들렸다.* 처음에 그녀는 기겁했다. 그러자 옆에 누운 집안 여인들 중 하나가 그녀에게 낮은 소리로 말해주었다. "겁내지 마요, 저 소는 카질이라고 해요." 반추동물이 소화시킬 때면 그런 소리를 낸다는 데 생각이 미치자, 그녀는 비로소 마음을 놓을 수 있었다. 그런데도 여전히 잠을 이루지 못했다.

그녀의 머릿속에는 오래전에, 혹은 몇 시간 전에 오갔던 온갖 종류의 말과 판단의 편린이 두서없이 떠올랐다. 그녀는 불면의 원인이 혼란스러운 생각의 편린 때문이라 생각하고 그것을 대강이나마 정돈해

* 알바니아 고원지대의 가옥에서 일층은 가축을 위한 공간이다.

보려 애썼다. 한동안 그녀는 출발 전 베시안과 함께 계획했던, 이후의 행로에 대해 정신을 집중하려 했다. 이튿날 라프시의 신비한 대공으로부터 영접을 받게 될 오로시성처럼, 지금은 전혀 알지 못하지만 앞으로 묵게 될 산악 지방 집에서 보낼 날들을 계산해보기 시작했다. 디안은 모든 것을 상상해보려 애썼으나, 그러면 그럴수록 정신은 산만해지기만 했다.

베시안은 조금 전 손님방에서 그녀를 상당히 배려하는 태도를 보였다. 그는 집주인의 허락을 받은 뒤, 그녀에게 모든 것에 대해 설명해주었다. 설명하기 전 허락을 받아야 했던 것은 손님방에서, 사람들이 부르는 식대로 한다면 남자들의 방에서 속삭이거나 귓속말을 하는 일은 허락되지 않기 때문이었다. 베시안이 그녀에게 설명해준 대로, 그곳에서는 모두 '남자들의 말'만을 했으며, 끝을 흐리는 말이나 정리되지 않은 생각, 잡담은 허용되지 않았고, 모든 말은 반드시 '맞는 말이오'라든가 '자네의 입이 축복받기를!'이란 말로 동의를 얻어야 했다. 자, 저들이 하는 말을 들어봐, 라고 남편은 그녀에게 속삭였다. 그녀는 실제로 그들의 대화가 베시안이 설명했던 대로 오가고 있음을 확인할 수 있었다. 또 그는 알바니아인들의 집이 말 그대로 성채의 모습을 띠게 되자, 가족의 구성은 관습법에 따라 소小국가의 구조를 연상시키게 되었으며, 그러므로 알바니아인들의 대화가 다소간 그와 같은 형태, 즉 국가적인, 달리 말해서 듣는 이에 따라 누구에게는 수사적으로 또 어떤 이들에게는 거창하게 들리는 형태를 띠게 된 것은 당연하다고 설명했다. 이어 저녁에 베시안은 그가 좋아하는 주제인 손님과 환대의 문제를 다시 끄집어냈으며, 그만큼 중요한 다른 모든 현상처럼, '손님'이라는 현상에는 숭고한 측면도 있지만 부조리한 측면도 있다고 그녀에게 설명했다. "오늘 저녁 우리는 이곳에서 전능한 신의 지위를 부여받았지. 우리는 어떤 짓을 해도 돼. 심지어 살인을 할 수도 있어. 그리고 그 책임은 집주인이 지게 되어 있어. 우리를 그의 식탁으로 끌어들인 사람은 다름 아닌 주인이니까. 카눈은 '환대에는 의무가 따른다'고 규정하고 있어. 그러나 신神인 우리조차 넘을 수 없는 어떤 한계가 있어. 당신, 그게 뭔지 알아? 당신에게 이야기한 대로 우리에겐 모든 일이 허용되지만, 한 가지 금지되어 있는 게 있어. 그게 뭔고 하니, 화덕에 올려놓은 냄비의 뚜껑을 절대로 열어서는 안 된다는 거야!" 디안은 터지려는 웃음을 참을 수 없었다. "말도 안 돼!" 그녀는 속삭였다. "그럴지도 몰라. 하지만 사실이야. 내가 오늘 저녁에 그런 일을 저지른다면, 집주인은 즉시 일어나 창가로 달려가서, 마을사람들에게 자신의 식탁이 손님에게 능욕을 당했다고 고함을 질러 알릴 거야. 그렇게 되면 바로 그 자리에서 손님은 주인과 철천지원수지간으로 돌변하게 되지." 그가 대답했다. "그렇지만 왜, 왜 그러면 안 되는 거지?" 디안이 물었다. 베시안은 어깨를 으쓱해 보였다. "몰라. 당신에게 뭐라고 설명해야 할지 모르겠어. 그것은 사물의 이중성 때문인 것 같아. 위대한 현상들에는 불완전성이 내포되어 있지. 그런데 그 불완전성은 현상을 격하시키는 것이 아니라, 오히려 우리로 하여금 그것에 한층 친근하게 다가갈 수 있게 해주지." 그가 말하는 동안 그녀는 슬쩍 주위를 둘러보았다. 그리고 두세 차례 이렇게 묻고 싶은 마음이 굴뚝같았다. '그래, 맞는 말이야, 이 현상들에는 위대한 측면이 있지. 그러나 이곳에는 위생 시설도 있어야 하지 않을까? 어쨌거나 당신이 말한 대로 여자를 공주나 요정으로 비유할 수 있으려면 첫째 조건이 목욕탕 아니겠어?' 그러나 디안은 아무 말도 하지 않았다. 그럴 용기가 없었기 때문이 아니라 그의 사고의 흐름을 끊지 않기 위해서였다. 사실 자신이 생각하는 바를 그에게 이야기하지 않는 것은 매우 드문 경우였다. 평상시에 그녀는 머릿속에 떠오르는 온갖 생각을 그에게 말하곤 했다. 한편 그의 입장에서는 때론 상처받을 만한 말을 듣는다 해도 결코 화를 내지 않았는데, 그녀의 솔직한 태도에 대해 치러야 할 대가였기 때문이었다.

디안은 다시 돌아누웠다. 이렇게 돌아누운 것이 아마도 백번째는 되는 듯싶었다. 둘이서 손님방에 함께 있었을 때부터 그녀는 생각이 복잡해졌다. 그 방에서 오가던 이야기에 귀기울이려 온갖 노력을 했음에도 이미 그녀의 정신은 오락가락하기 시작했던 것이다. 다시 들려오는 소의 울음소리에(그녀는 다시 한번 속으로 미소를 지었다) 그녀는 졸음이 밀려오는 것을 느꼈으나, 마룻바닥이 삐거덕거리는 소리에, 혹은 경련이 일어난 듯한 느낌 때문에 졸음은 이내 달아나고 말았다. 한순간 그녀는 비명을 질렀다. "당신, 왜 나를 이곳으로 데려온 거야?" 그녀는 자신의 목소리에 스스로 놀랐는데, 자신의 말이 무슨 뜻인지 분간하지는 못했지만 자기 목소리를 들을 수 있을 만큼은 깨어 있어서였다. 이제 잠은 그들이 달려온 황야의 모습으로 그녀 앞에 펼쳐져 있었다. 황야에는 뚜껑을 열어서는 안 되는 냄비들이 널려 있었다. 그런데 그녀는 바로 그 금지된 행동을 하기 위해 냄비들 쪽으로 손을 내밀었으며, 그래서 그 고통스럽게 삐거덕거리는 소리가 난 것이다……

이런 고문이 다 있나, 라고 생각하며 그녀는 눈을 떴다. 앞쪽 어두운 벽에 어슴푸레한 빛을 뿜는 사각형이 있었다. 한참을 그렇게, 저주받은 여인처럼 그 창백한 얼룩에서 눈을 떼지 못했다. 저 사각형은 어디서 난 걸까? 왜 좀더 일찍 발견하지 못했을까? 밖에는 분명 동이 텄으리라. 그녀는 좁다란 종안에서 눈길을 돌릴 수 없을 것 같은 느낌이었다. 침울하고 어두운 방에서 아직 창백하기만 한 한 조각 여명은 구원의 소식 같았다. 디안은 마음을 진정시켜주는 효력을 지닌 햇살이 자신을 고통으로부터 즉각 해방시켜주는 듯한 느낌을 받았다. 사각형의 잿빛 햇살 속에는 무수한 아침들이 응축되어 있는 게 틀림없었다. 그렇지 않다면 그날 그 아침이 그토록 활기차고, 그토록 부드럽고, 그토록 밤의 공포와 다를 수는 없을 것이었다. 햇살의 효과 덕분에 디안은 곧 곯아떨어졌다.

마차는 다시 산길을 달리고 있었다. 적막한 지평선에 잇닿은 해는 잿빛이었으며, 지평선은 멀리 알프스 지방에서 막혀 있었다. 디안과 베시안을 배웅하던 사람들은 다 돌아가고, 이제 그들은 간밤의 피곤을 안은 채 퇴위한 손님이 되어 벨벳 좌석 위에 다시 둘만 남게 되었다.

"잘 잤어?" 그가 물었다.

"못 잤어. 아침녘이 되어서야 조금 눈을 붙였는걸."

"나도 그래, 거의 잠을 자지 못했어."

"그럴 거라고 생각했어."

베시안은 그녀의 손을 잡았다. 결혼한 이래로 떨어져서 잠을 자기는 그날이 처음이었다. 베시안은 곁눈으로 아내의 옆모습을 살폈다. 그녀는 매우 창백해 보였다. 그는 그녀를 껴안고 싶었으나 설명할 수 없는 무언가 때문에 그만두었다.

"어제저녁에 하고 싶었는데…… 정말 너무나 하고 싶었어…… 저…… 당신은……" 그는 그녀의 귀에 대고 소곤댔다.

그는 여전히 달콤하기도 하고 노골적이기도 한 말을 했고, 그녀는 멍한 눈길에, 입술을 깨물며, 그가 입을 좀 다물었으면 하는 바람과 그가 계속 말을 했으면 하는 바람 사이에서 갈피를 잡지 못한 채 그의 말을 들었다.

베시안은 나지막하게 이야기를 하면서 다시 한번 그녀의 얼굴을 찬찬히 뜯어보았다. 그녀의 창백한 뺨은 꽁꽁 얼어붙은 것 같았다. 그녀의 손은 그의 손안에서 꼼짝도 하지 않았다. 그가 물었다. "왜 그래?" 그러나 그녀의 입에서는 아무런 소리도 새어나오지 않았다. 그의 마음속 깊은 곳 어디선가 미세한 경보음이 울렸다.

반드시 한기 때문만은 아닌 것 같은데? 그보다는 무관심 혹은 그에 대한 흥미 상실의 초기 현상 같은 것이 아닐까?

마차는 어느 정도 일정하게 흔들리면서 달리고 있었다. 그는 그녀의 태도가 두 가지 중 어느 것 때문도 아닐 것이라고 생각했다. 아니야, 그럴 리가 없어. 이도 저도 아니야, 그는 생각했다. 그보다 훨씬 간단한 문제야. 거리를 두는 능력, 인간이라면 누구나 가지고 있고, 종내에는 자신의 비밀 중 하나가 되는, 먼 별로 변신하는 능력 때문일 거야. 그날 아침 디안에게서 특히 강하게 부각됐던, 그리하여 늘 그녀가 자신 곁에 있으며 자신을 이해할 수 있는 존재라고 느끼는 데 익숙했던 그에게 충격을 주었던 것은 바로 그런 거리감이었다.

잿빛 햇살이 마차 안으로 살며시 새어들어왔지만, 그나마 내부를 장식한 벨벳이 일부를 흡수하여 빛은 더욱 어두워졌다.

베시안은 다른 사람 같았으면 맛이 쓴지 아직 판단도 내리지 못하는 때에, 자신은 벌써 패배의 첫발을 내디딘 것 같다고 생각했다. 왜냐하면 그는 다른 사람들이 여전히 승리라고 판단하는 시점에서 자기만은 실패를 감지해낼 수 있을 만큼 예리한 사람이라고 믿고 있었기 때문이다.

그러나 그는 속으로 미소를 지으며 자신이 아무 손해도 입지 않았다는 결론을 내렸다. 어쨌든 그를 가리켜 무심한 사람이라고 늘상 평했던 사람은 그녀였으며, 따라서 이제 그녀가 거리를 둔다고 해서 손해볼 일은 아닌 것이다. 오히려 그녀는 그런 태도를 보임으로써 그의 욕망을 훨씬 자극하는 것 같았다.

베시안은 자기도 모르게 깊은 숨을 내쉬었다. 살다보면 그들에게 다른 많은 날들이 찾아오리라. 그와 그녀는 서로에 대해 일시적으로 수수께끼 같은 존재로 돌변했다가, 결국에는 분명 잃었던 위치를 되찾으리라.

세상에, 그렇다면 나는 어떤 위치를 잃은 것이고 어떤 위치를 되찾아야 할 것인가? 그는 자신이 우스워서 웃음을 터뜨렸다. 그러나 그의 웃음은 신체의 어느 부분으로도 나타나지 않았으며, 오직 그의 내부에서 아무 소리 없이 터질 뿐이었다. 의혹이 부질없다는 것을 확신하려는 듯, 의혹을 씻기 위해 그는 다시 한번 아내의 얼굴을 은밀히 살펴보았다. 그러나 디안의 아름다운 얼굴은 그에게 아무런 도움도 주지 못했다.

마차가 길가에 정차했을 때는 장시간을 여행한 후였다. 마차를 세운 이유를 물을 겨를도 없이 마부가 베시안 쪽 차창으로 다가오더니 마차 문을 열고, 점심을 해결할 수 있는 곳에 왔다고 말했다.

그제야 베시안과 디안은 지붕이 아주 뾰족한, 주막으로 보이는 건물 앞에 정차했음을 알아차렸다.

"오로시성까지는 아직 너덧 시간을 더 가야 하는데, 이곳 이후에는 식사를 할 만한 적당한 장소가 없습니다. 또 말도 쉬어야 하고요." 마부가 베시안에게 설명했다.

베시안은 아무 말 없이 마차에서 내려, 아내가 내리는 것을 돕기 위해 손을 내밀었다. 그녀는 마차에서 가뿐하게 내리더니 남편의 손을 그대로 잡은 채 주막 쪽으로 고개를 돌렸다. 사람들이 문간에 나와 호기심어린 눈길로 새로 도착한 사람들을 바라보았다. 그들보다 뒤에 나타난 남자가 어설픈 몸짓으로 그들에게 다가왔다.

"어떻게 오셨습니까?" 그는 공손하게 물었다.

그는 두말할 필요 없이 주막 주인이었다. 마부는 그에게 주막에서 점심을 먹을 수 있는지, 그리고 말에게 먹일 꼴을 얻을 수 있는지 물었다.

주막 주인은 손으로는 문을 가리켰으나, 눈으로는 문도, 다른 어떤 출입구도 없는 벽 쪽을 바라보며 대답했다.

"그럼요, 어서 들어오십시오. 들어오세요, 환영합니다."

디안은 놀라서 그를 쳐다보았으나 베시안은 그녀에게 속삭였다. "사팔눈인 모양이야."

주막 주인은 그들보다 앞서 문을 향하면서 세 길손의 왼쪽으로 갔다가 오른쪽으로 갔다가 했다. 그의 긴장된 몸놀림은 새로 도착한 손님들로 인한 분망함과 함께 불안감도 나타내고 있었다.

주인이 설명했다. "별실이 있긴 한데, 오늘은 그곳 식탁이 이미 찼습니다. 하지만 여러분을 위해 그곳에 식탁을 하나 놓아드리도록 하지요." 그리고 그는 자랑스러운 듯 덧붙였다. "사흘 전부터 알리 비낙과 보좌관들이 저희 집에 묵고 있거든요. 네에? 알리 비낙이 이곳에 행차하셨다니까요. 네에? 아니, 그분을 모르신단 말입니까?"

베시안은 어깨를 으쓱해 보였다.

"손님은 슈코데르에서 오셨나요? 아니라고요? 그럼 티라나에서 오셨나요? 아하, 그렇겠지요, 저런 마차를 타고 오신 걸 보면…… 이곳에서 묵으실 건가요?"

"아닙니다, 우리는 오로시성에 가는 길입니다."

"아하…… 그럴 거라고 생각했습니다. 저런 마차는 본 지 이 년도 더 됐습니다. 대공의 친척 되시나요?"

"아뇨, 초대를 받았을 뿐입니다."

별실로 가기 위해 주막의 홀을 지날 때, 디안은 손님들의 시선이 자신에게로 집중되는 것을 느꼈다. 손님 중 일부는 때가 낀 기다란 떡갈나무 식탁 주위에 둘러앉아 점심을 들고 있었고, 나머지 손님들은 커다란 검은 양모 방석을 깔고 구석에 앉아 있었다. 바닥에 앉은 두세 명은 그들이 지나갈 수 있도록 몸을 약간 움직여주었다.

"지난 사흘 동안, 이곳에서 지척에 있는 어떤 지역의 경계 문제 때문에 이곳까지 다 들썩거렸네요."

"경계 문제라고요?" 베시안이 물었다.

주막 주인은 한 손으로 망가진 문을 밀며 말했다.

"그렇습니다, 알리 비낙이 보좌관들과 함께 이곳에 온 것이 바로 그

일 때문입니다."

그는 목소리를 낮추어 말했다. 길손들은 그때 별실의 문턱을 넘고 있었다.

"저기 있는 손님이 그분들입니다." 주막 주인은 별실의 빈구석을 턱짓으로 가리키며 나지막하게 말했다. 주인의 사팔눈에 익숙해진 그들은 그가 가리키는 쪽과는 다른 쪽으로 고개를 돌렸다. 그러자 그곳에서, 홀의 것보다는 작으나 더러움이 덜 탄 떡갈나무 식탁에서 식사하고 있는 세 사람이 눈에 들어왔다.

"곧 식탁을 마련해드리겠습니다." 주막 주인은 이렇게 말하고는 이내 사라졌다. 식탁에 둘러앉은 두 남자가 새로 들어온 손님을 향해 시선을 돌린 반면, 세번째 남자는 접시에서 눈을 떼지 않은 채 식사를 계속했다. 문 뒤에서 귀에 거슬리는 불규칙한 소리가 들려왔다. 또한 사이사이로 둔탁한 소음도 들렸는데, 소리는 점점 가까워왔다. 곧 별실 안으로 식탁의 두 다리가, 이어 주막 주인의 몸의 일부가, 이윽고 식탁 전체와 우스꽝스러울 만큼 당황해하는 주막 주인의 몸이 마저 들어왔다.

주막 주인은 바닥에 식탁을 내려놓고 의자를 가지러 다시 나갔다. 이윽고 다시 돌아온 그는 나무 걸상을 식탁 주변에 놓으면서 말했다.

"앉으시지요. 무얼 드릴까요?"

무엇을 주문할 수 있는지 물은 뒤, 베시안은 마침내 달걀프라이와 치즈만 주문하기로 결정을 내렸다. 주막 주인은 "분부대로 하겠습니다"라는 말을 연신 해댔다. 그는 먼저 들어온 손님에게도 신경을 쓰면서 새로 도착한 손님에게 식사를 가져다주기 위해 분주하게 몸을 놀렸다. 특별한 손님 두 무리. 그 사이를 부랴부랴 돌아다니며 어느 쪽이 더 중요한 손님인지 판단할 수 없어 당황해하는 기색이 역력했다. 그 불명확한 상황이 그의 몸을 한층 이상한 형태로 만드는 것 같았다. 그의 신체의 일부는 이쪽 손님에게로 가고 싶어하고, 나머지는 반대쪽 손님에게로 가고 싶어하는 모양새였다.

"저들은 우리를 누구라고 생각할까?" 디안이 입을 열었다.

베시안은 고개를 숙인 채 곁눈으로, 점심을 들고 있는 세 남자를 쳐다보았다. 주막 주인이 행주로 식탁을 닦기 위해 고개를 숙이면서 그들에게 새로 도착한 사람들에 대해 알려주었으리라고 추측했다. 그들 중 가장 키가 작은 남자는 그들의 말을 듣고 있지 않은 척했다. 혹은 실제로 듣고 있지 않은 것인지도 몰랐다. 무기력하고 무심한 듯한 얼굴에 썩 잘 어울리는 엷은 색 눈을 가진 두번째 남자는 놀란 듯한 눈길을 보내고 있었다. 바둑판무늬 상의를 입은 세번째 남자는 디안에게서 눈을 떼지 않았다. 취했음이 분명했다.

"땅의 경계는 어디서 정하는 겁니까?" 주막 주인이 달걀프라이를 가지고 왔을 때 베시안이 물었다.

"'늑대 길목'입니다. 시장에서 반시간 거리에 있어요. 마차로 가신다면 물론 그보다 덜 걸리겠지만요."

"어떻게 생각해, 디안? 거기 가볼까? 재미있을 것 같은데." 베시안이 제안했다.

"좋을 대로." 그녀가 대답했다.

"경계 문제로 무슨 분쟁이나 살인이라도 벌어졌나요?" 베시안은 주막 주인에게 물었다.

주인이 휘파람소리를 냈다.

"물론이지요. 까마득한 옛날부터 사방에 무란이 널린 곳으로 죽음을 부르는 땅이에요."

"그렇다면 이번 기회를 놓칠 수 없겠군!" 베시안은 탄성을 질렀다.

"좋을 대로." 그의 아내는 같은 말을 되풀이했다.

"알리 비낙에게 조언을 구하는 것도 이번으로 벌써 세번째인데 분쟁과 유혈이 그치지 않고 있어요." 주막 주인이 다시 입을 열었다.

그때 예의 키 작은 남자가 식탁에서 일어섰다. 그를 따라 다른 두 명의 남자가 얼른 일어서는 품새로 봐서 베시안은 키 작은 남자가 알리 비낙임이 틀림없다고 생각했다.

그는 특별히 누구에게랄 것 없이 고개를 숙여 목례를 하고는 먼저 별실에서 빠져나갔다. 나머지 두 남자도 얼른 그의 뒤를 좇았다. 바둑판무늬 상의를 입은 남자는 마지막으로 나가며 벌겋게 충혈된 눈으로 디안을 계속 바라보았다.

"뭐, 저런 불쾌한 작자가 다 있어!" 그녀가 말했다.

베시안은 두 손을 내저었다.

"그에게 돌을 던져서는 안 돼. 오래전부터 여자나, 특별한 다른 오락거리도 없이 산악 지방을 돌아다니고 있는지도 모르잖아? 옷차림으로 보면 도시 사람이 분명해."

"그렇다 치더라도 저런 음흉한 눈길쯤은 자제할 수 있을 거 아냐!" 디안은 접시를 밀치며 큰 소리로 말했다. 그녀는 달걀프라이 두 개 중 한 개만을 먹었다.

베시안은 계산을 위해 주막 주인을 불렀다.

"신사 숙녀분께서 늑대 길목으로 가고 싶으시다면…… 알리 비낙과 보좌관들이 방금 길을 떠났거든요. 그러니 두 분께선 마차로 그들을 뒤쫓아갈 수 있을 겁니다. 그렇게 하지 않는다면 손님께는 동행인이 필요할 겁니다……"

"그들의 말을 좇아가겠습니다." 베시안이 말했다.

마부는 홀에서 커피를 마시고 있던 참이었다.

그는 곧 일어나 뒤를 따랐다. 베시안은 시계를 들여다보았다.

"두 시간 정도면 어떻게 경계를 정하는지 볼 수 있겠죠?"

마부는 회의적인 태도로 고개를 가로저었다.

"뭐라고 말씀을 드려야 할지 모르겠습니다만, 오로시까지는 아직도 먼 거리입니다. 그러나 정히 보고 싶으시다면야……"

"해 떨어지기 전까지만 오로시에 도착하면 됩니다." 베시안이 다시 말을 받았다. "이제 막 정오를 넘겼으니 시간은 충분할 거야. 결코 놓칠 수 없는 기회야." 그는 곁에 서 있는 디안 쪽으로 얼굴을 돌리며 덧붙였다.

그녀는 털이 달린 외투깃을 세우고 그들이 결정을 내리기를 기다렸다.

십여 분 뒤, 그들의 마차는 알리 비낙 일행을 따라잡았다. 알리 비낙 일행은 그들의 마차가 지나가도록 길을 내주었으나, 마부는 그들에게 늑대 길목까지 가는 길을 잘 모르니 그들 뒤에서 따라가겠다고 설명했다. 디안은 바둑판무늬 상의를 입은 남자가 말을 탄 채 어떤 때는 마차의 좌측으로 또 어떤 때는 우측으로 나타나며 성가신 눈길을 계속 보내오는 바람에 그를 피하려고 마차 깊숙이 들어앉았다.

늑대 길목은 주막 주인의 말보다 훨씬 멀었다. 그들은 멀리 헐벗은 고원지대에, 마치 움직이는 작은 점처럼 사람들이 몰려 있는 것을 보았다. 그곳에 거의 다다르자, 베시안은 경계에 관한 카눈의 규정을 기억해내려 애썼다. 디안은 잠잠히 그의 말에 귀를 기울였다.

베시안이 입을 열었다.

"땅의 경계를 정한 경계석을 만지는 일은 무덤 속의 뼈를 만지는 일보다 더 엄중하게 금지된다. 누구든 경계의 문제로 살인을 저지른 자는 모든 마을사람에 의해 일제사격에 처해진다."

디안은 전율했다.

"그럼 우리가 처형 현장을 보게 된단 말야? 하기야 이제 우리가 그것 말고 무엇을 더 기대하겠어!"

베시안은 빙그레 미소를 지었다.

"겁내지 말라고. 이번 일은 평화적으로 해결될 게 틀림없어. 그 사람, 그…… 누구라고 했더라. 아, 그래, 알리 비낙. 그 사람을 초청한 걸 보면 알잖아?" 그가 말했다.

"인상이 매우 신중한 사람 같아. 그렇지만 두 보좌관 중 하나는 그렇다고 말할 수 없어. 그자 말야, 광대 같은 상의를 입은 자. 정말 혐오스러워." 디안이 말을 받았다.

"아, 그 사람, 그자는 신경쓰지 마." 베시안이 나섰다.

그는 똑바로 정면을 응시했는데, 가능한 한 빨리 고원지대에 도착하고 싶어 안달인 것 같았다.

그는 여전히 눈길을 먼 곳에 둔 채 입을 열었다.

"경계석을 놓는 일은 엄숙한 행위야. 우리가 오늘 그런 의식에 참석하는 행운을 누리게 될지는 모르겠군. 저기, 저기 좀 봐, 무란이야……"

"어디?"

"저기, 저 관목 뒤에, 오른쪽에……"

"그러네." 디안이 말했다.

"저기에도 있다."

"그래, 그래, 보여. 그리고, 저 아래, 좀더 멀리 하나 더 있는데."

"저건 주막 주인이 말해주었던 바로 그 무란들이야. 들이나 영지의 경계표 역할을 하고 있을 거야." 베시안이 말을 받았다.

"그리고 저기, 저기 또 있네!" 디안이 탄성을 질렀다.

베시안이 다시 말을 이었다.

"카눈이 말하는 대로야. 경계 문제로 분쟁이 벌어져 살인이 발생하면, 무덤의 위치가 곧 경계가 되지."

디안은 차창에서 이마를 떼지 못했다.

"경계표가 된 무덤은, 카눈의 표현을 빌리자면, 시간이 다할 때까지 누구도 함부로 옮겨선 안 돼. 왜냐하면 피와 죽음에 의해 확립된 경계이기 때문이지." 베시안이 말을 이었다.

"죽을 일도 많군!" 디안은 낮게 웅얼거렸다. 그녀가 차창에 대고 말하는 바람에 차창이 입김으로 뿌옇게 되어 바깥 풍경이 보이지 않았다.

앞서가던 세 사람이 말에서 내렸다. 마부는 그들로부터 몇 걸음 떨어진 곳에 마차를 세웠다. 마차에서 내리자마자 베시안과 디안은 사람들의 시선이 자신들에게 집중되는 것을 느꼈다. 남자들, 여자들, 그리고 많은 아이들이 그곳에 운집해 있었다.

베시안이 디안에게 말했다.

"저것 좀 봐, 아이들도 있어. 경계를 정하는 일은 산악 지방 주민들의 삶에서 유일하게 아이들이 초청되는 중요한 사건이지. 경계에 대한 기억을 가능한 한 오래 보존하기 위해서야."

그들은 한동안 계속 그렇게 이야기를 나누었는데, 그렇게 함으로써 산악 지방 주민들의 호기심을 좀더 자연스럽게 견뎌낼 수 있을 것 같았기 때문이다. 디안은 젊은 여인들을 흘끗 살펴보았는데, 그들의 기다란 치맛단이 움직임에 따라 물결치곤 했다. 여인들은 검게 염색한 머리칼에, 모두 같은 머리 모양을 하고 있었다. 이마에는 웨이브가 있는 애교머리를 무대의 커튼처럼 내리고, 양쪽 머리는 반듯하게 내려오게 했다. 그들은 호기심을 감추려고 조심하면서 멀리서 나그네 부부를 바라보았다.

"추워?" 베시안은 아내에게 물었다.

"조금."

실제로 고원지대는 쌀쌀했으며, 주위의 푸르스름한 알프스산맥은 으스스한 느낌을 한층 더해주는 것 같았다.

"비만 오지 않는다면 정말 좋으련만." 베시안이 입을 열었다.

"뭐하러 비가 오겠어?" 그녀가 놀라 물었다. 그녀는 비를 웅장한 알프스의 겨울을 비집고 들어오는 불쌍한 거지쯤으로 생각했다.

목장 한가운데서 알리 비낙과 보좌관들이 남자들 무리와 이야기를 나누고 있었다.

"보러 가자! 뭐라도 배울 게 있을 거야." 베시안이 말했다.

그들은 여기저기 흩어져 나지막하게 대화를 주고받는 사람들 사이로 천천히 다가갔다. 그러나 그들의 대화는 거의 알아들을 수 없었다. 그들이 속삭이듯 말하는 탓도 있었지만, 다른 한편으로는 사투리 때문이었다. '공주'니 '국왕의 누이'니 하는 단어들만 알아들을 수 있을 뿐이었다. 디안은 오전중 처음으로 웃음을 터뜨리고 싶은 심정이 되었다.

"당신 들었어? 저 사람들은 나를 공주로 착각하고 있어!" 그녀가 베시안에게 말했다.

그는 그녀의 기분이 조금 나아진 것을 보자 기뻐서 그녀의 팔을 꼭 잡았다.

"이제 좀 덜 피곤해?"

"응, 이곳은 아름다운걸." 그녀가 대꾸했다.

미처 깨닫지도 못한 사이에 그들은 알리 비낙이 속해 있는 무리 쪽으로 다가가 있었다. 이렇게 해서 이들 두 무리는, 서로의 몸을 밀어대는 산악 지방 주민들 속에서 자연스레 서로 소개하게 되었다. 베시안은 자기가 누구이며 어디서 왔는지 말했다. 알리 비낙도 그렇게 했다. 그것을 지켜보던 주민들은 놀라움을 금치 못했다. 알리 비낙이 온 세상이 알아주는 유명인사라고 믿었기 때문이었다. 그들이 한담을 나누는 동안, 구경거리를 찾아온 사람들은 점점 더 불어났다. 구경꾼들은 그들을 주시했는데, 특히 디안에게서 눈길을 떼지 못했다.

"조금 전에 주막 주인이 말하기를 이 고원지대는 경계 문제로 많은 분쟁의 무대가 되었다고 하더군요." 베시안이 말했다.

"그렇습니다." 알리 비낙이 대답했다. 카눈 해석가라는 직업 때문이겠지만, 그는 흥분한 기색이라곤 전혀 찾아볼 수 없는 나지막하고 단조로운 어조로 말했다. "길 양편에서 무란들을 보셨을 텐데요?"

베시안과 디안은 고개를 끄덕였다.

"그렇다면, 이 모든 희생자들이 나왔는데도 아직 분쟁이 해결되지 않았단 말인가요?" 디안이 물었다.

알리 비낙은 조용히 그녀를 바라보았다. 그들을 에워싸고 있는 군중의 호기심어린 눈이나 측량기사라고 자신을 소개했던 바둑판무늬 상의를 입은 남자의 이글거리는 눈과는 달리, 알리 비낙의 눈은 그녀에게 고전적인 조각상의 눈을 연상시켰다.

"유혈 사태로 경계가 정해진 구획에 대해서는 더이상 논쟁이 벌어지지 않습니다. 그 부분의 경계는 지표면에 영원히 고정된 거지요. 현재 논쟁이 벌어지고 있는 곳은 다른 쪽입니다." 그가 말했다. 그리고 고원지대의 들판을 향해 팔을 뻗었다.

"그 지역에서는 유혈 사태가 발생하지 않았나요?" 디안이 물었다.

"그렇습니다, 부인. 저 목장들을 놓고 두 마을 간에 불화가 생기기 시작한 지 벌써 오래되었지요."

"그렇다면 경계선이 영원히 고정되려면 사람이 꼭 죽어야 하나요?" 디안은 자신이 그렇게 불쑥 끼어들었다는 사실에, 그리고 특히 빈정거림이 쉽게 드러나는 자신의 어조에 스스로도 놀랐다.

알리 비낙은 차가운 미소를 지었다.

"우리가 여기에 와 있는 것은 바로 그 죽음을 방지하기 위함입니다, 부인."

베시안은 캐묻는 눈빛으로 아내를 쳐다보았다. '당신 지금 제정신이야?'라고 묻는 듯한 눈이었다. 그는 그녀의 눈에서 전에는 결코 본 적이 없는 회피하는 듯한 빛을 본 것 같았다. 이 작은 사건의 흔적을 지우기 위해 그는 처음 떠오른 질문을 알리 비낙에게 서둘러 던졌다.

주위의 모든 사람이 활발하게 이야기를 나누고 있는 그들을 응시하고 있었다. 커다란 바위 위에 앉은 몇몇 노인네만이 만사가 무심한 듯 동떨어져 있었다.

알리 비낙은 천천히 대답했으며, 베시안은 하필 삼갔어야 할 문제에 대해 질문했다는 사실을 깨닫는 데 일 분을 족히 소비했다. 그는 경계 문제로 분쟁이 벌어지는 동안 발생하는 살인에 대해 물었던 것이다.

"희생자가 그 자리에서 즉사하지 않고 날뛰거나, 걸어서든 기어서든 남의 토지로 들어가게 되면, 그의 무란은 그가 쓰러져 죽은 곳에 세워집니다. 따라서 무란이 남의 영지에 세워진다 할지라도 새로운 경계로 영원히 고정되는 것입니다."

알리 비낙에게서 무언가 차가운 것, 혹은 일상적인 언어로 표현하자면 낯선 어떤 것이 느껴지는 것은 단순히 그의 외관 때문만이 아니라 말투 때문이기도 했다.

"그러면 양측이 서로 마주보고 그 자리에서 즉사하면요?" 베시안이 물었다.

대화에 활기를 띠게 하려는 사람들처럼, 대답을 뻔히 알 만한 질문을 하고 있다고 그 자신도 느꼈다.

알리 비낙이 고개를 들었다. 디안은, 단신이라는 사실이 이토록 권위에 영향을 미치지 않는 남자를 전에는 결코 만난 적이 없다는 생각이 들었다.

"두 사람이 일정한 거리를 둔 채 서로 죽인 경우 양측의 경계는 각각의 당사자가 쓰러진 지점이 되며, 두 사람 사이의 공간은 어느 쪽의 땅으로도 간주되지 않습니다."

"무인지대군요. 국가 간의 분쟁과 똑같네요!" 디안이 나섰다.

베시안이 입을 열었다. “어제저녁 우리가 이야기했던 것이 바로 그겁니다. 고원지대 주민들은 말투뿐 아니라 사고나 행동에 뭔가 국가적인 특징이 들어 있다고요.” 그가 말을 이었다. “그런데 소총이 없던 시절에는 어떻게 문제를 풀었습니까? 카눈은 총보다 훨씬 유구한 역사를 자랑하지 않나요?”

“물론 그렇지요, 훨씬 오래됐지요.”

“그럼 돌멩이를 사용했었나요?”

알리 비낙이 긍정했다.

“그렇습니다, 소총이 없던 시절에는 돌나르기 시합을 했습니다. 두 가족 간에, 두 마을 간에, 혹은 두 깃발 간에 분쟁이 발생했을 경우, 각 진영에서는 자기 진영의 최강자를 지목합니다. 그리하여 가장 멀리까지 돌덩이를 지고 가는 자가 승리하는 겁니다.”

“그럼 오늘날에는 어떻게 하나요?” 베시안이 물었다.

알리 비낙은 뿔뿔이 흩어져 있는 군중을 둘러보다 노인 무리에게 시선을 고정시켰다.

“목장의 옛 경계에 대한 증언을 듣기 위해 깃발에서 명망 있는 원로들을 몇 분 초대했습니다.”

베시안과 디안은 마치 단역배우처럼 역할이 주어지기를 기다리며 앉아 있는 원로들에게로 고개를 돌렸다. 그들은 너무 연로해서 이따금 자신이 이 자리에 와 있는 이유를 깜빡하는 것 같았다.

산악 지방 주민들의 눈, 특히 여인네들과 아이들의 눈이 그들의 일거수일투족을 좇았으나, 두 사람은 이제 어느 정도 익숙해져 있었다. 디안은 측량기사의 취한 눈길을 피하는 데만 신경썼다. 측량기사와,

주막에서 자신을 의사라고 소개했던 두번째 보좌관은 그들의 존재를 잊은 듯, 이제는 그들에게 한마디도 건네지 않는 알리 비낙에게 바짝 붙어 있었다.

웅성이는 소리가 들리는 것으로 보아 의식을 치를 시간이 된 모양이었다. 방문객한테서 떨어져 있던 알리 비낙과 보좌관들은 주민 한 무리에게서 다른 무리에게로 갔다. 떼를 지어 있던 구경꾼들이 자리를 옮긴 후에야 베시안과 디안은 고원지대를 대각선으로 가르는 선을 따라 놓여 있는 옛 경계표들을 볼 수 있었다.

군중 속에 돌연 기대의 분위기가 감도는 것 같았다. 디안은 베시안의 팔에 자신의 팔을 끼면서 몸을 바짝 붙였다.

"만일 무슨 일이라도 일어난다면 어쩌지?" 그녀가 말했다.

"무슨 일?"

"주민들 모두가 무장하고 있잖아, 못 봤어?"

그는 그녀를 똑바로 쳐다보며, '당신은 낡은 우산을 든 주민 두 명을 보았을 때, 이 고원지대를 조롱하고픈 심정이었지? 그런데 이제는 위험을 느낀단 말이야?'라고 말하려 했다. 그러나 그녀가 우산에 대해 아무런 평도 하지 않았다는 것과, 자신도 그것에 대해 마음속으로만 생각했다는 데 생각이 미쳤다.

"살인이 벌어질 것 같냐, 그 말이야? 그렇진 않을 거야." 그가 물었다.

그러나 주민 모두가 무장하고 있는 것만은 사실이었으며, 고원지대에는 싸늘한 위협의 분위기가 감돌고 있었다. 어떤 사람들의 소매에는 검은 상장喪章이 달려 있었다. 디안은 남편에게 몸을 더욱 밀착시켰다.

"곧 시작되려나보군." 이제는 자리에서 일어서 있는 노인들을 주시하며 베시안이 말했다.

디안은 이상하게도 머릿속이 텅 빈 듯한 느낌이 들었다. 우연히 주변을 둘러보던 그녀의 눈이 그들의 마차에 멈추었다. 고원 가장자리에 주차된 검고 뚜렷한 윤곽이 두드러져 보이는 로코코풍의, 마치 연극 무대의 벨벳 박스석같이 생긴 마차는 너무도 이질적이고 기묘하게 보이게 하는 잿빛 산악 풍경을 배경으로 하고 있어서인지 더욱 도드라졌다. 디안은 베시안의 팔을 흔들어대며 말했다. "마차 좀 봐……" 그러나 바로 그 순간 그가 나지막하게 속삭였다.

"시작됐군."

한 노인이 무리에서 떨어져나와 어떤 임무를 수행하려는 것 같았다.

베시안은 디안의 손을 잡아끌었다.

"좀더 가까이 가보자. 양측이 경계선을 긋기 위해 저 노인을 택한 게 틀림없어."

노인은 앞으로 몇 발짝 뗐다가, 이어 돌 한 개와 새로 퍼다놓은 흙더미 앞에 멈춰 섰다. 고원지대에는 무거운 침묵이 감돌았다. 그러나 단지 느낌일 뿐이었음이 틀림없었다. 왜냐하면 산들의 포효로 나지막이 오가던 말들이 잠잠해지면서 인간의 요소가 지워져가고는 있었지만, 그것만으로 모든 잡음을 잠재울 수는 없었기 때문이다. 그럼에도 사람들은 정말로 사위가 고요해졌다고 느꼈다.

노인은 몸을 숙이더니, 두 손으로 커다란 돌을 들어 자기 어깨 위에 올려놓았다. 이어 누군가가 그의 같은 쪽 어깨에 흙을 한 무더기 올려놓았다. 검버섯이 핀 메마른 얼굴의 노인은 무표정했다. 그때 무거운 침묵을 깨고 누군가가 높게 울리는 카랑카랑한 목소리로 고함을 질렀다.

"자, 그럼 다음 단계로 넘어갑시다. 만약 이 일에 성실히 임하지 않는다면, 노인장은 저세상에서도 이 짐을 짊어지게 될 거요!"

한동안 노인의 눈은 경직되어 있었다. 그의 늙은 육신은 손가락 하나만 까딱여도 그대로 무너져내릴 것 같았다. 그럼에도 불구하고 그는 한 발짝 걸음을 뗐다.

"가까이 가보자." 베시안이 입을 열었다.

이제 그들은 노인을 따르는 무리 한가운데에 서 있게 되었다.

"말소리가 들리는데, 누가 말하고 있는 거지?" 디안이 속삭였다.

"노인네야. 카눈의 규정대로 자기가 짊어진 돌과 흙에 대고 맹세하고 있는 거야." 베시안 역시 낮은 소리로 대답했다.

깊고 울림이 있는 노인의 목소리는 들릴락 말락 했다.

"내가 짊어지고 있는 이 흙과 돌, 그리고 우리의 조상들에게서 들은 것에 대고 맹세하건대, 이곳과 저곳에 목장의 옛 경계가 있었으며, 이곳과 저곳에 나 자신이 그 경계를 고정하노라. 만일 내가 거짓말을 하는 것이면, 나는 이 돌과 흙더미를 영원토록 짊어지게 될 것이다!"

삼삼오오 무리를 지은 사람들이 뒤따르는 가운데 노인은 천천히 고원지대를 가로질렀다. 그가 말을 맺었다. "만일 내가 진실을 말하는 것이 아니라면, 나는 이 세상과 저세상에서 이 돌과 이 흙의 무게에 눌리게 될 것이다." 그런 다음 그는 어깨의 짐을 떨어뜨렸다.

뒤따르던 주민들 중 몇 명이 곧바로 그가 표시한 곳을 파기 시작했다.

"옛 경계표를 파내고 새 경계표를 묻는군." 베시안이 아내에게 설명했다.

나무망치 소리가 났다. 누군가가 외쳤다. "아이들을 가까이 오라고

해서 보게 하시오."

디안은 멍한 눈길로 경계표 묻는 작업을 지켜보았다. 돌연 검은 튜닉들 사이로 그 끔찍한 바둑판무늬가 다가오는 것을 보자, 그녀는 구원을 요청하듯 남편의 소매를 붙잡았다. 그는 그녀의 행동에 대해 눈짓으로 의문을 표했으나, 그녀는 한마디도 꺼낼 여유가 없었다. 측량기사가 한층 더 취했음을 짐작하게 하는 미소를 만면에 흘리며 벌써 그들 앞에 다가와 있었기 때문이다.

그는 산악 지방 주민들을 향해 고갯짓을 하면서 말했다.

"웬 광대 짓거리인지! 아니, 차라리 희비극이라고 하는 게 더 낫겠군. 당신은 작가시죠? 그렇다면 저 얼빠진 짓거리에 대해 뭐라도 쓰시오, 부탁이오!"

베시안은 엄한 눈초리로 그를 쏘아볼 뿐 아무 대꾸도 하지 않았다.

"실례를 한 모양이군요. 용서하시오. 저, 특히 부인께……" 측량기사가 말했다.

그는 다소 연극적인 품으로 굽신거렸다. 숨결에서 지독한 술내가 풍겼다.

"용건이 뭐죠?" 디안은 혐오감을 감추지 않은 채 냉랭한 목소리로 물었다.

측량기사는 입술을 씰룩거렸으나 디안의 태도에 기가 질렸는지 한마디도 입 밖에 내지 못했다. 그는 주민들을 향해 고개를 돌렸다. 절반은 미소를 머금은 환한 표정으로, 절반은 깊은 악의에 찬 표정으로 얼굴이 일그러졌다. 한동안 같은 자세를 견지하고 있던 그가 잠시 후 중얼댔다.

"통곡하고픈 심정입니다. 측량학이 이보다 심한 모욕을 받은 적은 정말이지 없었습니다!"

"어째서요?"

"어떻게 제가 모욕을 느끼지 않을 수 있겠습니까? 나는 측량기사이고, 측량학을 전공했단 말입니다. 이해하시겠습니까? 대지를 측정하고 정밀 지도를 작성하는 법을 배웠습니다. 그런데도 내 직업을 수행할 수 없는 처지로 이 고원지대를 일 년 동안 헤매고 다니는 중이랍니다. 산악 지방 주민들은 이 측량기사의 능력을 인정하지 않거든요. 그들이 대지의 경계 문제를 어떻게 처리하는지 당신도 직접 보지 않았습니까! 돌과 저주와 마법으로 처리하지 않던가요. 그리고 나는 알 수 없습니다만 다른 것이 더 있는지도 모르죠. 측량 도구는 일 년 내내 여행가방 속에 처박혀 있습니다. 아예 저 아래 주막 한구석에 처박아두었지요. 어느 날이고 도둑맞을 겁니다, 아직 도둑을 맞지 않았다면요. 하지만 나는 선수를 쳐서, 누군가 도둑질해 가기 전에 그것들을 팔아 술을 마실 작정입니다! 아, 참으로 우울한 날입니다! 신사분, 그럼 이만. 알리 비낙 나리께서 손짓을 하는군요. 성가시게 해드려서 죄송합니다. 죄송합니다, 매혹적인 부인. 그럼 안녕히."

"별 우스운 놈 다 보겠군." 그가 떠나자, 베시안이 내뱉었다.

"이제 우리는 뭘 하지?" 디안이 물었다.

그들은 뿔뿔이 흩어진 군중 속에서 마부를 눈으로 찾았다. 마부는 그들과 눈길이 마주치자 곧 그들에게 다가왔다.

"출발할까요?"

베시안은 고개를 끄덕였다.

그들이 마차를 향해 가는 동안, 노인은 새 경계를 정하고 막 세워놓은 경계표를 가리키며 그것을 감히 옮겨놓으려는 자들을 향한 저주의 주문을 읊었다.

디안은 한동안 경계표 놓는 일에 쏠렸던 산악 지방 주민들의 관심이 다시 그들에게로 쏠리는 것을 느꼈다. 그녀가 먼저 마차에 올랐고, 베시안은 멀리 있는 알리 비낙과 그의 보좌관들을 향해 손을 흔들며 작별인사를 했다.

그녀는 좀 피곤해했으며 주막까지 가는 동안 거의 침묵을 지켰다.

"다시 출발하기 전에 커피라도 들까?" 베시안이 물었다.

"좋을 대로." 디안이 대답했다.

주막집 주인은 그들에게 커피를 가져다주면서 알리 비낙이 중재한, 산악 지방에 구전되어 내려오는 일종의 전설과도 같은 경계 분쟁 중 유명한 경우들을 이야기해주었다. 그는 알리 비낙을 손님으로 모시고 있다는 사실에 대단한 자부심을 느끼는 것 같았다.

"그분은 이 고장에 오실 때면 언제나 저희 주막에 묵으시지요." 그는 힘주어 말했다.

"그런데 그분의 댁은 어딥니까?" 베시안이 단지 뭐라도 말을 하기 위해 물었다.

"그분은 일정한 주거지가 없어요. 사방을 돌아다니지만 일정하게 거하는 곳은 어디에도 없지요. 늘 순회중입니다. 분쟁과 소송이 끊이지 않는데다가 사람들이 늘 그를 중재인으로 부르기 때문이지요." 주막 주인이 대답했다.

그들에게 커피를 건넨 뒤에도, 주막 주인은 사람들이 분쟁으로 치달았던 오래된 반목에 얽힌 이야기와 알리 비낙에 대한 이야기를 계속했다. 그는 커피잔을 가지러 돌아왔을 때에도, 계산을 할 때도 같은 이야기를 계속했다. 심지어 그들을 배웅할 때에도 여전히 같은 말을 되풀이했다.

디안이 자신의 팔을 잡아당긴다고 느꼈을 때, 베시안은 마차에 막 오르려던 참이었다.

"저 사람 좀 봐." 그녀가 낮은 목소리로 말했다.

그들과 가까운 거리에서 창백한 낯빛을 한 어떤 산악 지방 청년이 당황한 시선으로 그들을 바라보고 있었다. 그의 소매에는 검은 리본이 달려 있었다.

베시안은 주막집 주인에게 물었다.

"저 청년은 피를 회수했나보군요. 아는 사람입니까?"

주막집 주인의 사팔눈은 산악 지방 청년에게서 몇 발짝 떨어진, 아무것도 없는 텅 빈 공간을 살폈다. 청년은 주막으로 들어가려다 마차에 오르는, 눈길을 끄는 손님들을 보기 위해 멈춰 선 것 같았다.

주막집 주인이 대답했다.

"잘 모릅니다. 저 청년은 사흘 전 피의 세금을 지불하기 위해 오로시로 가던 중 이곳에 들렀지요." 그는 낯선 청년을 향해 소리쳤다. "어이, 청년, 자네 이름이 뭔가?"

필시 주막 주인의 부름에 놀란 듯한 산악 지방 청년은 그를 향해 돌아섰다. 디안은 이미 마차에 올라 있었으나, 베시안은 낯선 청년의 대답을 듣기 위함인 듯 디딤대 위에 멈춰 섰다. 다소 푸르스름한 디안의 얼굴이 차창 너머로 보였다.

"그조르그요." 낯선 청년은 오랫동안 말을 하지 않았던 사람처럼, 어딘지 불분명하고 메마른 목소리로 대답했다.

베시안은 아내 곁에 앉았다.

"저이는 며칠 전에 살인을 저지르고 오로시에 다녀오는 길이야."

"나도 들었어." 디안은 차창에서 눈길을 떼지 않은 채 낮은 소리로 말했다.

청년은 그 자리에 붙박인 듯 꼼짝도 않은 채, 열에 들뜬 눈길로 젊은 여인을 뚫어져라 쳐다보았다.

"얼굴이 어떻게 저토록 창백할까!"

"이름이 그조르그래." 베시안은 의자에 몸을 붙이며 말했다.

디안은 여전히 차창에 이마를 대고 있었다. 밖에서는 주막 주인이 마부에게 늘어지게 충고를 하고 있었다.

"길 아시오? 크루슈크 무덤을 만나면 조심해야 해요, 거기서 사람들이 번번이 헷갈린단 말이오. 오른쪽으로 가는 대신 왼쪽으로 간다고."

마차가 움직였다. 창백한 얼굴과 대조되어 그런지 눈빛이 매우 어두워 보이는 낯선 청년은 네모난 차창 너머로 보이는 디안의 얼굴에서 눈을 뗄 줄 몰랐다. 디안 역시 더이상 그래서는 안 된다는 것을 알면서도 느닷없이 길가에 나타난 그 청년에게서 도저히 눈을 뗄 수 없었다. 마차가 멀어지는 동안 그녀는 두세 차례 차창에 서린 입김을 닦아냈으나, 그들 둘 사이에 커튼을 치는 것보다 더 급한 일이 없다는 듯, 입김은 이내 다시 서렸다.

마차가 상당히 멀어져 밖에 사람의 그림자라곤 찾아볼 수 없게 됐을 때, 피곤했던 그녀는 의자 등받이에 몸을 기대며 말했다. "당신이 옳았어."

베시안은 아내의 태도가 놀랍기만 했다. 그는 그녀에게 어떤 면에서 옳았다는 것이냐고 물을 뻔했다. 그러나 무언가가 그 질문을 막았다. 사실 그는 오전 내내, 그가 옳다는 내색을 그녀가 결코 하지 않았다는 인상을 받았다. 그러나 이제 그녀가 직접 고백하고 나선 지금 설명을 요구한다는 것은 경망스러운 짓이라고까지는 할 수 없다 할지라도 불필요하다고 여겨졌다.

"당신, 며칠 전에 살인을 저질렀다는 그 산악 지방 청년의 창백한 얼굴 봤어?" 베시안은 디안의 손가락에 끼워진 반지를 바라보며 물었다.

"응, 지독하게 창백하던걸." 디안이 말했다.

"그가 살인을 저지르기 전에 얼마나 회의와 망설임에 시달렸는지 누가 알겠어? 햄릿의 회의와 산악 지방의 저 햄릿의 회의는 일맥상통하는 것이 아닐까?"

그녀는 그에게 수긍이 담긴 눈길을 보냈다.

"당신은 고원지대 청년에게 덴마크 왕자의 이름을 붙이는 게 지나치다고 생각해?"

디안이 강하게 부정했다.

"아니, 결코 그렇지 않아. 당신은 정말 멋지게 비유했어. 당신의 그 재능을 내가 얼마나 높이 평가하는지 알잖아?"

그는 디안을 정복할 수 있게 해준 것이 아마도 그 재능일 거라고 남몰래 생각했다.

베시안은 열띤 목소리로 말을 이어나갔다.

"햄릿은 아버지의 유령에 의해 복수로 내몰렸지. 그러면 저 청년을 복수로 내몰기 위해 그의 앞에 출몰했을 끔찍한 유령의 정체는 과연 무엇이었을까?"

디안은 화등잔만해진 눈으로 그를 뚫어져라 쳐다보았다.

베시안은 회수해야 할 피의 짐을 진 집들에 대해 말했다. 그런 가정은 탑 한구석에 희생자의 피로 얼룩진 셔츠를 걸어놓으며, 그 피가 회수되기 전에는 그것을 치우지 않는다는 것이었다.

"당신, 그게 얼마나 끔찍한 일인지 상상이나 할 수 있겠어? 햄릿은 한밤중에 아버지의 유령이 출몰하는 것을 목격해야 했지. 그러나 불과 두세 차례, 그것도 아주 잠깐이었어. 우리의 탑 안에서 복수를 요구하는 셔츠는 몇 달 동안 혹은 몇 계절이 바뀌는 동안 밤낮으로 그 자리에 있는 거야. 피가 누렇게 변하면, 사람들은 '저런, 망자가 초조하게 복수를 기다리는군'이라고 말하지."

"그가 그렇게 창백했던 것은 아마도 그 때문인 모양이네." 디안이 말했다.

"누구?"

"그 청년, 조금 전에 보았던 산악 지방 청년."

"그럼! 그렇고말고."

베시안은 디안이 '창백하다'는 말을 마치 '아름답다'는 말을 할 때처럼 발음했다는 인상을 받았으나, 그 생각은 곧 사라졌다.

"그럼 이제 그가 해야 할 일은 뭐지?" 그녀가 물었다.

"누구?"

"누구긴…… 그 산악 지방 청년 말야."

"아, 그가 무엇을 해야 하느냐고?" 베시안은 어깨를 으쓱해 보였다.

"그가 주막 주인 말대로 네댓새 전에 살인을 저질렀다면, 그리고 그가 대 베사, 다시 말해서 삼십 일간의 휴전을 얻어냈다면, 아직 이십오 일간은 평범한 일상을 누릴 수 있겠지." 베시안은 입가에 쓴 미소를 지었으나 얼굴의 나머지 부분은 무표정했다. 베시안이 말을 이었다. "그것은 그에게 주어진 일종의, 최후의 이승 허가증 같은 것이지. 그러니 '살아 있는 자들이란 이승에서 살도록 허락받은 죽은 자들'이라는 그 유명한 문구는 우리의 이 산악 지방에 딱 들어맞는 말인 거야."

"그래, 그는 마치 소매에 저승의 표시를 달고, 휴가차 저승에서 온 것 같았어……" 그녀가 말했다. 디안은 깊은 한숨을 내쉬더니 덧붙였다. "당신 말이 맞아, 꼭 햄릿 같아."

베시안은 굳은 미소를 지으며 밖을 내다보았다. 사실, 그의 얼굴은 윗부분만 미소를 띠고 있었다.

"햄릿은 분명한 동기에 의해 살인으로 내몰렸다고 말해야겠지. 그런데 그는—베시안은 손으로 그들이 지나온 길을 가리켰다—그의 외부에 존재하는 동기, 때로는 그의 시대 너머에 존재하는 동기에 휘말린 거야."

디안은 그 말의 의미를 전부 이해할 수는 없었지만, 주의깊게 듣고 있었다. 베시안이 말을 이었다.

"그토록 먼 곳에서 온 명령에 따라 죽음으로 발을 들여놓기 위해서는 거인 같은 의지가 필요할 거야. 실제로 그 명령은 때론 이미 죽고 없는 세대들을 포함하여, 실로 아주 먼 곳에서 오기도 하니까."

디안은 또다시 한숨을 깊이 내쉬고 낮은 소리로 물었다.

"그조르그, 그의 이름이 그조르그랬지, 그렇지?"

"누구?"

"누구긴, 그 산악 지방 청년이지…… 주막에서 보았던 청년 말야."

"응, 그래. 그조르그. 그게 그의 이름이야…… 그에게 강한 인상을 받은 모양이군, 그래?"

그녀는 고개를 끄덕였다.

두세 차례 비가 올 듯했으나, 빗방울은 땅바닥에 채 닿기도 전에 사라져버리곤 했다. 몇 방울만 마차의 유리창에 부서지며 눈물처럼 흘러내렸다. 디안은 벌써 한참 동안 차창에 부서진 빗방울이 떠는 모습을 지켜보고 있었다. 마차의 유리창도 빗방울에 감동한 것 같았다.

디안은 이제 전혀 피곤하지 않았다. 그렇기는커녕 내적으로 홀가분해진, 반투명한 존재가 된 느낌이 들었다. 그러나 결코 유쾌하지는 않은 싸늘한 느낌이었다.

"이번 겨울은 꽤 긴걸. 봄에게 자리를 물려주지 않기로 작정한 모양이야." 베시안이 입을 열었다.

디안은 계속 바깥 풍경을 관찰하고 있었다. 바깥 풍경에는 주의를 산만하게 하는, 생각을 희석시키면서 머릿속에 일종의 텅 빈 공간을 만들어내는 무언가가 있었다. 디안은 주막 주인이 이야기해주었던, 알리 비낙이 개입해 카눈에 대한 엄밀한 해석을 내려준 경우들을 떠올렸다. 사실 그녀는 생각의 흐름을 따라 천천히 표류하는 그 이야기의 단면 혹은 단편만을 기억했을 뿐이었다. 예컨대 두 집이 대문의 경첩을 뽑아 맞교환해야 했던 경우가 그랬다. 어느 여름날 저녁 대문 중 하나에 총알구멍이 뚫리는 일이 발생했다. 분개한 집주인은 치욕을 갚기 위해 복수를 해야 했으나 어떤 방법으로 복수해야 할지 알 수 없었다. 구멍 뚫린 대문 때문에 유혈의 복수를 도모할 수는 없는 일이었다. 그렇다고 당한 모욕을 갚지 않을 수도 없었다. 이 문제를 해결하기 위해 사람들은 알리 비낙에게 자문을 요청했고, 알리 비낙은 모욕을 준 자의 집 대문을 뽑아서 구멍난 대문과 맞바꾸고 그 문을 영원히 달아두라는 판결을 내렸다.

디안은 알리 비낙이 보좌관 두 명을 대동하고 이 마을에서 저 마을로, 이 고장에서 저 고장으로 다니는 모습을 상상해보았다. 그보다 더 기묘한 여정을 상상하기란 어려웠다.

어느 날 밤, 친구로부터 불시의 방문을 받은 사람이 먹을 것을 빌리기 위해 아내를 이웃집에 보냈다. 아내는 몇 시간이 지나도록 돌아오지 않았다. 집주인은 이튿날 아침까지 불안감을 감추고 기다렸다. 그런데 아내는 이튿날도 그다음날도 집에 돌아오지 않았다. 일찍이 고원지대에서 전례가 없던 일이 발생했다. 여자는 이웃집 세 형제에 의해 강제로 억류되어 있었으며, 그들은 각각 그녀와 함께 하룻밤씩 보냈던 것이다.

디안은 그 여인의 처지를 상상하고는 부르르 몸을 떨었다. 그녀는 끔찍한 생각을 떨쳐버리기 위해 고개를 저었으나 완전히 물리치지는 못했다.

세 번의 밤을 보낸 다음날 아침, 마침내 아내가 돌아와 남편에게 자초지종을 털어놓았다. 모욕을 당한 남자는 이제 어떻게 해야 한단 말인가? 그 치욕은 오직 피로써만 씻길 수 있는 중대한 죄악이었다. 그러나 파렴치한 일을 저지른 형제의 가문은 수도 많고 힘센 집안이었으며, 따라서 복수가 시작될 경우 치욕을 당한 가문의 대가 끊길 위험이 있었다. 게다가 그 남자는 그렇게 용맹스럽지도 않았다. 그리하여 그는 마을의 연장자들에게 판단을 요청했다. 산악 지방 주민들에게는 매우 드문 일이었다. 판결을 내리기는 어려웠다. 라프시 사람들에게 있어 유례없는 이 사건에 대해 어떤 의견을 말하기란 여간 어렵지 않았으며, 세 형제에게 어떤 처벌을 내려야 하는지를 결정하기도 어려웠다. 그래서 사람들은 알리 비낙에게 도움을 청했다. 그는 결국 죄를 지은 형제들에게, 그들의 아내를 치욕을 당한 남자에게 보내 차례로 하룻밤씩 동침을 시키든가, 아니면 그들 중 하나가 치욕을 안긴 대가로 피를 지불하고 그 자신의 피는 회수되지 않는 쪽을 택하든가 둘 중 하나를 선택하라는 판결을 내렸다. 형제들은 그 제안을 받아들여 두번째 방법을 선택했다. 즉 그들 중 하나가 그들이 저지른 행동에 대해 목숨을 지불하기로 했고, 그 운명은 둘째에게 돌아갔다.

디안은 영화의 한 장면을 떠올리듯 그의 죽음을 천천히 상상해보았다. 그는 원로회에 삼십 일간의 휴전을 요청했고, 휴전 삼십일째 되는 날, 치욕을 당했던 남자는 매복하고 있다가 원수를 쉽사리 쏘아 죽였다.

"그래서요?" 베시안이 물었었다. "그래서라뇨? 그다음은 아무것도 없죠. 그는 이 땅에서 살다가 그렇게 사라졌으니 모든 게 다 헛된 거지요, 변덕 같은 거라고 할까요." 주막 주인의 대답이었다.

반수면 상태에 있던 디안은 이제 운명이 다 소진한 그조르그라는 산악 지방 청년에게 주어진 남은 시간에 대해 생각하고는 깊은 한숨을 내쉬었다.

"저기 봐, 유폐탑이군." 베시안이 손가락으로 차창을 톡톡 치면서 말했다.

디안은 그가 가리키는 방향을 바라보았다.

"저기, 저 아래, 외딴곳에, 보이지? 아주 작은 총안들이 있는 곳 말이야……"

"어쩌면 저리도 음산할까!" 디안은 탄성을 질렀다.

그녀는 살인을 저지른 사람들이 가족들을 위험에 빠뜨리지 않기 위해 휴전이 끝난 뒤에 숨어 지낸다는 유명한 탑들에 대해 종종 이야기를 들은 적이 있었다. 그러나 직접 본 것은 이번이 처음이었다.

"탑의 총안들은 마을의 모든 길을 향해 있어서 아무도 탑 안의 은둔자가 눈치채지 못하게 접근할 수 없도록 되어 있어. 그리고 총안 중 하나는 반드시 교회의 현관을 굽어볼 수 있게 되어 있는데, 혹시라도 있을지 모를 화해의 제안을 위해서야. 그러나 그런 경우는 극히 드물지." 베시안이 설명했다.

"저곳에 사람들이 얼마 동안이나 갇혀 있는데?" 디안이 물었다.

"음, 새로운 사건이 발생해서 지불된 피와 회수해야 할 피 사이의 관계에 변화가 생길 때까지. 보통 몇 년씩 갇혀 있곤 하지."

"지불된 피와 회수해야 할 피라…… 당신, 마치 은행 업무라도 되는 것처럼 이야기하네!" 디안이 말을 받았다.

베시안은 미소를 지었다.

"사실, 어떤 면에서 그 두 가지는 그리 다르지 않아. 카눈의 계산은 냉정하거든."

"끔찍해." 디안이 말했다. 베시안은 그녀의 말이 유폐탑을 두고 하는 말인지 혹은 자신이 방금 한 말에 대한 것인지 알 수 없었다. 실제로 그녀는 침울해 보이는 탑을 마지막으로 보기 위해 다시 한번 차창에 얼굴을 바짝 붙였다.

창백한 얼굴의 그 산악 지방 청년이 피할 곳이 바로 저기겠군, 그녀는 생각했다. 그러나 그는 저 돌탑 속에 몸을 숨기기 전에 살해당할 위험이 있었다.

그조르그, 그녀는 속으로 되뇌었다. 그러자 가슴속 깊은 곳이 뻥 뚫리는 듯한 느낌이 들었다. 그녀의 가슴속에서 무언가가 고통스럽게, 그러나 동시에 감미롭게 무너져내리는 것 같았다.

디안은 약혼 기간이나 혹은 열렬한 사랑에 빠져 있는 동안 젊은 여인이 제삼자에게 특별한 감정을 느끼지 못하게 보호하는 일종의 방어물이 허물어져내리고 있음을 느꼈다. 그녀가 이렇게 다른 남자에 대해 자유롭게 생각하게 된 것은 베시안을 알게 된 이래 처음이었다. 그녀는 베시안이 말한 대로, 아직 이승에서 휴가중인, 그토록 창백한 얼굴로 숲속에서 벨 나무를 표시해놓듯 때가 되면 자신이 지불하게 될 피의 빚을 상징하는 검은 리본을 달고 산중을 방황하는 동안 하루하루 날수가 줄어들, 겨우 삼 주라는 너무도 짧은 휴가를 받은 그에 대해 생각했다. 그녀에게서 뗄 줄 몰랐던 그의 눈이 말하고자 했던 것도 바로 그 점이었으리라. 낯선 여인이여, 나는 이곳에 단지 얼마간만 살다 갈 겁니다!

남자의 눈길이 그처럼 그녀의 마음을 뒤흔들어놓았던 적은 결코 없었다. 죽음이 근접해 있었기 때문일까, 아니면 눈부시도록 아름다웠던 청년의 모습이 그녀의 마음속에 불러일으킨 동정심 때문이었을까? 이제 그녀는 차창에 부서진 두세 방울의 빗방울이 그의 두 눈에서 떨어진 눈물일지도 모른다는 생각까지 했다.

"정말 긴 하루네." 그녀는 자신의 말에 스스로 놀라며 높은 목소리로 말했다.

"피곤해?" 베시안이 물었다.

"조금."

"한 시간, 적어도 한 시간 십오 분 뒤면 목적지에 도착할 거야."

그는 그녀의 어깨에 팔을 두르고 자기 쪽으로 가볍게 끌어당겼다. 그녀는 아무런 저항 없이 그가 하는 대로 내버려두었다. 그러나 쉽게 끌려가도록 힘을 더 빼주지도 않았다. 그도 눈치챘으나, 그녀의 목덜미에서 풍기는 향기에 취해 그녀의 귀에 대고 속삭였다.

"오늘밤은 어떻게 자게 될까?"

그녀는 '내가 그걸 어떻게 알아!'라고 말하듯 어깨를 으쓱할 따름이었다.

"어쨌든, 오로시성은 대공의 거처니까, 우리 둘이 한방에서 잘 수 있게 해주리라 생각해." 그는 무슨 음모라도 꾸미는 듯한 낮은 목소리로 다시 말했다.

그는 애무하듯 나긋나긋한 목소리로 눈을 비스듬히 내리깔고 그녀의 얼굴을 바라보았다. 그러나 그녀는 그대로 정면만을 응시할 뿐 아무런 대꾸도 하지 않았다. 그는 화를 내야 할지 말아야 할지 판단이 서지 않는 가운데, 팔의 힘을 약간 뺐다. 마지막 순간 그녀가 그의 의도를 간파해서인지 혹은 우연인지 그에게 무언가 질문을 했다. 그러지 않았다면 그는 포옹을 완전히 풀었으리라.

"뭐라고?" 그가 되물었다.

"오로시 대공이 국왕 일가와 무슨 혈연관계가 있느냐고 물었어."

"아니, 전혀." 그가 대답했다.

"그런데 어떻게 대공이라는 칭호를 달 수 있는 거지?"

베시안의 이마에 주름이 잡혔다.

"그건 아주 복잡해. 사실을 말하자면, 그는 대공이 아니야. 일부 지역 사람들이 그에게 그 칭호를 주었고, 또 고원지대 주민들이 그를 프렌크, 즉 대공을 의미하는 칭호로 부르고 있다는 사실과는 별개로 말이야. 그는 그보다는 오히려 카피탄이라는 이름으로 알려져 있어, 비록……"

베시안은 오래전부터 자신이 담배를 피우지 않았다는 사실을 상기했다. 담배를 적게 피우는 사람이 대개 그렇듯, 그가 담뱃갑에서 담배를 꺼내고 성냥갑에서 성냥을 꺼내는 데는 상당한 시간이 걸렸다. 디안은 그가 어려운 설명을 가능한 한 뒤로 미루려 할 때면 늘 그런 동작을 한다는 인상을 받았다. 실제로 베시안이 시도한 설명은, 그가 티라나에 있는 자신의 스튜디오에서 소파에 앉아 차 한 잔을 앞에 놓고 중단시켰던(오로시성 대공의 사무국으로부터 딱딱한, 아니, 낯선 언어로 연중 아무 때나 낮이건 밤이건 상관없이 언제라도 찾아오라는 내용의 초대장을 받았을 때 마무리짓지 못한 채 남겨두었던) 이야기보다 더 명쾌하다고는 할 수 없었다. 그러나 그것은 아마도 곧 그들을 손님으로 맞게 될 오로시성과 관련된 모든 것에 늘 무언가 모호함이 깃들어 있기 때문인 것 같았다.

베시안이 말을 이었다.

"정확히 말한다면 그는 대공이 아니야. 그럼에도 어떤 면에서는 대공이상의 인물이지. 왕가보다 훨씬 유서 깊은 출신 때문만이 아니라, 무엇보다도 전 고원지대를 다스리는 통치 방식으로 볼 때 말이야."

그는 이어 그것은 카눈에 기초를 둔, 그리고 다른 지역의 어느 누구와도 닮지 않은 특이한 인물의 권력이라고 설명했다. 아주 오랜 옛날부터 고원지대에는 경찰력도 행정력도 개입하지 않았다. 그리고 오로시성도 경찰이나 행정부를 두고 있지 않았다. 그러나 그렇다고 해서 고원지대가 성의 통세하에서 완전히 벗어난 것은 아니있다. 투르크족이 지배하던 시대에도 그랬으며, 심지어 그전에도 마찬가지였다. 세르비아인들과 오스트리아인들의 지배하에서도, 제1공화국과 제2공화국, 그리고 지금의 왕정하에서도 여전히 마찬가지였다. 몇 년 전 일단의 국회의원들이 고원지대를 행정부 산하에 두고자 시도했으나 실패하고 말았다. 그 일이 있고 난 후 오로시 지지자들은, 세상의 어떤 세력도 카눈을 뿌리뽑을 수 없는 마당에 카눈을 산악 지방에서 근절시키려 하기보다는 차라리 나라 전체로 영향권을 확대시켜야 한다고 주장했다.

디안은 성의 주인이 대공이 된 기원에 대해 다시 질문했으며, 베시안은 선물로 받는 보석이 진짜 금으로 만들어진 것인지를 알고 싶어하는 여인만큼이나 그녀가 만족스러운 표정으로 묻고 있다는 인상을 받았다.

그는 그녀에게 자신은 오로시 성주들의 왕가 혈통을 믿지 않는다고 대답했다. 혈통에 대한 기록조차 남아 있지 않았다. 그들의 조상은 먼 과거의 안개 속에 사라지고 없었다. 베시안의 설명에 따르면 두 가지 가설이 가능했다. 매우 오래된 가문이긴 하나 그다지 유명하지는 않은 중세시대 가문의 후손이거나, 혹은 대대로 카눈 해석에 종사하던 가문이라는 것이었다. 사람들에게 신탁과 성문법 사이의 중간 기구쯤 되는 법의 신전과도 같은 이 왕조가 세월과 더불어 막대한 권력을 축적했고, 마침내 어느 날 그들의 기원조차 까마득하게 잊히게 되었으며, 그러면서 막대한 권력을 획득하게 된 것이다.

베시안이 계속 설명했다.

"내가 그 가족이 카눈을 해석했다고 말한 것은 오로시성이 오늘날에도 여전히 관습법의 수호자로 규정되기 때문이야."

디안이 물었다.

"그렇지만 오로시성 자체는 관습법 위에 존재하잖아? 당신이 언젠가 내게 그렇게 말했던 것 같은데."

"사실이야. 카눈의 관할하에 있지 않은 유일한 가족이 그들이지."

"그들에 관한 무시무시한 전설들이 많지?"

"물론이지. 몇 세기를 버텨온 성이 그처럼 많은 신비로 둘러싸여 있는 것은 당연하지."

"그것참 재미있네! 그곳을 그토록 가까이에서 보게 된다니 정말 흥미 만점인걸." 그녀가 이번에는 쾌활한 목소리로 예전처럼 불쑥 그에게 몸을 붙이며 말했다.

그는 무엇엔가 많은 노력을 쏟아붓고 난 후처럼 깊은 한숨을 내쉬고 나서, 그녀를 끌어안고 책망과 애정이 뒤섞인 눈길로 그녀의 얼굴을 들여다보았다. 마치 이렇게 말하려는 것 같았다. 이토록 나와 가까이 있으면서, 돌연 그토록 멀리 달아나 나를 이렇게 애먹이는 이유가 뭐지?

그녀는 곧 환한 미소를 띤 얼굴로 다시 돌아왔으며, 지평선 쪽으로 얼굴을 완전히 돌리고 있어서 그는 그녀의 옆모습만 볼 수 있었다.

베시안은 차창으로 얼굴을 가져갔다.

"곧 저녁이 되겠네."

"성은 이제 그렇게 멀지 않을 거야." 디안이 말했다.

그들은 각자 차창을 통해 옆쪽을 바라보면서 함께 성을 찾아보았다. 늦은 오후의 하늘은 그대로 얼어붙어 미동도 하지 않았다. 구름은 영원히 얼어붙은 듯했으며, 사위에 아직도 무언가 움직이는 게 있다면 하늘에서가 아니고 지상에서일 터였다. 말들의 속도에 맞춰 산들이 그들의 눈앞에 천천히 줄지어 나타났다.

그들은 손을 맞잡고 탑을 찾기 위해 지평선을 살폈다. 성의 신비로움이 두 사람을 더욱 가까워지게 했다. 그들은 두세 차례 같은 목소리로 고함을 질렀다. "저기다! 저기!" 그러나 그들은 곧 실수했음을 알아차렸다. 구름이 걸려 있는 산마루일 뿐이었던 것이다.

사방 주변에는 불모지가 펼쳐져 있었다. 다른 집들과 생명체들은 오로시성의 고독을 방해하지 않기 위해 물러간 모양이었다.

"그렇다면 대체 어디 있다는 거야?" 디안은 전율했다.

그들은 사방의 지평선을 살피며 탑을 찾았다. 그들 생각으로는 암석투성이의 급경사진 땅 위에서보다는 하늘 높이, 구름 사이로 성이 나타나는 모습을 보아야 마땅할 것 같았다.

그들을 탑의 삼층으로 안내하는 남자의 손에 들린 구리 램프의 불빛 그림자가 벽에서 음산하게 흔들렸다.

"이리 오십시오." 그는 길을 더욱 밝게 비춰주기 위해 램프를 자신에게서 멀리 들면서 세번째로 말했다. 바닥은 나무판이었는데, 늦은 밤이라 그런지 더욱 삐거덕대는 것 같았다. "이쪽으로 오십시오."

방에서는 심지가 겨우 드러난 또다른 구리 램프가 벽과 암홍색 바탕의 카펫 문양을 희미하게 비추고 있었다. 디안은 자기도 모르게 한숨을 내쉬었다.

"곧 가방을 가지고 올라오겠습니다." 남자는 조용히 물러나며 말했다.

그들은 한동안 서로 마주보며 서 있다가 이윽고 방을 이리저리 둘러보았다.

"대공의 인상이 어떤 것 같아?" 그가 낮은 목소리로 물었다.

"뭐라고 해야 할지 모르겠는걸." 디안은 속삭이는 듯한 목소리로 대답했다. 다른 상황이었다면 그녀는 대공에게는 종잡을 수 없는 그의 초대 방식처럼 뭔가 자연스럽지 못한 점이 있는 것 같다고 털어놓았겠지만, 이처럼 늦은 시각에 장황하게 설명하는 것은 불필요하다고 판단했다. 그녀가 반복했다. "뭐라고 해야 할지 모르겠는걸. 하지만 다른 사람, 피 관리인에 대해 말한다면, 나는 그가 혐오스러워."

"나도 그래." 베시안이 대답했다.

그의 눈길이, 뒤이어 디안의 눈길이 두툼한 자색 장모 울 이불이 덮인 육중한 떡갈나무 침대에 잠시 멈추었다. 침대 위의 벽에는 침대처럼 떡갈나무로 만든 십자가가 걸려 있었다.

베시안은 창문 중 하나를 향해 다가갔다. 남자가 한 손에는 구리 램프를, 다른 한 손에는 가방 두 개를 들고 돌아왔을 때에도 베시안은 여전히 창가에 서 있었다.

남자가 가방을 바닥에 내려놓았다. 등을 돌리고 있던 베시안은 유리창에 얼굴을 붙이다시피 한 채로 그에게 물었다.

"저 아래 있는 게 뭡니까?"

남자는 가벼운 걸음으로 다가왔다. 디안은 한동안 심연 속을 들여다보는 듯한 눈길로 창가에 기대선 두 남자를 바라보았다.

"일종의 창고로 넓은 지하 저장고지요. 저곳을 뭐라고 불러야 하는지는 잘 모르겠지만, 피의 세금을 지불하러 라프시 각처에서 온 사람들을 저곳에 묵게 한답니다."

"아." 베시안이 짧게 탄성을 질렀다. 그가 창틀에 얼굴을 거의 붙이다시피 하고 있었기 때문에 그의 목소리는 디안에게 변형되어 들렸다. "저게 그 유명한 살인자들의 창고군요."

"그자크스라고 하지요."

"그래요, 그자크스…… 알고 있습니다. 일전에 언급하는 소리를 들었거든요……"

베시안은 창가에서 몸을 뗄 수 없었다. 남자는 소리 없이 몇 발짝 뒤로 물러섰다.

"안녕히 주무십시오, 손님! 안녕히 주무십시오, 부인!"

"안녕히 주무세요!" 디안은 방금 연 가방을 향해 그대로 고개를 숙인 채 말했다. 그녀는 무엇을 고를지 마음을 정하지 못한 채 힘없이 옷가지를 뒤적였다. 저녁 먹은 게 소화가 잘 안 되는지 위가 더부룩하고 불쾌한 기분이 들었다. 그녀는 커다란 침대 위의 붉은 울 이불을 바라보다, 잠옷을 입을지 망설이며 가방 쪽으로 눈길을 돌렸다.

베시안의 목소리가 들렸을 때에도 그녀는 여전히 결정을 못하고 있었다.

"이리 와봐!"

그녀는 일어서서 창가로 다가갔다. 그가 그녀에게 자리를 내주기 위해 창가에서 몸을 뗐다. 그녀는 유리창의 냉기가 확 끼쳐오는 느낌을 받았다. 창밖은 캄캄절벽이었다.

"저기, 아래 좀 봐." 베시안이 속삭이듯 말했다.

그녀는 어둠 속을 들여다보았으나, 아무것도 보이지 않았다. 그녀는 거대하고도 짙은 어둠에 눌려 부르르 몸을 떨었다.

"저기, 저 아래 불빛이 보이지?" 그는 손가락을 창에 갖다대며 말했다.

"어디?"

"저기, 저 아래……"

그녀의 눈은 마침내 한줄기 섬광을 발견했다. 그러나 밝은 빛이라기보다는 심연에 인접한 희미하고 불그스름한 불빛이었다.

"그래, 보여. 그런데 저게 뭘까?" 그녀가 중얼댔다.

"그자크스들이 피의 세금을 지불하기 위해 며칠씩, 때론 몇 주씩 기다리는 그 유명한 창고야."

그는 그녀 어깨 위에서 자신의 숨결이 거칠어지는 것을 느꼈다.

"왜 그토록 오랫동안 기다려야 하지?" 그녀가 물었다.

"모르겠어. 성은 세금을 쉽사리 받으려 하지 않아. 저 창고에 대기중인 사람이 끊이지 않고 늘 있게 하기 위해서가 아닐까? 이런, 당신 몸이 차군! 어깨에 뭐라도 걸치지 그래?"

"아래서 보았던 청년 있잖아, 주막에서 봤던…… 그도 이곳에 왔었을까?"

"그랬겠지. 주막 주인이 우리에게 그렇다고 했잖아, 기억 안 나?"

"그래. 그가 저기 있었을 거야, 사흘 전에, 피의 세금을 지불하기 위해…… 주막 주인이 우리에게 말했었지."

"맞아."

디안은 한숨을 억제할 수 없었다.

"그럼, 그도 저기에 있었겠네……"

"고원지대의 모든 살인자들은 예외 없이 저 창고를 거치도록 되어 있어."

"끔찍한걸. 당신 생각은 어때?"

"음…… 사백 년도 더 전부터, 이 자리에 오로시성이 세워진 이래로, 낮이나 밤이나 여름이나 겨울이나 살인자들이 잇따라 이곳을 찾았으니까……"

그녀는 그의 얼굴이 이마를 스치는 것을 느꼈다.

"물론 그래, 정말 끔찍해. 끔찍하지 않을 수가 없지…… 돈을 지불하기 위해 대기중인 살인자들이라…… 그보다 더 비극적인 것이 어디 있겠어? 그러나 어떤 면에서는 일종의 위대함 같은 것도 있다고 말해야 할 거야……"

"위대함이라니?"

"말 그대로의 위대함이 아니라…… 그보다는 오히려…… 죽음을 비추는 촛불처럼, 어둠 속의 저 빛은…… 맙소사, 진정으로 저기에는 지독히도 음울한 무언가가 있어…… 그리고 이것이 단 한 남자의 죽음과 그의 무덤을 비출 희미한 빛에 관한 것이 아니라, 수많은, 끊이지 않는 죽음들과 관계된 것임을 생각하면…… 이런, 당신 몸이 찬걸! 어깨에 뭐라도 두르래도."

그들은 탑 아래 보이는 불그스름한 빛에서 눈을 떼지 못한 채, 디안이 추위가 뼛속까지 파고들었다고 느낄 때까지 한동안 그렇게 서 있었다.

"후유! 몸이 얼어버리겠어!" 그녀가 창가에서 떨어지며 남편에게 말했다. "베시안, 거기 그렇게 서 있지 말고 럼주라도 한잔 마셔."

베시안은 몸을 돌려 방의 중앙을 향해 두세 발짝 뗐다. 그 순간 그때까지 의식하지 못하고 있던 벽의 괘종시계가 둔탁한 소리를 내며 두 차례 울리는 바람에, 그들은 소스라치게 놀랐다.

"맙소사, 간 떨어지는 줄 알았네!" 디안이 소리쳤다. 그녀는 가방으로 몸을 숙였다. 그러고는 잠시 후 덧붙였다. "당신 잠옷 꺼내줄게."

베시안은 무슨 말인가를 중얼거리면서 방안을 이리저리 거닐기 시작했고, 디안은 서랍장 위에 놓인 거울 쪽으로 다가갔다.

"당신 졸려?" 베시안이 물었다.

"아니. 당신은?"

"나도 안 졸린걸."

베시안은 침대 모서리에 앉아 담배에 불을 붙였다.

"두번째 커피는 마시지 않았더라면 좋았을걸."

디안이 무어라고 웅얼댔으나, 마치 입에 머리핀이라도 문 것 같은 소리를 냈기 때문에 베시안은 그 말을 알아들을 수 없었다.

이제 한쪽 팔꿈치를 바닥에 대고 자리에 누운 베시안은 멍한 눈길로 거울 앞에 앉은 아내의 친숙한 동작을 좇고 있었다. 거울, 서랍장, 괘종시계, 침대는 성에 있는 대부분의 가구처럼 모두 장식이 극도로 생략된 시골풍이었다.

디안은 거울 앞에서 머리를 빗으면서, 생각에 잠긴 베시안의 얼굴 위에 뭉실뭉실 떠 있는 연기를 슬쩍 쳐다보았다. 빗은 그녀의 머리칼을 따라 점점 더 천천히 미끄러져내렸다. 그녀는 빗을 살그머니 서랍장 위에 내려놓고, 눈길은 여전히 거울 속에 비친 남편의 모습에 고정한 채, 마치 남편의 관심에서 벗어나고 싶기라도 한 듯 살금살금 창가로 걸어갔다.

창 너머에는 고뇌와 어둠이 짙게 깔려 있었다. 그녀는 오한이 들 정도로 추웠지만 캄캄절벽 같은 어둠 속에서 작고 연약한 빛을 애타게 찾았다. 마침내 그녀는 불빛을 찾았다. 불빛은 저 아래, 같은 장소에, 깊은 심연 속에, 너무도 약하게 붉은빛을 발하고 있어서 어둠에 삼켜지기 일보 직전이라고 말해도 좋을 듯했다. 한동안 그녀는 어둠의 심연 속에 있는 한 점 가느다란 그 붉은 불빛에서 눈을 뗄 수 없었다. 마치 원시의 불, 지구의 속살로부터 한줄기 약한 섬광이 비친 듯한, 천년 묵은 마그마에서 분출한 듯한 빛 같았다. 혹은 지옥의 문으로부터 나오는 빛 같기도 했다. 돌연 참을 수 없이 강렬하게, 이 지옥을 거쳐갔을 남자의 이미지가 머리에 떠올랐다. 그조르그, 그녀는 자신도 모르게 얼어붙은 입술을 달싹여 그의 이름을 불러보았다. 그는 손에, 팔에, 날개에 죽음의 메시지를 달고 이 험준한 길을 방황하고 있었다. 태초의 어둠과 혼돈에 그렇게 맞서다니, 그는 반신半神의 존재임이 분명했다. 초자연적이고 범접할 수 없는 존재가 된 그는 위대한 차원으로 올라섰으며, 그렇게 부풀어오르더니, 종내는 어둠 속을 가르는 외침이 되어 사방으로 퍼져나갔다.

이제 그녀는 실제로 자기가 그를 보았는지, 그리고 그가 자기를 보았는지 확신할 수도 없는 지경이었다. 그와 비교할 때 자신은 흐리멍덩하고 신비감이라고는 전혀 없는 존재로 느껴졌다. 산중의 햄릿, 그녀는 베시안의 말을 되뇌었다. 나의 검은 왕자!

다시 그를 만날 수 있을까? 그곳 창가에서, 얼어붙은 유리창에 이마가 얼얼한 가운데, 그녀는 그를 다시 볼 수 있다면 아무리 비싼 대가라도 기꺼이 치르리라 생각했다.

그 순간, 그녀는 뒤에서 들려오는 남편의 숨소리를 들었고, 그의 손길이 엉덩이에 닿는 것을 느꼈다. 잠시, 베시안은 그녀의 다른 어떤 신체 부위보다 그의 마음을 사로잡는 그 부분을 부드럽게 어루만진 뒤, 그녀의 표정을 살피지도 않고 은근한 목소리로 물었다.

"왜 그래?"

그녀는 아무런 대답도 하지 않았다. 그녀는 그에게 자신과 같은 방향을 보라고 유도하듯 여전히 검은 유리창 쪽으로 고개를 돌린 채 서 있었다.

4

마르크 우카시에르가 탑의 삼층으로 통하는 나무 계단을 오르는데 조용히 그를 불러세우는 소리가 들렸다.

"쉿! 손님들께서 아직도 주무시고 계셔."

그가 걸음새를 바꾸지 않고 계속 계단을 오르자, 층계 위에서 카랑카랑한 목소리가 다시 그를 향해 말했다.

"발소리를 내지 말라고 했을 텐데. 내 말 못 들었어? 손님들이 아직 주무시고 계시단 말야."

마르크는 감히 자신에게 그따위로 입을 놀린 자가 누구인지 보려고 눈을 치켜떴고, 하인은 감히 적막을 깨뜨리는 작자가 누구인지 보기 위해 램프를 위로 들어올렸다. 그가 피 관리인임을 알아본 하인은 기겁해서 손바닥으로 입을 가렸다. 마르크 우카시에르는 계속 계단을 올라 계단 꼭대기에 다다르자, 한마디도 입 밖에 내지 못하고 얼굴을 돌리지도 못한 채 겁을 집어먹은 하인 곁을 그대로 지나쳤다.

우카시에르는 대공의 사촌이었으며, 성의 업무 분담상 피에 관련된 일을 담당하고 있었기 때문에 사람들에게서 피 관리인으로 불렸다. 하인들 역시 비록 아주 멀긴 해도 어쨌든 대공과 친척지간이었지만 그들은 대공만큼이나 피 관리인을 두려워했다. 놀란 다른 하인들은 사소한 잘못에도 아주 비싼 대가를 치러야 했던 경우들을 씁쓸하게 떠올리면서 폭풍우를 겨우 피해 간 동료를 쳐다보았다. 전날 유명한 손님과 성대한 만찬을 들었음에도 그날 아침 피 관리인의 정신은 딴 데 가 있었다. 험상궂은 표정으로 보아 기분이 좋지 않은 게 분명했다. 그는 하인들 중 누구에게도 시선을 주지 않고 거실 옆에 있는 커다란 방의 문을 밀치고 들어갔다.

방은 추웠다. 니스칠을 하지 않은 떡갈나무 창틀의 높다란 유리창을 통해, 그에게는 기분 나쁜 날처럼 느껴지는 밝은 빛이 방으로 쏟아져들어오고 있었다. 그는 창가로 다가가서 창밖에 정지해 있는 구름을 바라보았다. 하늘에는 아직 3월의 기운이 서려 있었으나, 4월은 이미 성큼 다가와 있었다. 그런 생각이 뇌리를 스치자, 그는 그게 특별히 자신에게만 일어난 부당한 일인 양 짜증스럽게 느껴졌다.

아무리 잿빛이지만 그래도 역시 견디기 힘든 아침나절의 햇살에 눈을 상하게 하려는 듯 그는 여전히 밖에 시선을 고정시키고 있었다. 복도에서 나는 조심스러운 발소리나, '쉿, 조용히 해'라는 경고 소리나, 이유는 설명할 수 없지만 전날 막연한 반감을 느꼈던 손님들에 대해서는 잊고 있었다.

그는 어제의 저녁식사가 지루했다. 더이상 식욕이 나지 않았다. 무언가가 그의 위장을 갉아, 아무리 위장을 채우려 애써도 한입 넘길 때마다 더욱 크게 벌어지기만 하는 구멍을 뚫고 있었다.

마르크 우카시에르는 창문에서 눈길을 돌려 잠시 자신의 서가의 묵직한 떡갈나무 선반을 바라보았다. 대부분의 장서는 오래된 것이었으며, 라틴어나 옛 알바니아어로 쓰인 종교 서적이었다. 별도의 선반에는 카눈과 오로시성에 관해 직접적으로 혹은 간접적으로 다룬 현대 간행물들이 정돈되어 있었다. 거기에는 이 두 가지 주제만을 다룬 책이나 발췌문이 담긴 잡지, 기사, 연구 논문, 심지어 시까지 있었다.

마르크 우카시에르의 주요 업무는 피에 관련된 일을 처리하는 것이지만, 그는 또한 성의 문서를 관리하는 일도 맡고 있었다. 각종 서류들은 서가의 하단부에 보관되어 있는데, 보안을 위해 숨겨놓고 열쇠로 잠그도록 되어 있었다. 그 속에는 증서, 비밀 협정서, 외국 영사들과 주고받은 서신들, 알바니아 정부, 제1·제2공화국, 그리고 왕정과 맺은 협약서나 터키, 세르비아, 오스트리아 점령군의 지휘자나 통치자들과 맺은 협정서 등이 들어 있었다. 외국어로 작성된 서류도 있었으나 대부분은 고대 알바니아어로 작성되어 있었다. 마르크가 열쇠를 목에 걸고 다니는 커다란 맹꽁이자물쇠가 두 문짝 사이에서 노란빛을 발하고 있었다.

마르크 우카시에르는 다시금 서가 쪽으로 한 걸음을 떼고는, 절반은 애정이 담기고 절반은 적대감이 깃든 동작으로 정돈된 현대 장서와 간행물들을 어루만졌다. 그는 글을 읽고 쓸 줄은 알았으나, 오로시성에 대해 사람들이 말하는 바를 잘 이해할 만한 수준은 아니었다. 성에서 그리 멀지 않은 곳에 있는 수도원의 수도사 한 명이 한 달에 한 번씩 찾아와서, 우편으로 도착한 책과 잡지를 내용에 따라 정리하곤 했다. 수도사는 좋은 간행물과 나쁜 간행물로 그것들을 나눴다. 좋은 것이라 함은 오로시성과 카눈에 대해 좋은 면을 쓴 것이었으며 나쁜 간행물은 나쁜 면을 쓴 것이었는데, 두 집단 간의 수적 우위는 늘 바뀌었다. 일반적으로 좋은 축에 드는 간행물이 더 많았으나, 나쁜 간행물의 수도 무시할 만한 수준은 아니었다. 어떤 계절에는 좋은 간행물의 수에 거의 육박할 만큼 나쁜 간행물이 많아졌다.

마르크는 짜증스러운 태도로 책들로 다시 손을 가져가 두세 권을 빼냈다. 그중에는 수도사가 말한 대로 정신을 차분하게 가라앉혀주는, 고원지대에 관한 중편과 희곡, 전설이 있었으나, 다른 쪽에는 대공이 그의 서가에 그런 유의 책들이 끼어 있는 것을 어떻게 참아내는지 이해할 수 없는, 독과 같은 책도 있었다. 만일 그것이 자신에게만 관계된 일이었다면, 마르크 우카시에르는 그런 책들을 일찌감치 불살라버렸을 터였다. 그러나 대공은 관대했다. 그 책들을 불속이나 창밖으로 내던져버리기는커녕, 이따금 들춰보기까지 했다. 대공은 주인이었으며 자신이 하는 일을 잘 이해하고 있었다.

어제 저녁식사를 마친 뒤 그랜드 홀 옆방에서 손님들을 안내할 때에도 대공은 장서실로 들어서면서 이렇게 말했다. "사람들이 오로시에 대해 무수히 독설을 뱉어댔지만, 그렇다고 오로시가 흔들린 적은 단 한 번도 없었으며, 앞으로도 그럴 일은 절대 없을 겁니다." 그리고 성채의 공격과 방어의 비책을 탑의 총안에서가 아니라 책과 잡지에서 찾아야 하는 양 그것들을 들춰보았다. 대공은 또 이렇게 말했다. "얼마나 많은 정부가 쓰러졌으며, 얼마나 많은 왕국이 지구상에서 사라졌습니까. 그러나 오로시는 여전히 건재합니다!"

또다른 한 사람, 그러니까 마르크가 한눈에 그의 아름다운 아내보다 높게 평가하지 않았던 작가라는 사람은 제목을 읽기 위해 책과 잡지 위로 머리를 기울인 채 아무 말도 하지 않았다. 마르크가 저녁에 오갔던 대화에서 자신이 이해한 바에 따르면, 그 작가는 실제로 라프시에 대해 글을 썼으나, 그 방식은 좋다는 것인지 나쁘다는 것인지 종잡을 수 없었다. 이를테면 잡종이었다. 그러나 대공이 그를 아내와 함께 성으로 초대한 것이 바로 그 때문인 것 같았다. 그러니까 그의 머릿속에 무엇이 들었는지를 알아내서 자신의 관점으로 그를 끌어들이기 위함인 것 같았다.

피 관리인은 서가를 등지고 다시 창문을 바라보기 시작했다. 그는 그 손님들에게 기대할 것이 거의 없는 듯했다. 손에 가죽가방을 들고 올라오던 그들을 본 자리에서 느꼈던 막연한 반감 때문만은 아니었다. 그렇다기보다는 오히려 바로 그 반감의 근저를 흐르는 다른 감정, 특히 여자 손님이 그에게 불러일으키는 일종의 두려움 때문이었다. 피 관리인은 쓰디쓴 미소를 지었다. 그를 아는 모든 사람은 그가 살아오는 동안 두려움이라고는 거의 느껴본 적이 없으며, 심지어 가장 용감한 자들의 낯짝조차 하얗게 질리게 할 수 있을 것이라고 믿었다. 그런 마르크 우카시에르가 여자 앞에서 두려운 느낌을 받았다는 것을 그들이 알기라도 한다면 경악할 노릇이었다. 그렇지만 사실이었다. 그녀는 그에게 두려움을 불러일으켰다. 그는 그녀가 이곳 식탁에서 오가는 말에 의구심을 품고 있다는 것을 알아차렸다. 그의 주인인 대공이 신중하게 주장했던 것 중 일부가, 자신에게는 늘 신성한 법인 것이, 젊은 여인의 눈과 마주치자마자 스르르 붕괴되고 힘을 잃었다. 그게 가능한 일일까? 그는 두세 차례 자문했고, 이내 답을 찾았다. 아니야, 그럴 수는 없어, 내가 잘못 생각한 거야! 그는 다시 젊은 여인 쪽으로 은밀하게 눈길을 주었으며 역시 자신이 잘못 생각한 거라고 확신했다. 단어들이 그녀의 눈 속에서 희석되고, 그 안에서 힘을 잃었다. 그리고 단어 다음에는, 성의 일부가 무너져내릴 것이었다. 그리고 그의 차례, 마르크 우카시에르의 차례가 올 것이었다. 그리고 그다음에는…… 그런 상황이 벌어진 것은 처음이었다. 그래서 두려운 거였다. 교황의 사절이나 조그 국왕과 가까운 인사들로부터 시작해서 철학자 혹은 현자라고 불리는 수염쟁이들에 이르기까지 모든 계통의 중요한 손님들이 대공의 손님방에 묵었으나, 마르크의 마음속에 그런 감정을 불러일으킨 사람은 아무도 없었다.

전날 아마도 그 때문에 대공이 평상시보다 더 말이 많았던 것 같았다. 그가 매우 말을 아끼는 사람이라는 것은 모두가 아는 사실이었다. 손님들에게 환영의 인사말을 할 때만 잠시 입을 열고는 그대로 입을 꾹 다무는 때도 왕왕 있었으며, 일반적으로 화젯거리를 제공하는 쪽은 상대방이었다. 그러나 전날 그는 정반대로, 모든 사람이 경악할 정도로 평상시의 습관과는 다르게 행동했다. 게다가 그것이 누구 앞에서였는가? 여자 앞에서였다. 아니, 여자도 아니었다. 마녀 앞에서 그렇게 했던 것이다! 그녀는 높은 산 속의 요정같이 아름다웠다. 그러나 그녀는 해로운 요정이었다. 사실 일차적 실수는 관습과 달리 남자들의 방에 이 여자를 받아들인 점이었다. 카눈에 의하면 여자들은 그 방 출입이 금지되어 있었다. 그러나 불행히도 최근 들어, 카눈의 재판정인 이곳 오로시에서까지 그 악마적인 영향력이 느껴질 만큼 세상 풍속은 거세어졌다.

마르크 우카시에르는 재차 메스꺼운 공허감과 함께 위장에 구멍이 나는 듯한 느낌을 받았다. 희미한 반감이 구토감과 뒤섞여 어디로든 빠져나가려 했지만 적당한 출구를 찾지 못하고 다시 그에게로 돌아와 고통스럽게 했다. 토하고 싶었다. 사실 그는 저 아래쪽 도시와 평지에서 오래전에 남성적인 생명력을 빼앗은 나쁜 바람이 이제 산악 지방을 더럽히고 오염시키려 한다는 것을 얼마 전부터 감지했었다. 그것은 머리에 물을 들이고 야하게 치장한, 아무런 명예도 없는, 삶에 대한 욕망만을 자극하는 여인들의 출현과 더불어 시작되었다. 모든 것은 엉덩이를 흔들며 걷는 것처럼 굴러가는 타락한 마차를 타고, 허울만 남자인 작자들과 함께 여행을 오는 그 여자들과 더불어 비롯되었다. 그리고 정말 고약한 일은 변덕스러운 저런 인형 나부랭이들이 남자들의 방에까지 들어가는 일이 카눈의 요람인 이곳 오로시에서까지 벌어진다는 것이다! 아니다, 이 모든 것은 우연이 아니었다. 무언가가 빠른 속도로 퇴색하고 해체되어가고 있었다. 피의 관리인인 그는 피의 회수가 감소하고 있다는 사실을 보고해야 했다. 전날, 대공은 의혹이 어린 눈길로 그를 바라보면서 비꼬듯 말했다. "선조들의 카눈이 누그러지는 것을 보고자 하는 사람들이 있어." 오로시 대공의 그 눈길은 대체 무엇을 의미하는 걸까? 관습법이, 특히 피의 회수가 최근 들어 하향 곡선의 징후를 보이는 것이 마르크 우카시에르 자신의 책임이란 말인가? 대공은 양성적兩性的인 도시에서 실려오는 악취를 느끼지 못한단 말인가? 물론 피의 세금으로 징수한 세수가 올해 들어 감소한 것은 사실이었다. 그러나 옥수수의 풍작이 토지 관리인의 신용 덕분만은 아니듯 그러한 감소도 단지 그의 잘못만은 아니었다. 날씨가 그렇게 좋지 않았더라면 대공은 옥수수 수확이 어떠했을지 보았으련만! 그러나 올해는 기후가 너무나 좋았으며, 대공은 토지 관리인을 칭찬했다. 하지만 피, 그것은 하늘에서 떨어지는 비가 아니었다. 피의 회수가 감소하는 이유는 정말 알 수 없었다. 물론 그 모든 것에는 어느 정도 그의 책임이 있었다. 하지만 이 모든 것을 그의 탓으로 돌릴 수는 없었다. 아아, 나에게 좀더 광범위한 권한을 부여해주고 마음대로 처신할 수 있게 허락해주었다면, 그렇게만 했었더라면 피에 대해 엄중한 계산을 요구할 수 있었으련만. 형편이 그렇기만 했다면 어떻게 행동해야 할지 잘 알았으련만. 그러나 사람들을 떨게 만드는 직책명에 비해 그의 권력은 제한되어 있었다. 그래서 고원지대에서 피에 관련한 일들은 몰락하는 중이었다. 해를 거듭할수록 복수의 건수가 줄어들었으며, 올해 첫 계절은 실로 참담했다. 그는 그러한 사정을 감안하여 초조한 심정으로 결산을 기다렸다. 마침내 그의 보좌관들이 며칠 전에 결산을 마쳤다. 결과는 그의 두려움을 넘어서는 것이었다. 징수한 세수의 총액은 작년 동기同期의 칠십 퍼센트에도 미치지 못했다. 그리고 그것은 토지 관리인뿐 아니라 가축·목장 관리인, 대여 관리인, 그리고 특히 직조기로부터 대장간에 이르기까지 용구를 필요로 하는 모든 일을 감독하는 방앗간·광산 관리인 등, 대공의 다른 모든 지배인이 공동의 금고에 상당한 기여를 한 바로 그 순간에 터졌다. 반면에 얼마 전만 해도 혼자서 다른 사람들의 세수 총액과 맞먹는 액수를 거둬들였던 주요 관리인(다른 관리인들은 단지 성의 소유지에만 세금을 징수하는 데 비해 그는 고원지대 전 지역을 대상으로 했다)인 그는 이제는 그것의 절반도 거두기가 힘들었다.

전날 저녁 만찬에서 대공의 시선이 그의 말보다도 한층 매서웠던 것은 바로 그 때문이었다. 그의 눈길은 이렇게 말하려는 것 같았다. 너는 피의 관리인이야, 그러니까 너는 복수를 조장해야 해. 복수를 독려하고, 다시금 복수심을 불러일으켜야 하며, 그것이 둔화되거나 잠들 때면 일깨우고 북돋워야 해. 그런데 너는 정반대로 행동하고 있어. 네가 그 직함을 가지고 있는 것은 정말 부당해…… 이것이 바로 그의 눈길이 말하던 것이었다. 오, 하느님, 창가에 선 마르크 우카시에르는 깊은 한숨을 내쉬었다. 왜 그는 나를 가만히 내버려두지 않는단 말인가? 그렇게도 걱정할 일이 없단 말인가……

마르크 우카시에르는 머릿속에서 거북한 느낌을 지우려 애쓰며 서가 하단부를 향해 몸을 숙이고, 육중한 문짝을 연 다음 안에서 가죽 장정이 된 두툼한 장부를 꺼냈다. '피의 책'이었다. 그는 한동안 깨알 같은 글씨가 두 단으로 나뉘어 적혀 있는 두툼한 책장을 손가락으로 하나하나 훑으며 살폈다. 그러나 실제로 그의 눈은 아무것도 읽고 있지 않았다. 끝없는 모래사장에 널린 자갈처럼 음절이 널려 있는 수천 개의 이름을 무심히 스치고 지나갈 뿐이었다. 장부에는 고원지대 전역에서 발생한 복수 사건들과, 그 가족 혹은 일족들이 상호 간에 진 죽음의 빚과, 양측에 의한 빚의 지불과, 십 년, 이십 년, 때론 백이십 년 뒤에 다시 복수의 불꽃을 일으킬 회수되지 못한 피들과, 끊임없는 빚의 공제와 청산, 완전히 멸족된 가문들, 부계父系 계보라고도 일컬어지는 피의 나무, 모계母系 계보를 나타내는 젖의 나무, 피에 의해 씻어진 피, 아무개의 피에 의한 아무개의 피, 한 명에 한 명, 머리에 머리, 다른 죽음을 부르는 죽음, 죽임을 당한 자와 훗날 죽임을 당할 자의 아버지로서 죽임을 당한 자, 네 번에 걸쳐 두 명씩 죽은 경우, 열여섯 명, 여든 명, 그리고 여전히 남아 있는 회수해야 할 피, 앞으로 닥칠 무수한 죽음을 양떼를 이끄는 숫양처럼 뒤에 거느리고 있는 여분의 피 등이 상세하게 기록되어 있었다.

책은 오래된 것으로 아마도 성만큼이나 유시가 깊을 듯싶었다. 그 안에 누락된 것은 하나도 없었다. 오랫동안 평화롭게 살다가 돌연 의심이 나거나 의혹이 들어서, 또한 갑자기 풍문이 돌거나 악몽을 꾸어 평화로웠던 잠이 뒤숭숭해진 가족이나 일족이 조사하러 밀사를 보내 성을 찾아올 때면 그 책을 들춰보곤 했다. 그럴 때면 마르크 우카시에르는 수십 명에 달하는 그의 전임자들을 흉내내어 책의 두툼한 낱장들을 넘기며, 매장마다 살피고, 종행을 따라 검토하며, 피의 나뭇가지들을 따라가다, 마침내 한 곳에서 멈추곤 했다. "여기로군, 당신은 회수해야 할 피가 있군요. 모년 모월 당신은 피를 회수하지 않고 그대로 두었습니다." 그런 경우 피 관리인의 눈에는 그토록 오랫동안 피의 회수를 망각한 사실에 대한 준엄한 비난의 빛이 어리곤 했다. 그의 눈은 '당신의 평화는 거짓이었어, 이 불행한 양반아!'라고 말하는 것 같았다.

그러나 그런 일은 극히 드물었다. 일반적으로 가족의 일원이라면 회수되지 않은 피에 대해 대대로 기억했다. 회수되지 않은 피는 일족의 기억의 핵심이었으며, 만약 망각했다면, 죽음의 가치가 평가절하되고 일상적이며 집단적이 되어서 죽음 자체가 평범하고 아무런 비중도 지닐 수 없고, 죽음의 위대성이나 죽음의 규범이나 죽음의 독특한 성격 등이 상실되고 마는, 이른바 큰 재해나 전쟁, 대탈출, 그리고 페스트와 같은 전염병 등 장기간에 걸쳐 발생하는 예외적인 사건이 일어난 경우에만 있을 수 있는 일이었다. 침울하고 진흙탕 같은 죽음이 줄줄이 이어지는 와중에 피가 없어지는 수가 있었다. 그러나 설사 그런 일이 벌어졌다 해도 피의 책은 이곳 오로시성에 자물쇠로 채워져 고이 간직되어 있으며, 세월이 유수같이 흘러 그 가족들이 후손을 낳고 낳다 돌연 어느 날 덜컥 의심이 들고, 소문이 돌고, 이상한 꿈을 꾸기라도 하면, 모든 것이 다시 시작될 수 있었다.

마르크 우카시에르는 계속 장부를 넘겼다. 그는 복수가 증가한 해들이나, 반대로 감소한 해들에서 차례로 멈추었다. 그해들을 수십 번도 더 검토하고 비교했고, 또 지금도 다시 한 장 한 장 넘겨가며 조사하는 중이지만, 그는 여전히 이해할 수 없어 고개를 절레절레 흔들었다. 그의 고갯짓에는 지난 세월에 대해 무언의 질책을 하는 듯한, 위협 섞인 고통이 배어 있었다. 17세기를 통틀어 피의 회수의 횟수가 가장 많았던 해는 1611년에서 1628년 사이였다. 그리고 가장 적은 횟수를 보인 해는 1639년이었다. 전체 고원지대에서 총 722건의 살인이 벌어졌다. 그해에는 두 차례 봉기가 일어나 대량의 유혈 사태가 발생했지만, 그 피는 완전히 다른 피, 카눈과는 상관없는 피였다. 그뒤를 이어 1640년에서 1690년까지, 그때까지만 해도 격랑처럼 쏟아지던 피가 해를 거듭할수록 점점 적게, 겨우 방울져 흘러내리기 시작하던 반세기의 해들이 이어졌다. 피의 회수가 이제는 종말을 맞았다고 해도 좋을 듯했다. 그러나 꺼져가는 것 같았던 바로 그 순간, 피는 한층 격렬하게 회수되었다. 1691년에 복수가 두 배 증가했던 것이다. 1693년에는 세 배 증가했다. 그리고 1694년에는 네 배 증가했다. 그리고 관습법 자체가 근본적인 개혁을 겪었다. 그때까지만 해도 살인을 저지른 당사자에게만 해당되었던 피의 회수가 이제는 전 가족에게로 확대되었다. 그 세기의 후반과 다음 세기 초반의 해들은 잔인할 정도로 피로 얼룩졌다. 이런 상황은 다시금 감소세가 나타나는 18세기 중반까지 지속되었다. 1754년에는 기근이 찾아왔다. 1799년에도 마찬가지였다. 한 세기 후인 1878년에서 1880년까지 삼 년간은 봉기의 해, 혹은 침략지에 맞선 전쟁의 해였으며 복수는 감소했다. 전쟁중에 흘린 피는 오로시와 카눈에는 낯선 피, 상관없는 피였다. 그러므로 그해들은 생기를 잃은 해, 그자크후프스*의 해였다.

올해 봄은 시작부터 극도로 나빴다. 마르크 우카시에르는 3월 17일을 떠올리며 부르르 몸을 떨었다. 3월 17일! 그는 한번 더 반복했다. 만일 브레즈프토흐트에서 살인사건이 터지지 않았다면 그날은 단 한 건의 피도 회수되지 않을 뻔했다. 그렇게 되었다면 일 세기 만에 처음, 아니, 이 세기, 삼 세기, 오 세기, 심지어 피가 회수되기 시작한 이래 처음으로, 이런 유의 날, 그러니까 공백의 날을 당할 뻔했다. 그런데 장부를 들추고 있는 지금, 그는 또다시 손가락이 떨리는 느낌을 받았다. 3월 16일엔 여덟 건의 살인이 발생했다. 18일은 열한 건, 19일과 20일은 각각 다섯 건이었다. 17일은 한 건의 살인도 없는 날로 기록될 뻔했던 것이다. 그런 날이 존재할 수 있다는 생각만으로도 마르크는 두려움에 사로잡혔다. 그런데 실제로 그런 일이 일어날 뻔했다니! 브레즈

* 알바니아어에서 '그자크'는 '피'를 의미하고, '후프'는 '잃다'를 의미한다. 그러므로 '그자크후프스'는 '피를 잃다', 혹은 '피를 회수할 의무가 없다'라는 뜻이다.

프토흐트의 그조르그라는 자가 의연히 일어나 그날 유혈을 일으켜 자신을 구원해주지 않았다면, 그런 끔찍한 일이 실제로 일어날 뻔했던 것이다…… 전날 그가 피의 세금을 지불하기 위해 이곳에 왔을 때 마르크 우카시에르는 그가 어리둥절해할 정도로 동정과 감사가 어린 눈길로 그를 바라보았다.

그는 그를 '젊은이' '여보게'라고 부르며 마치 아버지처럼 말을 건넸고, 그가 누구를 쏘았는지를 잘 알면서도 그의 소총에 대해 찬사를 늘어놓으며 옛 속담을 들먹였다. 무기가 구멍을 잘 뚫으면 뚫을수록 칭찬받을 가치가 있는 것이라고.

그는 마침내 서가 하단부에 장부를 내려놓았다. 그는 현대 장서와 정기간행물을 다시 훑어보았다. 장서 정리 담당자가 장서들을 정리할 때면 이따금 그에게 카눈을 반대하는 사람들의 글을 일부분 읽어주곤 했다. 마르크는 그런 글에서 관습법 조항들, 심지어 오로시성까지 거의 공개적으로 공격당하고 있다는 사실을 알고 놀라기도 하고 분통을 터뜨리기도 했다. 흠, 기가 막힐 노릇이군, 그는 도서 정리 담당자가 읽어주는 사이사이 중얼거렸다. 그러다 노여움이 더욱 북받치면, 그런 끔찍하고 비열한 글을 쓴 작자들뿐 아니라, 평지에 있는 이 세상의 모든 나라를 다 포함하지는 않더라도, 도시와 평지에 사는 모든 주민과 도시와 시골 등을 모두 싸잡아 매도하곤 했다.

때때로 그는 호기심에 이끌려 관습법과 관습법의 엄격한 조항이 복수를 부추기느냐, 혹은 반대로 제지하느냐에 관한 문제를 놓고 잡지에서 벌어지는 공개 토론 등에서 사람들의 주장을 몇 시간 동안 경청한 적이 있었다. 어떤 사람들은 카눈의 중요한 조항에서 결코 피가 빠져서는 안 되며 피는 반드시 피에 의해서만 회수될 수 있다고 주장하기 때문에 공개적으로 복수를 부추기고 있으며, 따라서 그런 조항은 미개한 것이라고 주장했다. 반대로 어떤 사람들은 일견 괴상해 보이는 그런 조항이 사실은 그보다 더 인간적일 수 없다고 주장하며, 동태복수법*이 실제로는 살인에 대해 경고함으로써 만약의 경우 벌어질 수도 있을 살인을 제지하는 역할을 한다는 점을 이유로 들었다. 그러니까 그런 법은 요컨대 '네 피를 흘리고 싶지 않다면 남의 피를 흘리지 말라'고 말하고 있다는 것이다.

마르크는 그런 유의 주장이라면 그래도 참아줄 수 있었다. 그러나 그의 분통을 터뜨리게 하는 주장들도 있었다. 여러 날 대공의 밤잠을 앗아갔던, 통계까지 첨가한 그런 유의 괴상망측한 기사가 넉 달 전에 그렇고 그런 저주받을 놈의 잡지 중 하나에 무기명으로 실렸다. 놀랄 만큼 정확한 그 통계에는 지난 사 년간 오로시성이 피의 세금이라는 명목으로 거둬들인 세수 사항이 총망라되어 있었다. 또 피의 세금은 다른 세수 항목들, 예컨대 옥수수, 가축, 토지 매매, 용구 대여 세수들과 비교되어 있었으며, 그로부터 괴상망측한 결론들을 도출했다. 그중에는 이런 결론도 있었다. 우리 시대의 특징인 총체적 변질이 베사나 '피의 회수' '손님' 등과 같은 카눈의 초석들을 와해시켜서, 알바니아인들의 삶에서 위대하고 숭고한 요소였던 그것들이 비인간적인 메커니즘 속에서 세월과 더불어 서서히 변질되어, 기사를 쓴 자의 견해에 따르면, 결국 이윤에 근거한 자본주의식 기업화가 되었다는 것이다.

---

* 同態復讐法, 가해자에게 피해자와 같은 정도의 고통을 주는 형벌의 법제.

그 기자는 마르크로서는 이해할 수 없는 이상한 용어를 많이 사용했는데, 수도사는 그에게 인내심을 가지고 설명해주었다. 예를 들면 '피의 기업' '피 상품' '복수의 메커니즘' 같은 표현 등이었다. 제목도 괴상망측했다. '복수학'이라니.

당연히 대공은 티라나에 있는 자기 측 사람들의 중개를 통해 그 잡지를 압류하는 데 성공했다. 그러나 온갖 노력을 기울였음에도 기사를 쓴 자의 신원을 파악하는 데는 실패했다. 잡지의 발행 금지 처분도 마르크 우카시에르의 기분을 풀어주지는 못했다. 그런 유의 기사가 나오고, 인간의 두뇌로 그런 것이 구상될 수 있었다는 사실만으로도 그는 두려움에 떨어야 했다.

오, 주여, 예수그리스도여, 이런 망발이 어인 일인지요, 그는 때로 혼잣말을 하곤 했다. 이 무덤의 나라에서 베사가 그 정반대인 샤르타베사로 대체되는 것과, 사람들이 감히 그런 식으로 세상의 근본을 허물어뜨리는 것은 그의 이성으로는 상상조차 할 수 없는 일이었다. 망나니들 같으니! 그는 속으로 저주를 퍼부었다. 만일 너희가 카눈의 말씀을 좋아하지 않는다면, 너희가 뱀의 말을 더 좋아하기 때문이라고!

거대한 벽시계가 일곱 번 울렸다. 그는 다시 창가로 다가가, 멍한 시선으로 멀리 산 정상을 바라보았다. 온갖 상념이 물러가자 머릿속이 텅 빈 것 같았다. 그러나 늘 그렇듯, 그것은 일시적 현상일 뿐이었다. 그의 머릿속에 조금씩 잿빛 먹구름이 몰려왔다. 안개보다는 뚜렷하고, 사고思考보다는 불명확한 것이었다. 아니, 그 둘 사이의 불투명하고 유동적이며 공백이 깃든 어떤 것이었다. 두뇌 한쪽이 맑아지자마자 다른 한쪽이 흐려졌다. 마르크는 현재 자신이 겪고 있는 상태가 몇 시간, 심지어 며칠도 지속될 것 같은 느낌을 받았다.

고원지대의 수수께끼 앞에서 그의 두뇌가 그런 식으로 경직되는 것은 그때가 처음이 아니었다. 고원지대는 그에게 합법적이고, 정상적이고, 이성적인 세계의 전부였다. 나머지 세상, '아래 세계'는 악취가 풍기고 퇴화만을 거듭하는 질퍽한 함몰의 세계일 뿐이었다.

다른 때도 종종 그랬듯이, 창가에 꼼짝도 않고 선 그는 알바니아의 중심지에서 벗어나 국경선 너머까지 뻗어가고 있는 광활한 라프시를 머릿속에 그려보려 애썼으나 헛일이었다. 각처의 피의 세금이 그에게 들어오기 때문에 어떤 면에서 그와는 떼려야 뗄 수 없는 관계인 이 고원지대는, 그럼에도 여전히 그에게 신비로 남아 있었다. 토지 관리인, 포도밭 관리인 혹은 광산 관리인의 일은 쉬웠다. 곰팡이병에 걸린 옥수수나 포도나무는 맨눈으로도 관찰할 수 있고, 광산의 황폐 정도도 마찬가지였다. 그러나 자신이 관리하는 분야는 눈에 보이지 않았다. 이따금 그는 수수께끼를 거의 파악할 찰나에, 마침내 그것을 풀어 머릿속에서 떨어내기 일보 직전에 와 있다고 믿었다. 그러나 그때마다 하늘에서 구름이 눈에 띄지 않게 이동하듯, 수수께끼는 그의 내부에서 살금살금 모습을 감추는 것이었다. 그리하여 그는 다시 죽음의 땅으로 돌아와, 그곳의 비옥함과 빈곤의 비밀을 간파하려 애쓰곤 했다. 그러나 그의 노력은 번번이 허사로 돌아가곤 했다. 한편 고원지대의 한발은 정말로 특이했는데, 겨울이면 비가 내리는데도 종종 한발이 나타났으며, 일단 그렇게 되면 사태는 실로 심각했다.

마르크 우카시에르는 한숨을 쉬었다. 그는 지평선 어딘가를 멍한 눈길로 바라보며 라프시의 광활한 대지를 상상해보려 애썼다. 그곳에는 급류, 깊은 구렁, 눈덩이, 목장, 작은 촌락과 교회가 들어차 있었다. 그러나 그 모든 것은 그의 관심을 끌지 못했다. 마르크 우카시에르에게 대大고원지대는 두 부분으로 나뉘어 있었다. 죽음을 낳는 부분과 죽음을 낳지 않는 부분이었다. 과거에도 종종 그랬듯이, 지금 그의 머릿속에 천천히 떠오르는 곳은 죽음을 낳는 부분, 그곳의 대지와 사물들과 사람들이었다. 서에서 동으로, 그리고 남에서 북으로 흐르며 결국 복수로 이어진 무수한 분쟁을 낳았던 수천 개에 달하는 크고 작은 관개 운하, 수백 개의 도랑, 쉽사리 분쟁을 일으킨 후 복수로 이어지곤 했던 수천 개의 경계표, 수만 개의 동맹이 떠올랐다. 그중 일부는 갖가지 이유로 파기되어 결국 죽음이라는 단 하나의 출구로 이어졌다. 일요일에 심심풀이 놀이를 하듯 죽음과 게임을 벌이는 무시무시하고 성마른 고원의 남자들과 그 외의 일들도 떠올랐다. 그리고 그 곁에는 불모인 부분이 있었다. 그곳도 광활하긴 마찬가지였으나, 죽음에 신물이 난, 더 이상 살인으로 인한 시체를 원치 않는 듯 보이는 그곳의 묘지들에 대해서는 논쟁이나 이론異論의 제기가 금지되어 있었다. 그 속에는 그자크후프스, 이를테면 죽임을 당한 방식이나 상황 때문에 복수를 받을 가치가 없다고 카눈이 규정한 사람들이 포함됐다. 그중에는 피의 법칙에 따른 복수의 범주에 들지 않는 사제들과, 역시 피의 법칙에 해당되지 않는 고원지대의 모든 여성이 포함되어 있었다.

감히 누구에게 드러내놓고 말할 수는 없었지만, 마르크는 자신의 재판권에 광적으로 집착한 적이 여러 번 있었다. 아아, 여자도 남자처럼 복수의 대상에 포함될 수만 있다면…… 그런 다음 일종의 공포심마저 느끼며 수치스러워했다. 그러나 그것은 극히 드문 일이었다. 특히 월말이나 분기말이 닥쳐 결산서를 보고 낙담할 때면 더욱 그랬다. 지친 그는 그런 생각을 몰아내려 애썼으나, 생각은 매번 제자리로 돌아왔다. 그의 생각이 제자리로 돌아온다면, 카눈을 모독하기 위함이 아니라 단지 자신의 놀라움을 나타내기 위함이었다. 그는 보통 기쁨 속에 치러지는 결혼식이 종종 논쟁을 불러일으켜, 그 결과 복수의 물꼬를 트는가 하면, 반면에 반드시 슬퍼해야 할 장례식은 거의 논쟁을 일으키지 않는 현상을 기이하게 생각했다. 그는 거기서 나아가 과거의 복수 사건들과 최근에 벌어진 복수 사건들을 비교해보았다. 예전의 것과 최근의 것은 각기 좋은 면과 나쁜 면이 있었다. 오래전에 경작해놓은 밭처럼, 예전의 복수는 확실하나, 더디고 열의가 없었다. 반대로 최근의 것들은 격렬해서, 옛날 같았으면 이십 년 동안 벌어졌음직한 살인들이 불과 일 년 안에 발생하는 일도 간혹 있었다. 그러나 과거에 복수가 타협에 이르는 것이 극히 드문 일이었다면, 최근의 복수는 아직 깊이 뿌리내리지 않았기 때문에 쉽사리 화해로 귀결되기도 했다. 후세대들은 요람에서부터 복수에 익숙해져, 그것이 없는 삶은 상상조차 할 수 없게 되었으며 그것에서 빠져나간다는 생각조차 하지 못했다. '십이 년째를 맞는 피는 마치 떡갈나무와 같아서 뿌리 뽑기가 힘들다'고 말하는 것도 무리는 아니었다. 어쨌든 마르크 우카시에르는 전통의 힘이 강한 예전의 복수와 활력이 넘치는 최근의 복수, 두 종류의 복수에서 한쪽의 약화가 다른 쪽에 영향을 미치기 때문에 상황이 변화하고 있다는 결론을 내렸다. 최근 그 둘 중 어느 쪽이 먼저 감소하기 시작했는지 분간하기 어려웠던 것은 바로 그 때문이었다. 그는 큰 소리로 절규했다. 오, 세상에, 만일 이 상황이 지속된다면, 나의 종말은 불 보듯

뻔하군.

괘종시계 소리에 그는 소스라치게 놀랐다. 그는 종소리를 세었다…… 여섯, 일곱, 여덟. 문 뒤의 복도에서는 대걸레가 조용히 오가는 소리만 들렸다. 손님들은 여전히 자고 있었다.

좀더 강해지긴 했지만 아침햇살은 그것의 머나먼 출발지의 싸늘한 냉기를 여전히 간직하고 있었다. 그는 한숨을 지었다. 오오, 세상에. 그는 누군가가 무너뜨리려 애쓰는 오두막의 대들보처럼 양 옆구리가 삐거덕거리는 느낌을 매우 강하게 받았다. 그의 시선은 침울한 산 위로 막막하게 펼쳐진 잿빛 하늘 속에서 갈 곳을 찾지 못하고 있었다. 한편 산들이 침울해진 것이 하늘 때문인지 아니면 하늘이 산들 때문에 침울해진 것인지는 분간할 수 없었다.

그의 눈빛에는 의문과 위협과 기원祈願이 동시에 나타나 있었다. 그는 전면에 펼쳐진 광활한 지역을 향해 이렇게 말하고 있는 것 같았다. 대체 무슨 일이야, 너 왜 그렇게 변했니……?

그는 사람들이 유럽에서 가장 광활하고, 가장 혹독하고, 가장 높은 고원지대 중 하나라 하고, 알바니아의 수천 제곱킬로미터를 차지하며, 이어 국경선을 넘어, 슬라브인들이 '옛 세르비아'라고 부르나 실제로는 고원지대의 일부인 코소보의 알바니아 지역까지 이어지는 라프시에 대해 잘 알고 있다고 늘 믿어왔다. 적어도 그는 그렇게 믿었다. 그러나 최근 들어 그는 그곳에서 낯설게 느껴지는 면모를 갈수록 더 많이 발견하고 있었다. 그런 몰이해의 감정이, 심지어 조롱의 느낌이 어디서 오는지를 햇살 속에서 찾아내려는 듯, 그의 생각은 고통스럽게 비탈면을 헤매고 낭떠러지들을 따라 내려갔다. 바람이 불기 시작하여 산들이 잔뜩 몸을 움츠리자, 그것들은 그에게 노골적으로 적대감을 보이는 듯했다.

그는 죽음의 메커니즘이 태곳적부터 그곳에, 밤낮없이 돌아가는 고대의 물레방아처럼 존재한다는 것을 알고 있었으며, 피 관리인으로서 그것의 비밀을 누구보다도 속속들이 파악하고 있었다. 그럼에도 그 사실은 그로 하여금 그곳에서 추방됐다는 느낌을 가시게 하는 데 일말의 도움도 주지 못했다. 그러나 결코 그렇지 않다고 스스로를 설득하기 위하여, 한층 낯선 모습으로 머릿속에 펼쳐지는 지도와 장례 식사 때 펴놓는 식탁보 사이의 그 무엇 같은 차가운 평원을 마음속으로 질주하기 시작했다.

그는 이제 장서실의 창가에 서서, 죽음을 부르는 지역의 지도를 마음속에 그려보았다. 머릿속에는 엄정한 순서에 따라 고원지대의 비옥한 대지들이 차례로 나타났다. 대지는 커다랗게 두 군으로 나뉘었다. 경작지, 그리고 복수 때문에 황무지로 남겨둔 지역이었다. 모든 것은 기본 질서에 따랐다. 즉 회수해야 할 피가 있는 사람들은 토지를 경작했는데, 그들에게 죽이는 차례가 돌아왔기에, 누구에게도 위협을 받지 않고 자신들의 토지로 자유롭게 나갈 수 있었다. 반대로 피를 흘려야 하는 사람들은 땅을 경작하지 않은 채 내버려두고 신변의 보호를 위해 유폐탑에 은신했다. 그러나 이런 상황은 새로운 살인이 벌어질 때까지만 지속되었다. 다시 살인이 벌어지면 모든 것은 뒤바뀌었다. 전날까지 피를 좇았던, 그러나 좀더 빨리 피를 회수하지 못한 일족의 일원들은 그자크스로서의 신분을 손에 넣어 자유를 잃고 몸을 숨기러 달려갔고, 반면에 전날까지만 해도 유폐되어 있던 자들은 자유의 몸이 되고 그자크스로서의 신분도 종료되었다. 그러다 또다시 살인이 발생하면 장치는 다시 역방향으로 돌아갔다.

마르크가 산중을 돌아다닐 때, 경작된 지역과 황무지로 버려둔 지역 사이의 관계가 그의 관심에서 벗어난 적은 단 한 차례도 없었다.

황무지로 내버려둔 지역은 마르크 우카시에르의 눈을 기쁨으로 젖게 했다. 피의 회수가 가뭄에 콩 나듯 일어나며 경작하지 않고 버려두는 땅 역시 감소 추세인 지금, 그는 그것에 더더욱 큰 가치를 부여했다. 피를 회수하기 위해 일족 전원이 굶주림의 고통을 견뎌내는 경우가 있는가 하면, 피의 회수를 다음 계절로, 또 그 이듬해로 미루면서 반대로 처신하는 일족도 없지 않았다. '남자로서 위엄을 지키거나 잃는 것은 너의 자유'라고 카눈은 말했다. 곡물을 곳간에 들이는 일과 복수 사이에서 사람들은 각자 나름의 선택을 했다. 어떤 사람들은 수치스럽지만 곡물을 거둬들이는 쪽을 택했고, 또 어떤 사람들은 반대로 복수를 선택했다.

마르크 우카시에르는 이따금 복수에 뛰어든 가족들의 토지가 나란히 붙어 있는 것을 보았다. 늘 같은 광경이었다. 한쪽의 땅이 경작되어 있으면 다른 쪽의 땅은 휴경이었다. 경작된 농지의 흙덩이에는 무언가 수치스러운 것이 들어 있다고 그는 생각했다. 그 흙에서 올라오는 김, 부드럽고 매우 여성스러운 흙냄새가 그를 역겹게 했다. 반면 그 경작지와 나란히 붙어 있는 방치된 땅의, 어떤 때는 주름 같기도 하고 어떤 때는 앙다문 턱 같기도 한 쩍쩍 갈라진 틈새는 거의 눈물이 날 정도로 감동적이었다. 그랬다. 고원지대 곳곳이 같은 광경이었다. 길을 사이에 두고 이편과 저편에 이웃하고 있으나 경작지와 황무지가 서로 증오로 마주 대하고 있는 광경. 무엇보다도 기이한 것은 한두 계절이 지나고 나면, 그곳의 상태가 서로 뒤바뀐다는 점이었다. 휴경으로 버려졌던 대지가 곧 비옥한 경작지가 되고, 이전에 경작지였던 곳은 황무지가 되는 것이다.

그날 아침 마르크 우카시에르는 족히 열 번은 한숨을 내쉬었을 것이다. 그의 정신은 아직도 먼 곳에 가 있었다. 그는 대지에서 길로 옮겨갔는데, 전에 그는 임무를 수행하느라 그중 많은 부분을 도보로 혹은 말을 타고 질주했었다. '저주받은 산정 대로' '유령의 길' '검은 드린Drin의 길' '하얀 드린의 길' '나쁜 길' '깃발들의 대로' '십자가의 길' 등 고원지대의 주민들이 밤낮으로 다니는 곳이었다. 그중 일부 특별 구간들은 그곳에서 살인을 저지르는 자는 누구든지 집단 전체로부터 복수를 받는다는 의미의 영속永續 베사로 보호되었다. 이를테면, '돌다리'에서 '대大 플라타너스' 사이의 구간인 '깃발들의 대로'는 니카즈와 샬라 지역의 베사 아래 있었다. 그곳에서 과실을 범하는 자는 신분을 막론하고 니카즈나 샬라 지역 주민들에 의해 복수를 당하도록 되어 있었다. 마찬가지로 '레카 들판'으로부터 '귀 안 들리는 방앗간' 사이의 구간인 '유령의 길'에도 베사가 걸려 있었다. 그리고 '한천寒川'에 이르는 '쿠라즈 길' 역시 베사로 보호되었다. 뿐만 아니라 니카즈와 샬라 지역의 집들도 베사의 보호 아래 있었다. '십자가의 길' 위의 '옛 주막'도 외양간을 제외하고는 마찬가지였다. '젊은 과부의 주막'도 북문으로부터 사백 걸음의 길과 함께 베사의 보호를 받았다. '요정 급류'의 협곡 여덟 개도 반경 사십 걸음까지 보호받았으며, '르레즈' 지역의 집들도, '황새 목장'도 그랬다.

그는 특별한 베사로 보호되는 그 외 지역과 만인의 베사 아래 있는 지역들, 다시 말해 모든 방앗간과 방앗간으로부터 반경 사십 걸음에 이르는 주변 지역 그리고 폭포와 폭포 주위의 사백 걸음 이내의 지역 등 맷돌소리나 물소리가 복수에 나선 자의 사전 경고를 들을 수 없게 할 위험이 있어 복수가 금지되어 있는 지역들을 차례로 떠올리려 애썼다. 카눈은 실로 모든 것을 고려했다. 마르크 우카시에르는 종종 베사 아래 있는 그런 장소의 존재가 복수를 제지하는지 혹은 반대로 증대시키는지 자문하곤 했다. 가끔 그는 그곳들이 그러한 보호 조치에 의해 죽음을 내쫓기도 하지만, 때로는 그와 반대로, 그곳에서 죽임을 당한 자는 누구든 반드시 피를 회수해야 한다는 의무 조항 때문에 바로 그 베사의 보호를 받는 길과 주막에서 새로운 복수가 촉발된다고 생각했다. 그의 생각에는 카눈과 관계된 많은 것이 그렇듯, 이 모든 것이 모호하고 불확실했다.

그는 고원지대 전역에서 불리는 복수에 관한 무수한 민요시에 대해서도 같은 의문을 품어왔다. 많은 음유시인이 여러 지방의 마을을 돌아다녔다. 고원지대에서는 음유시인을 마주치지 않고 지날 수 있는 길은 없었으며, 음유시를 듣지 않고 지나칠 수 있는 주막도 없었다. 이런 민요시가 죽음을 증가시키는지 혹은 감소시키는지는 말하기 어려웠다. 민요시는 양쪽 모두에 해당되었다. 민요시라면 옛날 사건이나 최근 사건에 관해 입에서 입으로 전해진, 겨울밤이면 화롯가에서 무수히 듣던 이야기들로, 여행객들과 함께 퍼져나가 예전 손님이 세월이 지나 변해서 돌아오듯 어느 날 밤 변해서 돌아오곤 하는 이야기라 할 수 있었다. 구토를 일으키는 종류의 잡지 속에, 마르크는 그런 이야기의 일부가 마치 관 속에 있는 것처럼 줄지어 누워 있는 것을 발견할 때가 종종 있었다. 음유시란 것은 본래 입으로, 혹은 라후타*를 켜면서 읊조리도록 되어 있어서, 책 속에 활자화된 음유시는 그저 음유시의 시체에 불과해 보였기 때문이었다.

어쨌든, 원하든 원치 않든 간에 이 모든 것들이 그의 일과 밀접한 관계가 있었다. 보름 전, 사태가 나쁜 방향으로 발전하고 있는 것을 나무라려던 대공이 그에게 경고했다. 사실 매우 모호한 말이었으나 의미는 대충 이러했다. 피의 대리인인 네가 그 일로 피곤해하는지는 몰라도, 네 자리를 탐내는 사람이 발에 차이도록 많다는 점을 잊지 마라. 게다가 그들은 하찮은 이들이 아니라 대학 물까지 먹었다는 사실을 명심하도록.

대공이 일종의 협박조로 대학 운운한 것은 처음이었다. 예전에 그가 마르크에게 수사의 도움을 받아서 복수에 관한 제반 문제를 연구하라고 권한 적은 있었다. 그러나 이번은 어조가 좀더 단호했다. 그 일을 떠올리자 마르크 우카시에르는 관자놀이께가 욱신거렸다. 그렇다면 향수 냄새나 풍기는, 글자깨나 배웠다는 유식한 자들 가운데서 한번 뽑아보시지, 내 자리에 그자를 앉혀보라고! 그는 속으로 으르렁댔다. 학위증으로 도배한 자를 피의 관리인으로 고용해보라고. 그런 나약한 위인이 삼 주쯤 버티다 미쳐버리면, 그땐 이 마르크 우카시에르를 그리워할걸!

한동안 그는 생각나는 대로 이런저런 가정을 해보았으나, 번번이 대

* 기다란 손잡이에 현이 하나 달린 악기.

공이 후회하고 자신이 승리하는 결론에 도달했다. 어찌됐건 고원지대를 두루 순회하도록 해야겠어. 일시적인 흥분이 가라앉자 그는 이렇게 결론을 내렸다. 사 년 전, 당시 상황에 대한 정확한 자료와 미래에 대한 예상을 첨가하여 보고서를 작성했던 것처럼, 이번에도 보고서를 작성하여 대공에게 제출하는 것이 현명할 듯했다. 대공의 다른 사업들도 썩 잘 돌아가고 있지는 않으리라. 결국 마르크 우카시에르, 그는 희생양 역할을 하고 있는 것이다. 그러나 그건 아무래도 좋았다. 대공은 그의 주인이고, 주인을 판단하는 것은 관리인이 할 일이 아니었다. 그의 노여움은 이제 완전히 누그러졌다. 갑작스러운 흥분으로 긴장했던 정신은 이제 완전히 풀어져, 다시 멀리, 산들을 가로질러 유영하고 있었다. 그래, 그래야겠어. 그에게는 순회가 꼭 필요했다. 게다가 몸 상태가 별로 좋지 않은 지금, 이보다 더 적절한 이유가 있겠는가? 분위기를 일신함으로써 최근 겪고 있는 고통을 얼마간은 누그러뜨릴 수 있지 않을까? 그리고 잠도 다시 잘 수 있게 되지 않을까? 잠시 대공의 면전을 피하는 것이 건강상 썩 좋을 것이라는 점은 차치하고라도 말이다.

순회 계획은 특별히 그를 들뜨게 하지는 않았으나, 조금씩조금씩, 지속적으로 그를 사로잡았다. 그리고 얼마 전까지 그랬듯이 그의 머릿속에는 지나갈 길들이 다시 차례차례 떠오르기 시작했다. 다만 이번에는 그 길들이 그의 신발이나 말의 편자 같은 것과 결부되어 나타나서, 그는 그 길들을 다른 식으로 상상했다. 밤에 들리는 말의 울음소리와 벼룩에 물리는 일 등, 묵게 될 주막이나 숙소를 조금 전과는 다른 식으로 그려보았다.

이번 출장을 통해 그는 머릿속에 맷돌, 지렛대, 바퀴, 무수한 톱니바퀴와 함께 죽음의 방앗간으로 나타나곤 하는 모든 것들을 새로이 검토하게 될 것이었다. 죽음의 방앗간을 멈추게 한 것이 무엇인지, 어디가 녹슬었는지, 어디가 망가졌는지를 밝히기 위해 기계들을 꼼꼼하게 검사해야 했다.

으으으! 돌연 위경련이 일자, 그는 이렇게 생각하지 않을 수 없었다. 몸속 어디가 고장났는지 검사하는 게 더 낫겠어. 그러나 그는 그 생각을 끝까지 몰고 가지 않도록 자제했다. 바람을 쐬면, 자신을 고통스럽게 하는 위의 역한 구멍도 사라질지 몰랐다. 그래, 그랬다. 가능한 한 빨리 출발하여, 이곳을 벗어나 현장에 가서 모든 것을 검사하고, 오랫동안 이야기를, 특히 카눈 해석가들과 장시간 이야기를 나누고, 그들의 견해를 청하고, 사제들을 만나고, 그들에게 관습법에 대해 불평불만을 토로하는 자들이 있는지 묻고, 대공에게 그들의 추방을 건의하기 위해 명단을 작성하는 등의 일을 해야 했다. 마르크 우카시에르의 정신은 활기를 되찾았다. 그래, 그래야지. 그는 대공에게 이 모든 것에 대한 상세한 보고서를 올릴 수 있을 것이었다. 그는 장서실을 이리저리 걷기 시작했다. 이따금 창문들 중 한 곳에 멈춰 섰다가, 새로운 생각이 떠오르면 다시 걸음을 옮겼다. 그는 벌써 대공이 늘 중요하게 생각하는 관습법 해석가들을 머릿속에 떠올리고 있었다. 그들은 고원지대 전역을 통틀어 이백여 명쯤 됐으나, 유명한 사람은 십여 명 정도였다. 그는 적어도 가장 명망이 높은 자들 중 절반을 만나야 했다. 그들은 카눈의 대들보, 고원지대의 두뇌였다. 그들은 틀림없이 현상황에 대한 견해를 밝힐 것이며, 대책에 대해서도 조언을 해주리라. 그러나 그 정도로 만족해서는 안 되었다. 그는 죽음이 뿌리를 깊이 내린 곳,

즉 살인자의 집을 찾아가 묵는 것이 현명하리라는 생각을 했다. 그는 유폐탑 안으로 들어가 유폐된 자들, 카눈의 빵과 소금인 그들과 함께 얼굴을 맞대고 이야기를 나누어야 하리라. 이 계획은 그를 특히 즐겁게 만들었다. 유명한 해석가들이 그에게 넘치도록 들려줄 지혜로운 말씀이 어떤 것이든 간에, 죽음에 관한 결정적인 발언은, 카눈에 따르면, 응징자의 몫이었다.

그는 이태 전에 세밀하게 수집했던 자료들을 떠올리려 애쓰면서 이마를 쓸어내렸다. 고원지대 전역을 통틀어 유폐탑은 백칠십사 개가 있었다. 그곳에는 천여 명의 사람이 유폐되어 있었다. 그는 여기저기 서 있는, 침울하고 거친 모습의 탑들을 총안과 음울한 문짝과 함께 그려 보려 했다. 그것들의 모습은 관개용 운하의 모습과 뒤섞여 떠올랐는데, 바로 그곳에 은둔자들 중 일부가 거주하고 있기 때문이었다. 아울러 베사로 보호되는 길과 주막, 카눈 해석가들, 연대기 작가들, 음유시인들의 모습도 떠올랐다. 그것들이 바로 몇 세기 동안 고장나지 않고 돌아가고 있는 낡은 기계의 나사와 벨트와 톱니바퀴였다. 수백 년 동안…… 그는 되뇌었다. 매일 낮과 밤, 한 차례의 중단도 없이, 겨울이나 여름이나. 그러나 사물의 질서를 교란시키기 위해 3월 17일이란 날짜가 찾아왔다. 그날을 입에 올리면서 마르크 우카시에르는 다시 한숨을 내쉬었다. 그는 만일 그날 벌어질 뻔했던 일이 실제로 벌어졌다면, 죽음의 방앗간이 바퀴, 묵중한 맷돌, 수많은 용수철, 톱니바퀴와 함께 음산하게 삐거덕거리며 세차게 뒤흔들려, 마침내는 부서져 산산조각이 났으리라는 인상을 받았다.

주여, 그런 날이 결코 찾아오지 않기를 바라나이다! 라고 말하던 그는 다시 위의 천공 때문에 역한 느낌을 받았다. 그 느낌과 함께, 전날의 저녁식사 순간과 대공의 불만이 머릿속에 떠올랐다. 그러자 잠시 찾아왔던 활기가 뭔지 모를 낯선 고통에 자리를 물려주고 금세 사라져버리고 말았다. 이런 염병할! 그는 혼잣말을 했다. 그 고통은 아주 특이한 것으로, 미끈거리는 잿빛 물질과 유사했는데, 상처나 격한 통증은 동반하지 않았지만 야금야금 그의 온몸을 파먹어들어왔다. 아아, 뚜렷하게 감지되는 고통이라면 차라리 낫겠다고 생각한 적이 몇 번이었던가. 도저히 떨칠 수 없는 이 끈적한 것에 맞서서 대체 무엇을 할 수 있단 말인가? 그가 아무에게도 털어놓지 않은 병들만으로는 충분치 않은 듯 그것은 그를 끊임없이 짓눌렀다. 삼 주 전부터는 점점 더 빈번히 느껴졌다. 그는 하루하루, 매번 다음날 밤으로 미뤘던 의문을 돌연 꺼내놓았다. 혹 피의 병에 걸린 것이 아닐까?

그는 칠 년 전 그 병에 걸린 적이 있었다. 수많은 의사에게 진찰을 받고 온갖 종류의 약을 복용했지만, 그자코바라는 노인이 충고해주기 전까지는 아무런 차도가 없었다. "여보게, 약을 복용하건 의사에게 진찰을 받건 모두 헛일이라네. 의사도 약도 자네가 걸린 병에 대해서는 속수무책이야. 자네는 피의 병에 걸렸거든." "피라뇨? 나는 아무도 죽이지 않았는데요, 영감님!" 그는 놀라서 말했다. 그러자 노인이 대답했다. "자네가 아무도 죽이지 않았다고 해도 별수없어. 자네의 직업이 피의 병을 불러오니까." 그리고 노인은 대부분 이 병의 제물이 되었던 다른 피 관리인들에 대해 이야기해주었다. 고약하게도 그 병은 결코 낫지 않는다고 했다. 그런데 바로 그가 저 위 오로시 너머의 산속에서 병을 치료하는 데 성공했다. 그런 병에는 그곳의 공기가 특효였다.

지난 칠 년 동안 마르크는 조용히 지내왔으며 병세가 다시 도진 것은 불과 얼마 전이었다. 대체 무슨 생각으로 이따위 일을 하겠다고 나섰단 말인가? 어떤 사람의 피가 누군가에게 눈독을 들이면, 이미 빠져나가기란 어려운 일이었다. 게다가 어디서 기원하는지, 어디서 고갈하는지 알 수 없는 피에 어떻게 맞서 싸운단 말인가? 단순한 피가 아니라 젊은이들과 노인들의 피, 수십, 수백 년 전부터 고원지대 전역에서 철철 흘러내린 전全 세대의 격랑과도 같은 피였다.

하지만 내가 걸린 병은 그 병이 아닐 수도 있지 않을까? 그는 마지막 한줄기 희망에 의지하여 마음속 깊은 곳에서 나오는 깊은 한숨을 쉬었다. 일시적으로 몸이 쇠약해졌을 뿐이야. 그게 아니라면 나는 미치고 말 거야.

그는 귀를 바짝 기울였다. 문 뒤에서 누군가의 발소리가 들렸다고 생각했기 때문이었다. 실제로 복도에서 삐거덕대는 문소리에 이어 발소리와 말소리가 들려왔다.

손님들이 잠을 깬 모양이군, 그는 생각했다.

5

그조르그는 3월 25일 브레즈프토흐트로 돌아왔다. 그는 쉬지 않고 거의 하루종일 걸었다. 갈 때와는 달리 거의 몽롱한 상태였기 때문에 길이 덜 멀다고 느껴졌다. 자기 마을 부근이 하도 빨리 나타나서 놀라기까지 했다. 이유는 알 수 없었지만 그는 걸음을 늦췄다. 그의 눈은 주변의 산들을 살피는 듯했지만, 심장의 박동은 느려졌다. 눈덩이들이 녹았군, 그는 말했다. 야생 석류나무들은 여전히 그 자리에 있었다. 어쨌든 그는 안도의 숨을 내쉬었다. 이유는 알 수 없었지만 눈덩이들이 이제 자신에게 덜 냉혹한 태도를 보이는 것 같다고 생각했다.

그리고 그곳이었다…… 그 자리에는 그가 없는 사이 자그마한 무란이 세워져 있었다. 그조르그는 그 앞에 멈춰 섰다. 거의 동시에 그는 그곳에 일말의 흔적도 남기지 않기 위해 무란 위로 몸을 날려 돌멩이들을 뽑아 사방으로 내던지는 생각에 사로잡혔다. 그의 머리가 그 장면을 상상하는 것과 동시에 손가락은 맹렬히 길 위에서 돌멩이를 찾아 헤맸다. 마침내 그는 돌멩이를 하나 집었고, 손의 살갗이 반쯤 벗겨지기라도 한 듯 익숙지 않은 동작으로 그것을 무덤 위에 던졌다. 돌멩이는 둔탁한 소리를 내더니 두세 차례 굴러가다가 다른 돌멩이들 사이에 끼어 멈추었다. 그조르그는 다시 움직이는 것이 두렵기라도 한 듯 그곳에 눈길을 고정시킨 채, 그 자리에 영원 전부터 그렇게 던져져 있었던 것처럼 서 있었다. 그는 그렇게 서 있는 것이 당연하다고 생각했다.

그러나 그는 비틀거리지 않았다. 그는 눈길을 고정시킨 채 무덤을 응시했다. 나…… 남은…… 남은 것이라고는 저것뿐이라니. 그는 이렇게 말하고 싶었다. 삶에서 남은 것이 저것뿐이라니. 하지만 그의 마음속 깊은 곳에서는 이렇게 말하고 있었다. 나의 삶이 남길 것은 바로 저것뿐이로구나.

그 모든 고뇌, 불면의 밤들, 아버지와 벌였던 무언의 언쟁, 망설임, 심사숙고, 그리고 고통이 결국 저런 헐벗은, 의미 없는 돌무더기 하나를 만드는 데 소용된 것이었다. 그는 그곳에서 걸음을 돌리고 싶었다. 그러나 그럴 수 없었다. 그와 돌무덤을 제외한 모든 세상이 주위에서 와르르 무너지기 시작했다. 모든 것이 지워졌다. 그조르그 자신과 무덤만이 지구상에 남아 있었다. 그런데 왜지? 그 모든 것이 무슨 소용이었지? 그의 의문은 저기 땅바닥에 쌓여 있는 돌멩이들처럼 벌거숭이였다. 그 의문은 그의 온몸을 아프게 했다. 하느님, 이토록 고통스럽다니요! 그는 설사 지옥이라 할지라도 이곳에 머무는 것보다는 나을 거라 생각하며, 마침내 몸을 움직여 가능한 한 멀리 그곳으로부터 달아나려고 했다.

그조르그의 가족은 그를 차분하면서도 따뜻하게 맞았다. 아버지는 그의 여정에 대해 간략하게 물었으며 어머니는 눈물이 글썽이는 눈으로 슬쩍 쳐다보았다. 그는 긴 여로와 결코 적다고 할 수 없는 불면의 시간 때문에 매우 피곤하다고 말하고는 자러 갔다. 탑의 내부에서는 그 후로도 아주 오랫동안 발소리와 속삭이는 소리가 이어져 날카로운 발톱처럼 그의 잠을 할퀴었다. 그런 와중에 그는 마침내 잠에 곯아떨어졌다.

이튿날 그는 늦게 잠에서 깼다. 내가 어디 있는 거지? 그는 다시 잠에 곯아떨어지기 전, 두세 차례 자문했다. 이윽고 자리에서 일어났을 때는 머리가 묵직한 것이 마치 삼 부스러기로 머릿속을 가득 채운 것 같았다. 그는 아무것도 하고 싶지 않았다. 생각조차 하고 싶지 않았다.

그날은 그렇게 지나갔다. 그다음날도, 다음다음날도 그렇게 지나갔다. 그는 어떤 때는 오래전부터 수리할 필요가 있었던 담장의 일부를 멍한 눈길로 쳐다보기도 했고, 또 어떤 때는 지난겨울에 파손된 지붕의 한 귀퉁이를 쳐다보면서 집 주위를 두세 차례 돌기도 했다. 부서진 벽난로 주위를 서성이는가 하면, 또 어떤 때는 직조기 위에 눈길이 머물기도 했다. 그러나 그의 손은 더이상 말을 듣지 않았다. 우유가 조금씩 새는 교유기攪乳器의 틈새를 메워야 했지만 그 일조차 할 수 없었다. 그는 일할 마음이 없었다. 가장 고약한 점은 그 모든 수선 작업이 그에게는 불필요해 보인다는 것이었다.

때는 3월 말이었다. 곧 4월이 닥칠 것이다. 절반은 밝게, 그리고 나머지 절반은 어둡게. 죽음의 4월. 만일 죽지 않는다면, 그는 유폐탑에서 시들리라. 어둠 속에서 시력은 약해질 것이고, 그렇게 되면 어떻게든 살아남는다 할지라도 이 세상을 다시는 볼 수 없을 것이다.

무기력한 시기가 지나고 나자, 그의 정신은 다소 활기를 되찾았다. 머릿속으로 제일 먼저 찾기 시작한 것은 죽음과 실명에서 벗어날 길이었다. 그런 길이 딱 하나 있긴 했다. 그는 오랫동안 그 생각을 했다. 바로 떠돌이 벌목꾼이 되는 것이었다. 고원지대를 떠난 산악 지방 주민들이 일반적으로 종사하는 직업이었다. 그들은 어깨에 도끼를 둘러메고(자루는 튜닉 속에 들어가 있고 번뜩이는 검은 날만 목덜미 뒤로 나와 있어서 상어 지느러미를 연상시켰다) '나무 벱니다!'라는 단조롭고 음울한 소리로 그들의 방랑을 노래하며 이 마을 저 마을로 떠돌아다녔다. 아니다. 저 아래, 비에 젖어 축축해진 도시로 가서, 석탄가루 같은 것이 늘 쌓여 있는 채광 환기창의 창살에 걸린 불행한 벌목꾼(그는 일전에 슈코데르에서 한 산악 지방 주민이 일층에 면한 통로 앞에서 나무를 베는 모습을 본 적이 있었다)이 되느니, 차라리 죽음의 4월(그는 이제, 그의 내부에만 존재하는 이 말이 모든 사람들이 이해하고 쓰는 말인 것처럼 생각되었다) 속에 머무는 것이 나았다. 아니다, 골백번도 더 아니다, 그러느니 죽음의 4월이 나았다!

어느 날 아침, 그날은 3월 말일 하루 전날이었는데, 그는 탑의 돌계단을 내려오다가 아버지와 마주쳤다. 그는 둘 사이에 침묵만이 오가는 상황을 피하고 싶었지만 결국 침묵이 자리잡고 말았다. 그리고 마치 벽 뒤에서 나는 소리처럼, 침묵 끝에 다음과 같은 말이 들렸다.

"그조르그, 내게 무슨 말이라도 하고 싶은 게냐?"

그가 대답했다.

"아버지, 남은 날 동안 좀 돌아다니고 싶어요."

그의 아버지는 아무 말도 하지 않고 그의 얼굴을 오랫동안 살폈다. 그조르그는 무기력하게 생각했다. 이제 더이상 중요하지 않아. 사실, 아버지와 이 문제를 놓고 다시 언쟁을 벌인다는 것은 아무 의미도 없었다. 그들은 운명의 날이 오기까지 서로 한마디도 하지 않고 대립할 대로 대립했었다. 이 주일 전, 혹은 이 주일 후라는 것이 문제를 크게 바꾸어놓지는 않았다. 그는 산을 보러 가지 않고도 얼마든지 지낼 수 있었다. 사실을 말하자면, 그가 말한 바람은 공허한 것이었다. 그는 막 이렇게 말하려 했다. 아니에요, 아버지, 그럴 필요 없을 것 같아요. 그러나 아버지는 벌써 위층으로 올라가버렸다.

잠시 후 아버지는 손에 지갑을 들고 다시 내려왔다. 피의 세금에 견준다면 그 지갑은 아주 작았다. 아버지가 지갑을 내밀었다.

"이거 받고, 잘 다녀오거라!"

그조르그는 지갑을 받아들었다.

"고마워요, 아버지."

아버지는 아들을 똑바로 응시하며 낮은 소리로 말했다.

"다만 명심해라. 휴전일은 4월 17일에 끝난다는 것을." 아버지는 한 번 더 반복했다. "명심해라, 얘야."

그조르그는 그 지역을 여러 날째 떠돌아다녔다. 여정은 자주 바뀌었다. 길을 따라 있는 주막들, 낯선 얼굴들. 그는 자기 마을에서만 생활했기 때문에 라프시가, 특히 겨울에는 사람들의 이동이 없는 곳인 줄 알고 있었지만 사실은 전혀 그렇지 않았다. 고원지대는 활기가 넘쳤다. 사람들이 그들의 고장에서 중심부로 끊임없이 물밀듯 몰려들고, 또 그 반대로도 마찬가지였다. 이쪽 방향으로 걷는 사람들이 있는가 하면 반대 방향으로 걷는 사람들도 있었다. 어떤 사람들은 올라갔고 어떤 사람들은 내려갔다. 대부분은 같은 마을을 지나면서도 올라가기도 하고 내려가기도 했다. 그것이 하도 여러 번 반복되다보니 결국 사람들은 현재 있는 곳이 출발한 지점보다 더 높은 곳인지 아니면 더 낮은 곳인지 분간할 수 없었다.

이따금 그조르그는 날짜의 흐름을 생각하곤 했다. 그로서는 시간의 흐름이 괴상하기 이를 데 없는 것 같았다. 나날은 어느 시간까지는 끝나지 않을 것만 같다가도, 갑자기 복숭아 꽃잎 위에서 한동안 바르르 떨다가 굴러떨어져 부서지고는 마침내 죽고 마는 물방울처럼 느껴지기도 했다. 4월이 왔다. 그러나 봄은 정착하기가 매우 힘든 모양이었다. 이따금 알프스 산자락에 드리워진 푸른 띠를 볼 때면 그는 참을 수 없을 정도로 절박한 심정이 되었다. 드디어 4월이 왔군요, 주막에서 서로 소개하면서 길손들은 그렇게 말했다. 올해의 봄은 너무 늦게 찾아온 감은 있지만 환영받았다. 그때 그의 머릿속에 휴전의 종료에 관한 아버지의 충고가 떠올랐다. 충고 전부는 아닌, 그렇다고 충고의 일부도 아닌, 단지 "얘야" 하던 그 마지막 말만 떠올랐다. 그와 동시에, 모든 사람들이 온전한 4월을 가지고 있는 데 반해, 자신의 4월은 두 동강 나 반쪽뿐이라는 생각이 들었다. 그는 그에 대해 더이상 생각하지 않으려 애썼다. 배낭 속에 빵과 소금이 없을 때조차 결코 이야깃거리가 떨어지는 법이 없는 길손들의 이야기에 그는 열심히 귀를 기울였다.

주막에서는 무수한 사건과 온갖 종류의 사람과 온갖 시대에 대한 일

화를 들을 수 있었다. 그는 늘 거리를 두고 약간 떨어져 앉았으며, 누구의 방해도 받지 않는 것에 만족해하며 귀를 기울이곤 했다. 이따금 그의 정신은 이리저리 돌아다니며 이야기의 단편을 움켜잡고 그것을 자신의 이야기에 덧붙이거나, 반대로 다른 사람의 이야기에 자신의 삶의 파편을 삽입시키곤 했다. 그러나 늘 쉽게 그리되는 것은 아니었다.

그 상황에서 우연이 끼어들지 않았다면, 그가 여행을 마칠 때까지 아마도 상황은 계속 그렇게 흘러갔을 것이다. 어느 날 '새 주막'(대부분의 주막은 이름이 '옛 주막' 혹은 '새 주막'이었다)이라는 곳에서 그는 마차에 대한 이야기를 들었다…… 내부에 검은 벨벳을 두른, 장식선이 제멋대로인 도회지 마차…… 혹 그녀일까? 그는 자문했으며, 더 잘 듣기 위해 바짝 긴장했다. 그랬다, 바로 그녀가 틀림없었다. 사람들은 지금 눈동자 색깔이 엷고 밤색 머리칼을 지닌 아름다운 도시 여인에 대해 이야기하고 있었다.

그조르그는 전율했다. 그는 이유도 모른 채 주변을 둘러보았다. 그곳은 연기와 젖은 양모의 자극적인 냄새가 나는 불결한 주막의 객실이었다. 그리고 그것만으로도 불충분한지, 그 여인에 대해 말하고 있는 입에서는 담배 냄새와 양파 썩은 곰팡내가 쏟아져나왔다. 그조르그는 사방으로 눈길을 돌렸다. 그는 이렇게 말하려는 듯했다. 잠깐! 이곳이 그녀의 이름을 들먹일 만한 장소입니까? 그러나 사람들은 계속 한담을 나누며 웃어젖혔다. 그조르그는 덫에 걸리기라도 한 듯, 귀는 웅웅거리지만 듣는 것도 그렇다고 듣지 않는 것도 아닌 어정쩡한 상태에 빠져들었다. 돌연 여행을 계획했던 이유가 선명하게 떠올랐다. 그는 그것을 감추고 싶었다. 고집스럽게 머릿속에서 쫓아내고 억압했는데도, 그것은 그의 존재 중심부에 그대로 버티고 있었다. 그가 길을 떠난 것은 산을 보기 위해서가 아니었다. 그 여인을 다시 보기 위해서였다. 전에는 멀리서 마차를 향해 '나비 마차야, 왜 이 고장을 헤매고 다니니?'라고 중얼댔지만 지금 그는 이유도 모른 채 고원지대를 쉬지 않고 달리던, 유달리 눈에 띄는 그 마차를 찾고 있었다. 실제로 그 마차는 침울한 외관과 구리로 된 차문 손잡이와 지나치게 장식적인 선들 때문에, 그가 최근에 딱 한 차례 슈고데르에 머무는 동안 교회의 장례 행렬에서 육중한 오르간의 멜로디가 울리는 가운데 보았던 관을 연상시켰다. 그러나 밤색 머리를 한 여인의 눈길이, 그가 이제까지 어떤 사람과 접촉했을 때도 결코 느껴보지 못했던 감미로움과 감동으로 그를 사로잡았던 것은 나비-관-마차의 내부 때문이었다. 그는 살아오는 동안 많은 여인의 눈을 보았다. 강렬한 눈, 수줍어하는 눈, 뇌쇄적인 눈, 섬세한 눈, 간사한 눈, 오만한 눈 등 많은 눈들이 그를 바라보았지만 그런 눈길은 처음이었다. 그녀의 눈은 냉담한 것 같기도 하고 친근한 것 같기도 했으며, 이해력이 풍부한 것 같기도 하고 신비로운 것 같기도 했다. 무심한 듯하면서도 동정어린 것 같은 눈. 그녀의 눈길에는 욕망을 불러일으키는 그 무엇과 함께 사람을 옭아매 먼 곳으로, 삶 너머로, 저세상으로, 차분하게 자신을 돌아볼 수 있게 하는 곳으로 실어가는 무언가가 있었다.

밤(너무도 적은 별들이 검은 가을 하늘을 채우려 애쓰듯이 그가 잠으로 그럭저럭 채우려 애쓰고 있는)이 되어 잠으로 지우려 해도 지울 수 없는 유일한 것이 바로 그녀의 눈이었다. 그 눈은 이 세상의 모든 빛이 소모되었던 천지창조 때에 잃어버렸던 다이아몬드가 되어 그의 내부에 박혀 있었다.

그랬다, 그가 대고원지대를 향해 길을 나섰던 것은 그녀의 그 눈을 다시 보기 위함이었다. 그런데 사람들은 이 혐오스러운 주막 한가운데서, 매캐한 연기 속에서, 다 썩은 이빨을 드러내며 더러운 주둥이로 이 세상에서 가장 진부한 일을 이야기하듯 그녀에 대해 이야기하고 있었다. 그는 불현듯 자리에서 벌떡 일어나, 어깨에서 소총을 내려 그들을 향해 발사했다. 한 번, 두 번, 세 번, 네 번…… 그는 주막 주인뿐 아니라 우연히 그 자리에 있었던 헌병들까지 모조리 쏘아죽이고, 이어 그들을 구하러 달려온 사람들을 쏘았으며, 그곳에서 뛰쳐나가 그를 쫓아오는 사람들을 향해 다시 총을 발사한 뒤, 이어 다른 모든 사람을 향해, 그를 추격하는 모든 마을을 향해, 깃발들을 향해, 지역들을 향해 총을 난사했다……

그러나 모두 그의 상상 속에서 벌어진 일이었다. 사실 그는 일어서서 주막을 나섰을 뿐이었다. 주위의 편도나무 위로 둥실 뜬 밝은 달은 견디기 힘들었다. 그는 한동안 반쯤 눈을 감고 그곳에 그대로 서 있었다. 이유는 알 수 없지만, 몇 년 전 어느 9월의 축축했던 날 도청의 옥수수 창고 앞에 길게 늘어섰던 줄 속에서 들은 한마디가 떠올랐다. "도시 여인들이 입술에 키스해주는 것 같네……"

여행하는 동안 주의가 이리저리 끊임없이 분산되었기 때문에, 그조르그는 자신의 여정이 단속적이며, 불시에 중단됐다가 어느 순간 훌쩍 앞으로 뛰는 것 같은 인상을 점점 더 강하게 받았다. 몇 시간 전에 떠났던 길이나 주막에 여전히 있다고 생각하다가도 정말로 그 길이나 주막에 자신이 다시 와 있는 것을 깨닫고 몇 번이나 놀랐다. 그렇게 시간이 갈수록, 날이 갈수록 그의 정신은 사물의 현실과 동떨어졌으며, 그의 노정은 점점 더 강렬하게 꿈속을 거니는 양상을 띠었다.

그는 이제 더이상 자신이 찾아 헤매는 것이 그 마차라는 사실을 자신에게 그리고 타인에게 숨기지 않았다. 그는 여러 차례 물었다.

"저, 장식선이 제멋대로 생긴 마차 못 보셨나요?…… 글쎄, 뭐라고 설명해야 될지 모르겠지만요……" 그러면 상대방은 이렇게 대답했다. "뭐라고요? 제대로 설명해보세요, 마차가 어떻게 생겼다고요?" "그러니까 보통 마차와는 다른 마차인데요…… 검은색 벨벳에…… 구리로 된 손잡이가 달렸고…… 꼭 관처럼 생겼어요……" 그러면 상대방은 또 이렇게 대답했다. "젊은이, 지금 진지하게 묻는 거요, 아니면 헛소리를 하는 거요? 정신이 약간 나간 것 아니오? 가련한 사람 같으니."

한번은 어떤 사람이 그와 유사한 모양의 마차를 보았다고 대답했으나, 이상하게도 나쁜 날씨에 길을 나서기로 작정한 이웃 지방 주교의 마차로 밝혀졌다.

그들이 내게 그녀에 대해 이야기만 해준다면, 그들이 몽땅 썩은 이를 보이며 불결한 주막에 앉아 있어도 상관없어! 그는 절규했다.

그는 두세 번 마차의 종적을 찾았다고 믿었으나 곧 다시 잃어버렸다. 죽음이 얼마 남지 않았기에 그녀를 만나고픈 마음이 더욱 간절해졌다. 그가 지나는 모든 길은 그녀를 보고 싶은 간절한 바람을 더욱 사무치게 할 따름이었다. 이제 그는 그녀를 향한 사랑 때문에 자신이 시커멓게 타들어가고 있다는 사실을 더이상 숨기지 않았다.

어느 날 그는 암노새를 탄 남자를 보았다. 그는 오로시성의 피 관리인이었으며, 어디로 가는지 알 수 없었다. 얼마간 길을 가다가 그조르그는 정말 피 관리인인가 확인하기 위해 뒤를 돌아보았다. 그런데 같은 순간 상대방도 그의 얼굴을 보기 위해 고개를 돌렸다. 그 사람이군, 그런데 저 사람은 나를 누구로 생각했기에 돌아보는 걸까? 그조르그는 의아해했다.

한번은 사람들이 그가 설명한 특징에 정확하게 들어맞는 마차가 지나가는 것을 보았다고 말했다. 그러나 그 마차는 비어 있었다고 했다. 또 어느 날은 사람들이 그에게 마차의 모든 특징을 아주 정확하게 묘사했으며, 심지어 차창 너머로 어떤 이에게는 밤색으로 보이고 또 어떤 이에게는 다갈색으로 보이던 머리칼을 지닌 아름다운 여인에 대해 말하기도 했다.

적어도 그녀는 아직 이곳 고원지대에 있군. 아직 아래로 내려가지 않았어, 그는 생각했다.

그러는 사이 4월이 쏜살같이 흘러갔다. 여러 날이 쉼없이 오고 갔으며, 그렇지 않다 해도 그에게는 다른 어떤 달보다 짧게 느껴졌을 4월은 점점 짧아져 눈 깜짝할 사이에 사라졌다.

그는 어느 방향으로 가야 할지 판단이 서지 않았다. 이따금 엉뚱한 길에서 시간을 낭비하기도 했고, 또 의식적으로 그런 게 아닌데도 이미 지나간 장소로 되돌아오곤 했다. 잘못된 길로 접어들었을지도 모른다는 의혹이 그를 점점 더 고통스럽게 만들었다. 동강난 4월 속에서 제자리를 맴도는 불행한 몽유병자인 자신에게 남겨진 한줌의 나날이 다할 때까지 그는 영원히 그릇된 방향으로 걸을 것만 같았다.

6

보릅시 부부는 여행을 계속하고 있었다. 베시안은 아내의 옆모습을 살폈다. 그녀는 며칠 전처럼 더욱 매혹적으로 보이는, 다소 창백한 안색에 약간 피로한 표정을 하고 있었다. 사실대로 말하고 싶어하진 않지만 피곤한 모양이군, 그는 생각했다. 사실 여정 내내 그는 아내가 아주 자연스럽게 '아휴, 피곤해!'라고 말하기를 기다렸다. 인내심을 가지고 간절히, 마치 그 말이 피곤에 영약이라도 되는 양 기다렸으나, 그녀는 결코 그런 말을 하지 않았다. 그녀는 창백한 안색에 최소한의 말도 입 밖에 내지 않은 채 길만 바라보고 있었다. 그리고 그녀가 화를 내거나 모욕에 수치스러워할 때에는 늘 읽을 수 있을 것 같았던 눈빛도 이제 그에게는 풀 수 없는 수수께끼로 변해 있었다. 저 눈이 최소한 불편함이나 혹은 더 고약하긴 하겠지만 싸늘한 감정이라도 나타낸다면! 그러나 아니었다. 그녀의 눈 속에는 그와는 아주 다른 것이 있었다. 어떤 의미로는 텅 비어 있었으며, 빈껍데기 외에는 아무것도 남아 있지 않았다.

그들은 나란히 앉아 있긴 했지만 몇 마디 시시한 말을 제외하곤 아무런 말도 나누지 않았다. 이따금 베시안은 둘 사이에 다시금 따사로운 분위기를 불러일으키려고 애를 썼으나, 상태가 더 나빠질까 두려워 다만 은밀하게만 시도해볼 따름이었다. 그러니 무엇보다 가장 고약한 일은 그녀에게 화를 낼 수 없다고 느껴진다는 것이었다. 여자에 대한 경험에 비추어 볼 때, 역정이나 논쟁은 때때로 뇌우가 질식할 것 같은 습기를 순식간에 몰아내듯 출구도 없는 상황을 갑자기 타개할 수 있었다. 그러나 디안의 눈빛에는 임신한 여자의 시선처럼 상대방의 분노에 대해 미리 대비하는 무언가가 있었다. 혹 임신을 한 걸까? 잠시 그는 커다란 목소리로 자문할 뻔했다. 그의 머리는 기계적으로 재빨리 계산했으며, 곧 그 희망은 사라졌다. 베시안은 터져나오려는 한숨을 삼켰으며, 한숨소리가 새어나오지 않도록 신경쓰며 다시 창밖 풍경을 바라보기 시작했다. 날이 어둑해져 있었다.

그는 한동안 그런 기분이었으나, 다시 깊은 생각을 하기 시작하자 정확하게 같은 문제로 돌아왔다. 이 여행이 아무 재미가 없다고 말하기라도 한다면. 실망했다고, 고원지대로 신혼여행을 가자는 그의 계획은 너무도 엄청난 실수였다고, 그러니 여기서 당장 돌아가는 것이 낫겠다고 말하기라도 한다면. 그러나 그녀가 좀더 쉽게 그런 바람을 털어놓을 수 있도록 그가 예정보다 빨리 돌아가는 것을 넌지시 암시했을 때, 그녀는 동조하기는커녕 이렇게 말할 뿐이었다. "당신이 원한다면.

하지만 나를 위해서라면 그러지 마."

물론 여행을 중단하고 돌아가겠다는 생각이 점점 더 자리잡아가고 있기는 했지만, 그의 마음속에는 여전히 무언가 회복될 수 있으리라는 막연한 희망이 남아 있었다. 만일 무언가가 회복되어야 한다면 그들이 이 고원지대에 있을 때 가능할 것이며, 일단 아래로 내려가고 나면 더 이상 아무것도 회복될 수 없으리라는 생각마저 들었다.

이제 어둠이 완전히 깔렸으며, 그는 더이상 그녀의 얼굴을 분간해낼 수 없었다. 그는 두세 차례 창가로 몸을 기울였으나 자신들이 어디에 있는지는 파악하지 못했다. 조금 뒤 달이 길에 밝은 빛을 드리우자 그는 차창에 이마를 기댔다. 차디찬 차창의 진동이 머리에 이어 전신으로 전달됐으나, 그는 한동안 그 자세를 그대로 유지했다. 밝은 달빛을 받은 길은 유리처럼 빛났다. 좌측으로 작은 교회의 실루엣이 움직였다. 이어 물레방아가 나타났다. 이런 황량한 지역에 물레방아가 있다니, 옥수수를 갈기 위해서라기보다는 눈을 녹이기 위한 것 같았다. 그는 의자 위로 아내의 손을 찾았다. 그는 부드럽게 말했다.

"디안, 밖을 봐. 이 길은 베사로 보호되는 길이야."

그녀가 차창으로 얼굴을 가져갔다. 그는 그녀에게 늘 그렇듯 낮은 목소리로 말을 아껴가며 베사의 보호 아래 있는 길이 무엇인지 설명했다. 말이 점점 더 부자연스러워지는 것 같았다. 그나마 달빛을 받아 밝아진 유리창이 그를 도와준다는 느낌이 들었다.

그리고 모든 말이 고갈됐을 때, 그는 디안의 목덜미로 입술을 가져가 수줍게 입을 맞추었다. 달빛이 그녀의 무릎을 몇 차례 스치고 지나갔다. 그녀는 미동도 하지 않았다. 그에게 다가오지도 그렇다고 떨어지지도 않았다. 그녀에게서는 그가 무척 좋아하는 향내가 여전히 은은했다. 그는 터져나오려는 신음을 참기 힘들었다. 무언가가 그녀의 내부에서 터지기를 마지막 희망처럼 바랐다. 그녀가 가볍게라도 눈물을 터뜨리거나 최소한 한숨이라도 짓기를 간절히 바랐다. 그러나 그녀는 완전히 침묵을 지키는 것도 아니면서 침묵하고, 별이 총총한 들판처럼 멀게 느껴지는 이상한 태도를 버리지 않았다. 오, 맙소사, 대체 내게 무슨 일이 벌어진 거지? 그는 스스로에게 말했다.

하늘은 절반 정도만 구름에 덮여 있었다. 말들은 제대로 포장되지 않은 길 위에서 가볍게 종종걸음을 쳤다. 그곳은 '십자가의 길'이었다. 베시안은 차창 너머, 이제는 친숙해진 풍경을 응시하고 있었다. 군데군데, 어떤 때는 가까운 곳에, 또 어떤 때는 먼 곳에 푸르스름한 기체가 서려 있었다. 눈은 벌써 녹기 시작했으나 지표면과 닿은 아래쪽만 그랬고, 그렇게 형성된 빈 공간 위로는 좀처럼 녹기 힘든, 일종의 단단한 껍질 같은 것을 남겼다.

"오늘이 며칠이지?" 디안이 물었다.

그는 다소 놀라 그녀에게 대답하기 전에 잠시 그녀의 얼굴부터 쳐다보았다.

"11일."

그녀는 무슨 말인가 덧붙이려는 것 같았다. 말해, 말을 하라고, 제발 부탁이야! 그는 마음속으로 외쳤다. 그는 타오르는 연기 같은 한줄기 마지막 희망에 매달렸다. 아무 말이라도 좋으니까 말을 하라고!

그가 곁눈으로 살피고 있던 그녀의 입술이 새로운 모양으로, 미처

하지 못한 말을 하기 위해 다시 움직였다.

"우리가 대공의 성으로 가던 날 봤던 그 산악 지방 청년 생각나?"

"그럼, 물론이지." 그가 말했다.

이렇게 자연스럽지 못한 어조로 '물론이지'라고 말하다니, 무슨 꼴이람? 그는 왠지 모르게 자신에게 잠시 연민을 느꼈다. 아마도 어떤 대가를 치러서라도 대화를 지속시키려는 초조감 때문이었으리라. 혹은 아직 무어라 정의할 수 없는 다른 이유에서인지도 몰랐다.

"그에게 허락된 휴전이 4월 중순경이면 끝난다고 했지?"

"응, 그랬을 거야. 그래, 맞아, 4월 중순."

"왜 그 일이 생각나는지 모르겠어. 아무 일도 아닌데." 그녀는 차창에서 눈을 떼지 않은 채 말했다.

"아무 일도 아니지." 그가 그녀의 말을 그대로 받았다.

그 말은 그에게 독이 묻은 반지만큼이나 불길해 보였다. 마음속 한 구석 어딘가에서 화가 치밀어오르려 했다. 이 모든 것을 그렇게 아무것도 아닌 것으로 뭉뚱그리려고? 아무렴, 아무것도 아니지, 그래 봐야 나를 고통스럽게 만들기밖에 더하겠어? 그러나 치솟으려던 노여움은 곧 가라앉았다.

요 며칠 동안 그녀는 두세 차례, 마차가 길에서 지나친 산악 지방 청년들을 보기 위해 불쑥불쑥 뒤를 돌아보곤 했었다. 그는 그녀가 예의 청년을 보았다고 생각해서 그러려니 했으나, 그것에 의미를 두지는 않았다. 그리고 지금 그녀가 직접 입으로 그 청년을 들먹였는데도 별다른 감정이 들지 않았다.

마차가 갑자기 정지하는 바람에 그는 생각의 흐름이 끊기고 말았다.

'무슨 일이지?' 그는 특별히 누군가에게 묻는 게 아니라 혼잣말처럼 말했다.

마차에서 내린 마부가 곧 차창 앞에 모습을 드러냈다. 그는 손으로 길을 가리켰다. 노파가 길가에 웅크리고 앉아 있는 것이 보였다. 그들 쪽을 바라보며 무언가 중얼대는 것 같았다. 베시안은 마차 문을 열었다.

"길가에 할머니가 앉아 계시는데, 걸을 수가 없답니다." 마부가 설명했다.

베시안은 마차에서 내려 뻣뻣한 다리를 풀기 위해 두세 걸음 걸어본 뒤, 손으로 움켜잡고 있던 무릎 중 한쪽을 펴면서 작은 소리로 이따금 신음을 토하는 노파에게로 다가갔다.

"할머니, 무슨 일이십니까?" 베시안이 물었다.

"아, 몹쓸 놈의 신경통 때문이지. 오늘 아침부터 이곳에서 꼼짝도 못 하고 있다네." 노파가 대꾸했다.

그 지역의 다른 여인들처럼 노파는 수놓은 옷에 세모난 머릿수건을 썼으며 그 아래로 잿빛 머릿단이 늘어져 있었다.

"오늘 아침부터 내가 움직일 수 있게 도와줄 사람이 지나가기만 기다리고 있었지."

"어디서 오셨는데요?" 마부가 물었다.

노파는 전방을 모호하게 가리키며 말했다.

"저 아랫마을에서. 그리 멀지는 않아, 큰길가에 있으니까."

"할머니를 모셔다드립시다." 베시안이 말했다.

"고맙네." 노파가 말했다.

베시안은 마부와 함께 조심스럽게 노파의 겨드랑이를 잡아 일으키고 마차까지 데리고 갔다. 디안은 차창 너머로 그들을 바라보고 있었다.

"안녕하시오?" 마차에 오른 노파가 말했다.

"안녕하세요, 할머니?" 디안은 자리를 만들기 위해 떨어져 앉으며 대답했다.

마차가 흔들리자 노파가 말했다.

"참말로 오늘 아침 내내 길 위에 홀로 있었어, 사람이라곤 그림자조차 없더라고. 거기서 그대로 굶어죽는 줄 알았지."

"그래요, 이 길은 인적이 거의 끊긴 것 같아요. 할머니네 마을은 크겠죠?" 베시안이 말했다.

얼굴을 침울하게 일그러뜨리며 노파가 대답했다.

"물론, 큰 마을이지. 아주 커. 그렇지만 그래 봐야 무슨 소용이 있나…… 남정네 대부분이 유폐되어 있는걸. 내가 길가에 홀로 굶어죽을 뻔했던 것도 바로 그 때문이라우."

"피의 일 때문에 유폐된 건가요?"

"그렇지, 젊은 양반, 피와 관련된 일 때문이지. 그렇지만 아무도 이런 일은 못 봤어. 그럼, 그렇고말고. 우리 마을에서 서로 죽이는 일이야 다반사지만, 이렇게까지 된 건 처음이야."

노파는 깊이 숨을 내쉬었다.

"마을에 있는 소총 이백 정 중에서 복수에 쓰이지 않은 것은 고작 스무 정뿐이라네."

"어떻게 그런 일이 있을 수 있나요?"

"젊은 양반, 두 눈으로 직접 보게 될 거요. 마을이 마치 페스트라도 덮쳐온 듯 돌처럼 굳어버렸다오."

베시안은 차창으로 얼굴을 가져갔지만, 마을은 아직 보이지 않았다.

"두 달 전에 이 손으로 직접 조카 녀석을 묻었지. 천사처럼 예쁘게 생긴 녀석이었는데." 노파가 말했다.

노파는 청년에 대해, 또 그가 어떻게 죽었는지에 대해 이야기하기 시작했다. 그러나 노파가 말하기 시작하자 이상하게도 문장 속 단어들의 어순이 바뀌기 시작했다. 그뿐 아니라, 마치 특별히 고통스럽고 힘겨운 공기가 끼어들기라도 한 듯 말 시이의 간격이 변하기 시작했다. 익기 직전의 과일처럼, 노파의 말은 한 상태에서 다른 상태로, 노래의 전주곡으로, 혹은 애가哀歌로 넘어갔다. 노래는 저런 식으로 태어나는 게 틀림없어, 베시안은 생각했다.

그는 이 산악 지방 노파에게서 눈을 뗄 수 없었다. 노래의 전주 상태가 되자 곧 노파의 얼굴에 그에 상응하는 변화가 나타났다. 노파는 눈물을 글썽였으나 눈물을 흘리지는 않았다. 노파의 눈은 더욱 축축해 보였다.

마차는 인적 없는 길 위로 바퀴 소리를 내며 마을로 들어섰다. 마을에는 군데군데 돌탑들이 서 있었으며, 햇살 때문에 오히려 더욱 적막해 보이는 것 같았다.

"저 탑은 슈크렐리가의 탑이고, 그보다 뒤쪽에 있는 저것은 크라스니크가의 탑인데, 양가가 회수해야 할 피가 하도 얽히고설켜 어느 집안이 복수할 차례인지 제대로 알 수도 없어서 양쪽 집안 사람들 모두 자기 탑 속에 틀어박혀 지낸다우. 저 아래 사층짜리 탑은 비트드레크가의 탑인데, 그 집안은 분가가와 보복 관계에 있지. 벽의 절반이 검은 돌로 지어진 분가네 탑은 여기서는 겨우 보일 듯 말 듯 한다오. 그리고 여기 있는 것은 카라카즈가와 도다나즈가의 탑인데, 양가도 복수 관계에 있어. 올봄에 양가의 대문으로 각기 두 개의 관이 나갔지. 저 아래 마주보고 선 다른 탑들은 우카스가와 크리예제즈가의 것인데, 양가의 탑이 서로 사정권 내에 있어서 두 집안은 남정네들뿐 아니라 여인들과 여자애들조차 집밖으로 나갈 엄두를 못 내고 그 위에서만 지낸다우."

노파가 설명하는 피의 이상한 도시화 현상을 살피기 위해 두 사람이 어떤 때는 이쪽 차창으로 또 어떤 때는 반대편 차창으로 몸을 기울이는 동안 노파는 계속 말을 이어갔다. 탑들의 냉혹한 침묵 속에 생명의 징후는 조금도 엿볼 수 없었다. 돌탑들 위로 비스듬히 기우는 엷은 햇살은 비탄스러운 분위기를 한층 두드러지게 만들고 있었다.

그들은 마을 한복판에서 그리 멀지 않은 곳에 내린 후 걸어서 노파를 집까지 데려다주었다. 이어 마차는 주술이 걸린 듯한 돌의 세계를 가로질러 다시 여정에 올랐다. 아, 저 벽들 속에 사람들이 있다니! 수줍은 가슴을 지닌 소녀들과 신부新婦들까지 있다니! 베시안은 생각했다. 한순간 그는 딱딱한 외관 뒤로 끊어질 듯 팽팽하며, 베토벤의 리듬으로 벽을 울려대는 생명의 맥박을 감지한 듯한 느낌이 들었다. 반대로 외부의 벽과 총안, 그리고 그 위로 스치는 희미한 햇살은 아무런 느낌도 주지 않았다. 돌연 그는 속으로 외쳤다. 저런 것이 대체 나와 무슨 상관이지? 아내의 뻣뻣한 태도에나 신경쓰는 게 더 낫지 않을까! 그는 갑자기 속에서 울화가 솟구치는 것을 느꼈으며, 이번에야말로 견딜 수 없는 침묵을 깨고 그녀에게 말을 걸고, 그녀의 태도, 침묵, 수수께끼에 대해 속시원한 해명을 요구할 생각으로 불쑥 고개를 돌렸다.

그가 그렇게 하려는 찰나까지 내몰린 것은 이번이 처음은 아니었다. 열 번 넘게 그는 '디안, 대체 무슨 일이야, 당신이 무엇 때문에 그렇게 번민하는지 이야기해줘' 같은 가장 부드러운 표현으로부터 '염병할, 대체 무슨 일이야' '무슨 염병할 이유로 화를 내는 거야' '염병할, 지옥으로나 꺼져버려!' 등 '염병할'이라는 말이 들어가지 않고는 할 수 없는 가장 거친 말에 이르기까지 여러 개의 말을 연습했다. 그는 이 경우, '염병할'이란 말은 정말이지 다른 단어로 대체할 수 없다고 생각하곤 했다. 그러나 그렇게 벌컥 화를 내면서 진짜로 그런 말을 내뱉을 태세로, 그런 말을 쓰는 것을 당연하게 여기며, 곧바로 언쟁을 벌일 작정으로 떠올린 것은 그로서는 처음 있는 일이었다. 그러나 여느 때처럼 그는 그녀에게 그런 말을 하지 않았을 뿐 아니라, 자신의 실수를 정정하기 위해서, 실수로 인한 결과를 감수하려는 사람처럼 자기 자신을 향해 말을 했다. 여전히 그녀를 향해 고개를 돌리고 있었으나, 그녀에게 거친 말을 퍼붓기는커녕 자문할 따름이었다. 염병할, 내가 어떻게 된 거 아니야?

염병할, 내가 어떻게 된 거 아니야? 그러나 그는 여느 때처럼 대답을 회피했다. 나중에. 나중에, 아마도 기회는 제 발로 찾아올 거야. 여태까지 그는 자신이 왜 설명을 회피하는지 이해하지 못했다. 그러나 이제 이유를 알 것 같았다. 두려움 때문이었다. 어느 겨울 저녁 티라나의 친구 집에서 영교술靈交術을 위한 모임을 가졌을 때, 얼마 전에 사망한 동료의 목소리를 들을 만반의 준비가 되어 있었음에도 느꼈던 두려움과 흡사했다. 그는 이유를 말할 수 없었으나, 마치 연막을 치고 이야기하듯, 그런 식으로만 디안의 태도에 대한 해명을 상상했다.

마차가 그 불길한 마을을 벗어난 지는 이미 오래전이었으며, 그는 자신이 아내와의 대화를 뒤로 미룬 이유는 오직 두려움 때문이라고 거듭 생각했다. 나는 그녀의 대답이 두려워, 두렵다고, 그런데 이 두려움의 실체는 과연 뭐지?

그가 느끼는 죄의식은 여행중 더욱 깊어지기만 했다. 사실 그 죄의식은 훨씬 오래전에 잉태되었으며, 아마도 그가 이 여행을 계획했던 것도 그것으로부터 벗어나기 위해서였을 것이다. 그런데 반대의 일이 벌어졌다. 이제는 디안의 해명이 자신의 죄의식과 어떤 연관이 있으리라는 두려움이 그를 전율케 했다. 아니다, 그녀가 '십자가의 길'을 지나는 동안 침묵을 지키는 것이, 그녀가 미라처럼 입을 꼭 다물고 있는 편이 나았다. 자신을 고통스럽게 만들 수 있는 말을 그녀에게서 듣지 않는 편이 나았다.

길이 군데군데 패어 있어서 마차가 심하게 흔들렸다. 녹은 눈 때문에 형성된 늪지대를 따라 달릴 때, 그녀가 말했다.

"우리 어디서 식사하지?"

그는 놀라서 고개를 돌렸다. 그녀의 간단한 말 한마디가 그의 마음을 따스하게 녹였다.

"식사할 만한 곳이 보이면. 당신 무슨 생각이라도 있어?" 그가 대답했다.

"아니, 아니야…… 다 잘되겠지." 그녀가 대답했다.

그는 그녀를 향해 돌아앉으려 했으나, 곁에 깨지기 쉬운 유리라도 있는 듯 이상한 염려에 사로잡혀 꼼짝도 할 수 없었다.

"우리, 주막에서 밤을 보낼 수도 있을 거야. 당신 생각은 어때?" 그는 말을, 특히 '주막'이라는 단어를 흐리며 분명치 않은 목소리로 말했다.

"당신 좋을 대로."

그의 가슴속으로 따스한 감정이 밀려들어왔다. 이보다 더 간단할 수는 없었다. 여행의 피로나 혹은 여성의 절반이 일상적으로 겪는 일 때문이었는데, 매사를 복잡하게 만드는 그의 습성 때문에 비극이 발생했다고 지레짐작한 것이 아닌가!

"주막에서, 처음 나타나는 주막에서 묵자." 그가 다시 말했다.

그녀는 고개를 끄덕여 동의했다.

그렇게 된다면 정말 좋을 거야, 그는 기쁨에 들떠 생각했다. 그들은 낯선 사람들의 집, 그러니까 그들의 친구의 친구들의 집, 정확하게 말해서 한 친구와, 그와 같은 지방 출신인 친구들의 집을 돌아가며 여지껏 밤을 보냈다. 그들이 원래 알고 있던 사람은 여행 첫날 신세를 진 그 친구가 유일했다. 매일 저녁 거의 같은 일이 반복되었다. 인사를 나누고 거실의 화덕 둘레에 앉아 대화했으며, 날씨와 가축과 행정부에 관한 말을 했다. 이어 온건한 대화를 나누며 저녁을 들고, 커피를 마시고, 이튿날 아침이면 마을의 경계까지 배웅하는 전통적인 전송인餞送人과 함께 집을 나섰다. 결국 이 모든 일이 신부에게는 지루할 수도 있었다.

"그래, 주막이야!" 그가 자신도 모르게 소리쳤다. 길가의 평범한 주막, 바로 거기에 구원이 있었다. 왜 좀더 일찍 생각하지 못했을까? 난 정말 멍청해! 그는 긴장을 풀며 생각했다. 다른 주막처럼 가축냄새가 나고 더러울 것이며, 안락한 분위기를 제공해주진 못할 테지만, 바로 그 빈곤함 덕분에 묵어가는 손님의 행복이 열 배는 더 빛나는 곳, 그런 주막이 그들을 가깝게 해줄 터였다.

그들은 예상보다 일찍 주막에 도착했다. 주막은 '십자가의 길'과 '깃발들의 대로'가 교차하는 황무지 한복판에 있었으며, 그곳 너머로는 마을이 하나도 보이지 않았고 생명의 흔적도 찾을 수 없었다.

"식사 가능합니까?" 베시안이 문턱을 넘어 들어서며 물었다.

반쯤 감긴 눈에 몸짓이 어색한, 키다리 주막 주인은 대답을 어물거렸다.

"차가운 강낭콩 요리는 됩니다."

그는 디안과 여행가방을 든 마부를 보자 조금 활기를 띠었으며, 마차 쪽에서 말 울음소리가 들리자 진짜로 열의를 보였다. 그는 눈을 비비더니 쉰 목소리로 대답했다.

"어서 오십시오, 신사 숙녀 여러분! 치즈를 곁들인 달걀프라이를 해드릴 수 있습니다. 아라크 소주도 있고요."

손님들은 다른 주막처럼 홀 대부분을 차지하는 길다란 떡갈나무 테이블 주위에 앉아 있었다. 구석 바닥에 앉아 있던 산악 지방 주민 두 명이 호기심어린 눈길을 그들 쪽으로 돌리며 힐끔힐끔 곁눈질했다. 젊은 여인이 아기의 요람에 머리를 기댄 채 잠을 자고 있었다. 그녀 근처, 알록달록한 쿠션 위에 라후타가 놓여 있었다.

주막집 주인이 음식을 가져오기를 기다리며 그들은 아무 말 없이 주변을 둘러보았다.

"다른 주막은 훨씬 활기가 넘치는데, 이곳은 아주 조용하네." 디안이 마침내 입을 열었다.

베시안은 시계를 들여다보았다. "그게 낫지 않아? 게다가 이런 시각이라면……" 그의 생각은 다른 데 가 있었으며, 손가락은 끊임없이 식탁을 두드렸다. "그렇지만 이곳은 다른 곳처럼 그렇게 추하진 않군, 그치?"

"응, 특히 외관이 그런 것 같아."

"지붕이 아치 모양이었지, 당신이 좋아하는."

그녀는 고개를 끄덕였다. 여독에도 불구하고 그녀의 표정은 많이 누그러져 있었다.

"오늘 저녁 여기서 잘까?"

이 말을 하면서 베시안은 심장이 조용히 뛰는 것을 느꼈다. 이게 무슨 일이람? 그는 생각했다.

동정이었던 그녀가 처음으로 자기 집에 왔을 때에도 아내인 지금보다 더 감동적이진 않았다. 그녀에게 미쳐가고 있군, 그는 생각했다.

"당신 좋을 대로." 디안이 대답했다.

"뭐?"

그녀가 놀란 듯 그를 바라보았다.

"당신이 나에게 오늘 저녁 여기서 묵고 싶은지 물었잖아!"

"묵고 싶어?"

"응, 물론이지."

좋았어! 그는 요 며칠 사이 그를 고통에 빠뜨린 이 앙증맞은 여인을 껴안아주고 싶었다. 그때까지 느껴보지 못했던 따사로움이 그의 온몸을 감쌌다. 그 많은 밤을 떨어져서 잔 그들은 마침내 인적 끊긴 십자로에 있는 알프스의 외딴 주막에서 함께 자게 될 것이었다. 사실, 일이 이렇게 전개된 것은 행운이었다. 그렇지 않았다면 그는 남자들이 거의 느껴볼 기회가 없는 너무도 귀한 감정을 경험하지 못했으리라. 그는 사랑하는 여인과 첫 포옹을 하던 때와 똑같은 감정을 느꼈다. 그녀가 최근 며칠 사이 하도 먼 존재로 느껴져, 이제 동정이었던 그녀를 다시 만나는 심정이었다. 뿐만 아니라 이 두번째 경험은 한층 더 감미로워 그의 가슴을 더욱 설레게 했다. 불행 속에 좋은 일이 함께 온다는 말은 결코 틀리지 않았다.

그때 뒤쪽에서 누군가 요란스레 다가오는 것이 느껴졌다. 이윽고 그의 눈앞에 필요 이상으로 진한 냄새를 풍기는 둥그런 물체가 다른 세계에서 튀어나온 듯 불쑥 나타났다. 달걀프라이 접시였다.

베시안이 고개를 들었다.

"좋은 방 있습니까?"

"그럼요, 손님. 벽난로도 있는 방인걸요." 주막 주인은 자신 있는 어조로 대답했다.

"그래요? 참 멋지군요!"

주막 주인이 말을 이었다.

"그럼요, 이 지역의 다른 어떤 주막에도 이런 방은 없습니다."

나는 정말 행운아군, 베시안은 속으로 중얼거렸다.

"식사를 마치시면 곧바로 방으로 안내해드리겠습니다." 주막 주인이 말했다.

"좋습니다."

그는 식욕이 없었다. 디안도 그녀 몫의 달걀을 건드리지 않았다. 그녀는 크림치즈를 주문했으나 그것도 접시에 그대로 남겨두었다. 너무 딱딱했기 때문이다. 이어 그녀는 요구르트를 주문했고, 다시 달걀을 주문했다. 이번에는 반숙으로 해달라고 했다. 베시안도 같은 것을 주문했으나 아무것도 입에 넣지 않았다.

점심을 들자마자 그들은 방을 보러 이층으로 올라갔다. 주인에 따르면 고원지대의 다른 모든 주막이 샘을 내는 그 방은, 창문 두 개와 나무 덧문 두 짝이 있는 지극히 소박한 북향 방이었으며, 커다란 침대에는 두툼한 양모 이불이 있었다. 실제로 벽난로도 있었고, 화덕에는 재가 남아 있었다.

"아름다운 방이군요." 베시안은 괜찮겠냐는 눈길로 아내를 바라보며 말했다.

"벽난로에 불을 땔 수 있나요?" 그녀가 주인에게 물었다.

"물론이지요, 부인. 원하신다면 곧장 피우도록 하겠습니다."

베시안은 실로 오랜만에 디안의 눈에 기쁨의 빛이 스치는 것을 본 것 같았다.

주인은 방을 나가더니 얼마 뒤 땔감을 한아름 안고 돌아왔다. 그는 불을 지피는 것이 매우 드문 일인 듯, 서투르게 불을 지폈다. 베시안과 디안은 벽난로에 불을 지피는 광경을 난생처음 보는 듯 나란히 서서 그의 모습을 지켜보았다. 마침내 주막 주인이 방에서 나가자, 아내와 단둘이 남게 된 베시안의 심장은 다시 거세게 뛰기 시작했다. 그는 두세 차례 우윳빛 양모 이불이 덮인 커다란 침대를 바라보았다. 이불은 따뜻한 느낌을 주었다. 디안은 남편에게 등을 보인 채 여전히 불 앞에 서 있었다. 베시안은 낯선 여인에게 다가가는 것처럼 수줍게 두어 발짝 다가가서 그녀의 어깨를 감싸안았다. 팔짱을 끼고 있던 그녀는 그가 그녀의 목덜미에 그리고 입술 언저리에 키스하기 시작했는데도 여전히 꼼짝도 하지 않았다. 이따금 그녀의 뺨에 붉은 불꽃이 어리는 것이 보였다. 마침내, 그의 애무가 더욱 집요해졌을 때, 그녀가 부드럽게 속삭였다.

"안 돼, 지금은 안 돼."

"왜?"

"너무 추워…… 그리고 난 목욕을 해야 해."

"그렇겠군." 베시안은 그녀의 머리칼에 입을 맞추며 말했다. 그는 아무 말 없이 그녀에게서 몸을 떼고는 방에서 나갔다. 잠시 후 계단을 올라오는 활달한 발소리가 그의 즐거운 기분을 그대로 드러냈다. 그는 물이 가득 든 커다란 통을 들고 돌아왔다.

"고마워." 디안은 미소를 지었다.

그는 힘겹게 물통을 불 위에 올려놓은 다음, 몸을 숙이고 정교한 일에 몰두하는 태도로 벽난로의 내부를 세심하게 살펴보았다. 손을 들어 불꽃의 열기로부터 얼굴을 보호하면서 두세 차례 곡예를 하던 그가 마침내 찾던 것을 찾은 모양이었다. "여기 있다!"라고 고함을 질렀던 것이다.

디안도 몸을 숙였다. 대부분의 농가 벽난로처럼 불 위로 삐죽 나와 있는 갈고리의 끝부분이 보였다. 갈고리는 그을음으로 새카매져 있었다. 베시안은 물통을 들어올린 뒤, 벽난로 측면을 잡은 손에 의지하여 갈고리의 홈에 물통을 걸려고 애썼다.

"조심해, 그러다 데겠어!" 디안이 말했다.

그러나 물통은 이미 자리를 잡은 뒤였고, 기분이 아주 좋아진 베시안은 불그레해진 손에 호호 입김을 불었다.

"다쳤어?"

"아, 아무것도 아니야."

그녀는 베시안의 손을 잡았다. 베시안은 수완을 발휘하여 좀더 손을 데지 못해서 유감스러웠다. 심지어, 그녀가 동정만 해준다면 온몸에 불이 붙은들 무슨 상관일까, 하고 생각했다.

누군가 계단을 올라오는 소리가 났다. 가방을 옮기러 온 마부였다. 베시안은 빙그레 미소를 지은 채 마부가 짐을 나르는 것을 바라보면서 땔감, 여행가방, 손가방 등을 들고 계단을 오르내리는 모든 사람이 오직 자신의 행복을 위해 움직이고 있는 것 같다는 생각이 들었다. 그는 더이상 가만히 있을 수 없었다.

"방과 목욕물이 데워질 때까지 내려가서 커피나 마실까?" 그가 제안했다.

"커피? 당신 좋을 대로. 그렇지만 산책을 나가는 것이 더 좋지 않을까? 마차를 타고 오느라고 온몸이 다 뻐근하거든." 디안이 대답했다.

잠시 뒤 그들은 삐걱거리는 계단을 내려왔다. 베시안은 주막 주인에게 산책을 나가니 불을 살펴봐달라고 부탁했다.

"근처에 경치 좋은 곳이 있나요? 찾아가 구경할 만한 곳이오."

"이 근처에 아름다운 곳이 있냐고요?" 주막 주인은 부정의 투로 고개를 저었다. "없는데요, 이곳에는. 이 근방은 거의 사막과도 같습니다."

"아, 그래요?"

"네, 손님. 그렇지만…… 조금만 기다려보세요. 아, 그러고 보니 손님께선 마차를 가지고 계시죠? 그렇다면 사정은 다르지요. 말이 피곤해하지만 않는다면요. 이곳에서 반시간 정도, 말이 피곤한 상태라면 길어야 사십오 분 정도만 가면 '하얀 물'에 닿을 수 있습니다. 그곳에 가면 알프스 호수들을 볼 수 있지요."

"'하얀 물'이 이곳에서 마차로 반시간 거리밖에 되지 않는다고요?" 베시안이 놀라서 물었다.

"네, 손님. 반시간 거리, 최대한으로 따져도 사십오 분 거리에 있습니다. 이곳을 지나는 외지 손님들은 그곳을 빠뜨리지 않고 찾지요."

베시안은 아내를 향해 고개를 돌리며 물었다.

"당신 어떻게 생각해? 물론 마차야 충분히 탔지만, 그곳은 보러 갈 만해. 특히 그 유명한 호수는."

"사람들이 우리에게 그곳의 지리를 가르쳐주었잖아." 그녀가 말했다.

"저 위쪽 호수는 굉장해. 그리고 그 정도 시간이면 방도 따뜻해질 거고……" 그는 잘 알고 있다는 눈길로 그녀를 바라보며 말을 끊었다.

"좋아, 가자고." 그녀가 대답했다.

주막 주인은 마부를 부르러 갔으며, 잠시 뒤 마부가 짜증스러운 기색으로 돌아왔다. 다시 마차에 말들을 매야 했으나, 그는 불평하지 않으려고 조심했다. 베시안은 마차에 오르면서 다시 한번 주막 주인에게 불을 살펴봐달라고 부탁했다. 마지막 순간, 그토록 힘겹게 얻은 주막 방을 그렇게 쉽사리 방치하는 것이 실수가 아닐까 하는 의문이 잠시 들었으나, 즐거운 여행을 하고 나면 디안의 기분이 모든 면에서 훨씬 좋아지리라고 생각하며 곧 마음을 놓았다.

오후의 부드러운 햇살이 광야에 드리워져 있었다. 어디서 나오는지는 알 수 없지만 대기에는 주홍빛이 감돌아 포근한 느낌을 주었다.

"날이 길어지고 있군." 베시안은 마음속으로 빈정대며 말했다. 아,

이것도 이야깃거리랍시고 흥미로운 듯 지껄이다니! 날씨가 좋아…… 날이 길어지고 있어…… 더이상 나눌 이야깃거리가 없는 사람들이 대화의 공백을 메우기 위해 하는 말이었다. 이런 유의 진부한 이야기에 매달려야 할 정도로 우리가 서로에게 타인처럼 되어버렸단 말인가? 그는 아쉬움을 떨치며 생각했다. 아아, 그만. 이걸로 충분해. 이미 엎질러진 물인걸!

반시간 뒤 '하얀 물'이 시야에 들어왔다. 멀리 보이는 탑들은 이끼를 뒤집어쓴 것처럼 보였다. 아직 녹지 않은 눈이 군데군데 눈에 띄었으며, 눈이 녹아 드러난 땅은 눈과 대비되어 한층 검게 보였다.

마차는 마을을 따라 호수를 향해 계속 달렸다. 그들이 마차에서 내려섰을 때 교회의 종소리가 들렸다. 디안이 먼저 멈춰 섰다. 그녀는 어느 쪽에서 종소리가 나는지 알아보기 위해 제자리에서 빙그르르 돌았으나 종탑을 발견하지는 못했다. 침울하게 앞서거니 뒤서거니 펼쳐져 있는 눈덩이와 검은 흙덩이만이 시야에 들어왔다. 그녀는 그것들한테서 등을 돌리고는 남편의 팔에 몸을 기댔다. 그들은 호수들 중 한 곳으로 다가갔다.

"이런 호수가 몇 개나 되지?" 디안이 물었다.

"여섯 개일 거야."

그들은 겹겹의 낙엽층으로 이루어진 두툼한 밤색 카펫 위를 나란히 걸었다. 낙엽은 풍요로 인한 병에 걸린 듯 군데군데가 푹 썩어 있었다. 베시안은 아내가 무슨 말인가 하고 싶어한다는 인상을 받았다. 그녀는 불안해 보였으나, 발아래 낙엽 부서지는 소리가 불안감을 다소 누그러뜨려주었다.

"저기 호수가 또 있네." 전나무숲에서 사주砂洲를 발견한 디안이 불쑥 말했다. 그가 그쪽 방향으로 고개를 돌리는 순간 그녀가 말을 이었다. "베시안, 당신은 앞으로 틀림없이 이곳 산악 지방에 대해 더 나은 글들을 쓰게 될 거야."

그는 마치 견갑골 사이를 물린 듯 고개를 돌렸다. 그는 '뭐라고?' 하고 소리지를 뻔했다. 그러나 마지막 순간에 입을 다물었다. 그런 충고의 말이라면 되풀이하여 듣지 않는 편이 나았다. 누군가가 이마에 하얗게 달군 쇳조각을 갖다댄 느낌이었다.

그녀가 우아하게 말을 이었다.

"이 여행이 끝나면, 당연하겠지만…… 뭔가 좀더 사실적인……"

"그래, 물론이지. 물론이야." 그가 대답했다.

그의 이마에는 여전히 타는 쇳조각이 붙어 있었다. 수수께끼의 한 단면이 드러나려는 모양이었다…… 그녀의 침묵이라는 수수께끼가…… 사실 수수께끼는 결코 하나가 아니었다…… 그는 그녀가 우호와 협정의 대가로, 그들의 새로운 순정의 첫날밤을 치르기 전에 그 말을 하리라고 거의 확신을 갖고 기다렸었다……

"이해해, 디안. 물론 내게는 매우 어려운 일이지만, 이해한다고……" 그는 이상하게도 지친 목소리로 말했다.

그녀가 그의 말허리를 잘랐다.

"이곳은 정말 황홀한 지역이야. 이곳으로 오기를 정말 잘했어!"

베시안은 아무런 생각 없이 계속 앞으로 나아갔다. 그리하여 그들은 두번째 호숫가에 닿았으며, 이어 자신들의 발자국을 따라 돌아왔다. 돌아오는 길에 그는 다시 생각에 몰두하기 시작했다. 그는 그들을 기다리고 있는, 충분히 온기가 올랐을 주막의 벽난로 방에 대한 생각에 점점 더 빠져들었다.

그들은 마차를 남겨둔 장소에 도착했다. 그러나 그들은 마차에 오르는 대신 마을을 향해 걸어가기로 했다. 마차가 그들의 뒤를 따랐다.

길을 걷다가 처음으로 마주친, 머리에 물통을 인 두 여인이 그들을 살펴보기 위해 걸음을 늦추었다. 화려한 경치와는 대조적인 탑들은 가까이서 보니 더욱 침울한 것 같았다. 길과 교회 앞의 작은 광장에는 마을사람들이 몰려 있었다. 이상하게도 방전放電 기호를 연상시키는 검은 선으로 양옆을 두른, 몸에 달라붙는 두꺼운 유백색 양모 바지는 그들의 행동에 여실한 불안감을 그대로 나타내고 있었다.

"무슨 일이 벌어진 모양인데." 베시안이 말했다.

그들은 한동안 무슨 일이 벌어졌는지를 추측해보려 애쓰며 주민들을 관찰했다. 한 가지 분명한 점은 이번 일이 어떤 평화롭고 엄숙한 것과 관계가 있다는 점이었다.

"저곳이 유폐탑 구실을 하는 탑이지?" 디안이 물었다.

"그런 것 같은데."

디안은 다른 탑들과는 조금 떨어져 있는 그 탑을 더 잘 살펴보기 위해 걸음을 늦추었다.

"우리가 보았던 그 산악 지방 청년 있지? 조금 전에 이야기했던 청년 말이야. 휴전이 최근에 끝났다면 그 청년은 저런 탑 속에 숨어 있을 테지?" 그녀가 물었다.

"물론이지." 베시안은 사람들 무리에서 눈을 떼지 않은 채 대답했다.

"그런데 휴전이 막 끝났는데, 살인자가 마을에서 먼 곳에 있다면, 그는 아무 유폐탑에라도 들어가 숨을 수 있어?"

"그럴 거야. 마치 밤이 되어 길에서 처음으로 나타난 주막에 묵는 길손의 경우와 같은 거지."

"그렇다면 그 청년이 이 탑 속에 숨어 있을 가능성도 크겠네?"

베시안은 미소를 지었다.

"그럴 수도 있겠지. 하지만 그렇지 않을 거야. 이런 탑은 많거든. 게다가 우리가 그 청년을 보았던 곳은 이곳에서 아주 멀잖아."

디안은 다시 탑을 향해 고개를 돌렸다. 그는 그녀의 그윽한 눈길에서 은밀한 욕망이 꿈틀대는 것을 본 듯한 느낌이 들었다. 그와 동시에, 작은 무리의 군중 틈에서 자신을 향해 손짓하는 사람을 발견했다. 한 사람은 바둑판무늬 상의를 입고 있었다. 아는 얼굴들이었다.

"저기 누가 있나 보라고!" 베시안은 턱으로 그들을 가리키며 탄성을 올렸다.

"어머, 알리 비낙이네." 디안이 만족감도 거북함도 없는, 아무런 느낌도 실리지 않은 목소리로 말했다.

그들은 광장 한가운데서 다시 만났다. 이번에도 역시 측량기사는 과음한 모양이었다. 한편 의사의 엷은 색 눈과 노쇠하고 뭔가 잔뜩 난 피부는 우울한 심사를 드러내고 있었다. 늘 그렇듯 알리 비낙은 냉정한 표정이어서 속을 거의 알 수 없었지만 그도 침울한 피로감을 느끼는 듯했다. 그 전문가 일행 뒤로 산악 지방 주민 한 무리가 따르고 있었다.

"여전히 고원지대를 여행하고 계십니까?" 알리 비낙이 카랑카랑한 목소리로 그들에게 물었다.

"네, 며칠 더 이곳에 있을 겁니다." 베시안이 대답했다.

"이제 날이 길어졌지요."

"그래요, 4월 중순에 접어들었으니까요. 그런데 이곳에서 무엇을 하고 계시는 겁니까?"

"우리요? 늘 그러듯 이 마을 저 마을로, 이 깃발에서 저 깃발로 돌아다니지요…… 피로 얼룩진 무리의 초상肖像……" 측량기사가 말했다.

"네?"

"아, 나는 그저 이미지로 표현하고 싶었을 뿐입니다…… 그러니까…… 그림에다 비유했다고나 할까요……"

알리 비낙이 냉랭한 눈길로 그를 쳐다보았다.

"이곳에 중재해야 할 일이 있나보죠?" 베시안이 그에게 물었다.

알리 비낙이 고개를 끄덕였다.

"중대한 일이지요!" 측량기사가 다시 끼어들었다. 그는 알리 비낙을 가리키며 말했다. "오늘 내린 결정은 연대기에 남을 만한 겁니다."

"과장할 일은 아닙니다." 알리 비낙이 정정했다.

"과장하는 게 아닙니다. 그리고 이분은 작가이시니, 주인님의 이번 판결을 들을 만하다고 생각합니다." 측량기사가 반박했다.

알리 비낙과 보좌관들을 그 마을에 오게 한 사건은 한꺼번에 여러 사람의 입을 통해, 특히 측량기사의 입을 통해 전달되었다. 그들은 서로 끼어들기도 하고, 보완하기도 하고, 정정하기도 했다. 사건의 전말은 이랬다.

일주일 전, 어느 가족이 임신한 딸을 죽였다. 물론 그들은 곧바로 딸을 유혹한 청년도 죽이러 갔다. 그사이 청년의 가족은 여자가 낳을 뻔했던 아이가 남자아이라는 사실을 알아냈다. 그들은 선수를 쳐서, 비록 청년이 결혼이라는 정상적인 관계를 통해 죽은 여자와 한몸이 됐던 것은 아니지만, 남자아이는 자기 가족의 아이이고, 여자의 가족으로부터 자신들이 모욕을 당했다고 주장했다. 그러면서 청년의 가족은 피를 회수해야 하는 쪽은 자신들이며, 따라서 이제 자신들이 여자의 가족 중 한 명을 죽일 차례라고 주장했다. 그들은 죄를 지은 아들에게 앞으로 닥칠 처벌에 대해 미리 대비시키는 동시에 상대방이 행동에 나서지 못하도록 만들면서 그들 형편대로 평화를 연장시켰다. 여자의 가족이 상대방의 해석에 대해 펄쩍 뛴 것은 자명한 일이었다. 사건은 마을의 원로회에 상정되었으며, 원로회는 그 사건이 결론을 내리기가 매우 힘들다고 판단했다. 불행을 당해 혼란스러웠던 죽은 여자의 부모는 아이가 상대방 집안의 후손일지라도 바로 그 후손이 자기 딸이 죽은 원인이 된 마당에, 자신들이 상대방 가족에게 피를 빚지고 있다는 상대측 판단에 당연히 분노했다. 그들은 다른 해결책을 찾아야 한다고 주장했다. 그러나 상황을 복잡하게 만들었던 것은, 카눈의 규정에 따르면 남자아이는 일단 임신이 되면 아버지 가족의 일원이 되며, 아이의 피는 성인 남자의 피와 동등하게 회수된다는 점이었다. 문제를 해결할 수 없다고 결론을 내린 원로회는 명망 높은 카눈 전문가 알리 비낙을 초청했다.

사건에 대한 검토는 한 시간 전에(우리가 호숫가를 산책했던 바로 그 순간이었군, 베시안은 생각했다) 종료되었다. 카눈과 관계된 모든 사건이 그렇듯, 판결은 지체 없이 내려졌다. 청년의 가족 대표는 알리 비낙에게 말했다. "저들이 왜 나의 밀가루(임신한 아이)를 쏟았는지, 그 이유를 알고 싶습니다." 알리 비낙은 그에게 즉시 대답했다. "당신의 밀가루는 남의 자루에서(결혼하지 않은 여자의 뱃속에서) 무엇을 찾고 있었던 겁니까?" 그렇게 하여 쌍방은 무승부가 되었으며, 모든 피의 회수는 면제된다고 선언되었다.

알리 비낙은 걸출한 판결에 관한 이야기를 창백한 얼굴의 근육 하나 떨지 않고, 이야기 중간에 끼어들지도 않고 무심하게 들었다.

"말할 필요도 없지만, 주인님은 정말 일류예요!" 취기와 경탄으로 두 눈이 축축해진 측량기사가 마침내 입을 열었다.

그들은 마을의 광장을 돌기 시작했다.

"결국 이 사건은, 잘 더듬어보면, 더할 수 없이 단순한 사건입니다. 언뜻 보기에 아무리 비극적으로 보인다 해도 결국은 채무자와 채권자의 관계에 대한 문제니까요." 디안과 베시안 곁에 있던 의사가 말했다.

그는 장광설을 늘어놓기 시작했으나, 베시안은 그의 말에 별로 관심을 기울이지 않았다. 그의 머릿속에는 다른 근심거리가 있었다. 이런 토론이 디안에게 나쁜 영향을 미치지 않을까 하는 것이었다. 지난 이틀 동안 그들은 이런 유의 주제는 접어두었으며, 그리하여 간신히 그녀의 얼굴이 어느 정도 밝아지기 시작했었다.

"당신은 어떻게 이 고원지대에 머물게 되었나요? 당신은 의사 아닌가요?" 그는 대화의 주제를 바꾸기 위해 물었다.

상대방은 쓴웃음을 지었다.

"전에는 그랬지요. 그러나 지금은 완전히 다른 사람이 되었습니다."

그의 눈길에는 깊은 슬픔이 배어 있었으며, 베시안은 그의 엷은 색 눈이, 심지어 언뜻 보기에는 바랜 듯한 빛깔의 그 눈이 다른 눈보다도 내면의 고통을 더 잘 드러낸다고 생각했다.

의사가 말을 이었다.

"나는 오스트리아에서 외과학을 전공했습니다. 왕국이 처음이자 마지막으로 파견한 장학생 무리의 일원이었지요. 학생들 대부분이 유학에서 돌아오면 어떤 종말을 맞는지에 대해선 이야기를 많이 들었을 줄로 압니다. 그러니까 나는 그런 부류 중 하나죠. 절망의 수렁에 빠졌습니다. 병원은 부족했고, 의사로서 직업을 영위할 가능성도 전혀 없었으니까요. 한동안 실업자 생활을 했는데, 우연히 티라나의 카페에서 저 사람—그는 측량기사를 턱으로 가리켰다—을 알게 되었고, 그가 내게 이 신기한 일을 제안했던 겁니다."

"피로 얼룩진 무리의 초상…… 당신은 피가 있는 곳에서 늘 우리를 발견하게 될 겁니다!" 그들에게로 다가와 대화를 듣던 측량기사가 다시 그 표현을 끄집어냈다.

의사는 그의 말을 무시하는 것 같았다.

"그러면, 의사이기 때문에 당신이 알리 비낙의 일에 필요한 겁니까?" 베시안이 물었다.

"물론이지요. 그렇지 않다면 나를 데려오지 않았을 겁니다."

베시안은 그의 대답이 의외라고 받아들였다.

의사가 말을 이었다.

"그 점은 결코 놀랄 게 없습니다. 관습법에 따른 판결에는 피의 사건, 특히 부상이 발생했을 경우 의학적 기초 지식을 갖춘 자가 반드시 참석하도록 되어 있습니다. 물론 외과의의 치료가 필요한 것은 아닙니다…… 내 입장에서 정말 웃지 못할 일이라면, 초보적인 인체해부학 지식을 소유한 자라면 누구라도 좋다고까지는 말할 수 없어도, 간호사

중에서 가장 하급이라 할지라도 너끈히 해낼 수 있는 일을 내가 하고 있다는 점이라고 할 수 있지요."

"초보적인 지식이라…… 그거면 충분합니까?"

의사는 다시 한번 쓰디쓴 미소를 지었다.

"무엇보다도 민망한 것은, 당신이 내가 이곳에서 상처의 처치와 치료를 담당하리라고 믿고 있다는 점이지요."

"물론입니다…… 하지만 방금 설명한 바에 의하면 당신은 의사로서의 경력을 포기해야 했다고 이해했는데요, 어쨌든 당신은 상처를 치료할 수 있지 않습니까?"

의사가 대답했다.

"아니요, 그렇지 않습니다. 실제로 그렇다면야 덜 불행하겠지요. 그러나 그런 일은 절대로 맡지 않습니다. 이해하시겠습니까? 내가 하는 일은 그런 일이 아닙니다! 산악 지방 주민들은 늘 상처를 자가 치료해왔습니다. 아라크 소주와 담배 등을 이용해서 말입니다. 이를테면 총알로 총알을 빼내는 것 같은 가장 원시적인 방법이지요. 오늘날에도 여전히 그렇게 하고 있습니다. 그들은 의사의 진료를 받으려 하지 않습니다. 그러므로 나는 이곳에 의사의 업무와는 상관없는 일로 와 있는 겁니다. 이해하시겠습니까? 이곳에 의사로서 와 있는 것이 아니라, 배석자로서 와 있는 겁니다. 이상하게 생각되나요?"

베시안이 대답했다.

"그렇게 이상해 보이진 않습니다. 나도 카눈에 대해 조금은 알고 있고, 그러니 당신이 어떤 일을 할지 추측해볼 수 있으니까요."

의사가 퉁명스러운 말투로 설명에 나섰다.

"상처의 수를 세고, 심한 정도를 평가하는 일이지요. 그 외의 일은 전혀 하지 않습니다."

처음으로 베시안은 상대방이 흥분했다는 인상을 받았다. 그는 디안을 향해 고개를 돌렸으나 그들의 눈은 마주치지 않았다. 이런 대화가 그녀에게 좋은 영향을 미치지 않을 게 분명했다. 그렇다면 안된 일이군. 어쨌거나 이런 대화가 가능한 한 빨리 끝나 이곳에서 떠날 수 있게 되면 좋으련만, 그는 생각했다.

"당신도 아시겠지만, 카눈에 따르면 부상을 입힌 경우 벌금으로 배상해야 합니다. 부상 부위의 벌금은 각기 따로 지불되며, 값은 부상 부위가 신체의 어느 부분이냐에 따라 달라집니다. 예를 들면 머리에 부상을 입힌 경우에는 몸통에 입힌 경우보다 배상금이 두 배 많고, 몸통의 부상도 허리 위냐 아래냐에 따라 다시 두 군으로 나뉩니다. 다른 분류법을 고려하지 않는다면 말입니다. 배석자로서의 임무는 단지 그런 부상의 수와 부위를 결정하는 겁니다."

그는 자기 말에 대한 반응을 확인하고 싶은 듯 우선 베시안을 쳐다보고 이어 그의 아내를 쳐다보았다.

그가 말을 이었다.

"판결하는 입장에서 보자면, 부상은 살인보다 훨씬 많은 문제를 야기합니다. 잘 아시겠습니다만, 카눈의 규정에 따르면 부상이 돈으로 배상되지 않을 경우 피를 절반 회수한 것으로 간주됩니다. 그러므로 부상을 당한 남자는 절반은 죽은 것으로, 즉 절반은 유령으로 간주됩니다. 요컨대 누군가가 한 가족의 두 사람에게 부상을 입혔다면, 혹은 동일한 사람에게 두 차례에 걸쳐 부상을 입혔다면, 그리고 그가 두 부상 부위 각각에 대해 배상하지 않았다면, 그로써 그는 전체의 피, 한 사람의 생명을 빚진 자가 됩니다."

의사는 그들에게 그의 말을 소화할 시간을 주기 위해 잠시 침묵했다가 다시 말을 이었다.

"이 모든 일은 복잡다단한 문제를 낳는데, 주로 경제적인 측면에서 그렇습니다. 당신의 눈이 휘둥그레졌군요? 두 군데의 부상에 상응하는 배상금을 지불할 능력이 없어서 인명으로 빚을 청산하고자 하는 가정들이 있습니다. 그런가 하면 권리를 지키기 위해, 즉 일단 상처가 치료된 후 희생자를 죽이겠다며, 파산을 무릅쓰고 동일한 희생자에게 스무 번이라도 배상금을 지불하겠다는 집들도 있고요. 이상하지요? 그러나 일이 아주 잘된 경우도 있습니다. 제가 알고 있는 '검은 라빈'가의 한 사람은 적들로부터 몇 차례 입은 부상에 대한 배상금으로 몇 년 동안 가족을 부양해오고 있지요. 그는 여러 차례 죽음의 고비를 넘겼어요. 그렇게 받은 훈련 덕분으로 그는 총알이 어떻게 날아와도 치명상은 피할 수 있다고 확신하고 있습니다. 그러니 그는 세상에서 최초로, 어떤 의미로는 새로운 밥벌이를 발명해낸 거지요. 부상으로 먹고사니까요."

"끔찍하군요!" 베시안이 중얼댔다. 그는 디안을 향해 고개를 돌렸다. 그녀의 안색이 한층 창백해진 것 같았다. 그는 이 대화가 가능한 한 빨리 끝나길 바랐다. 주막의 방과 벽난로, 그리고 벽난로 고리에 걸려 있는 뜨거운 물 등이 그보다 더 멀게 느껴질 수가 없었다. 출발해야지, 그는 다시 생각했다. 가능한 한 빨리 이곳에서 떠나도록 하자!

광장에는 사람들이 삼삼오오 흩어져 있었으며, 디안과 그만이 의사와 함께 있었다.

"아시겠지만," 의사가 말을 이었다—베시안은 그의 말을 가로막고, 나는 아무것도 아는 게 없으며 알고 싶은 것도 없습니다! 하고 말하려 했다—"카눈의 규정에 따르면, 두 남자가 총구를 들이대고 서로 상대방을 쏘았는데 한 명만 죽고 다른 한 명은 부상만 입었을 경우, 부상을 당한 측이 차액을 지불하지요. 일종의 피의 잉여금이라고나 할까요? 내가 처음에 지적했듯이, 반半신화적인 장치 아래에서 경제적인 측면을 찾아보아야 할 때가 왕왕 있습니다. 선생은 아마도 나를 추잡하다고 비난하실 테지요. 그러나 오늘날 피는 다른 모든 것처럼 상품으로 변질됐습니다."

베시안이 반박했다.

"그렇지 않습니다! 그런 생각은 다소 단순화된 시각에서 비롯된 겁니다. 물론 많은 현상을 설명할 때 경제적인 측면이 한몫하긴 합니다. 그러나 지나치게 그런 측면으로 따지고 들면 안 됩니다. 말이 나왔으니 말인데, 왕국의 검열에 걸려 배포 금지된, 복수에 관한 기사를 쓴 사람이 당신이 아니었는지 묻고 싶군요."

의사가 퉁명스럽게 대꾸했다.

"아닙니다. 그것에 관한 자료를 제공해준 적은 있지만 기사를 쓰지는 않았습니다."

"그 기사에서 '피는 상품으로 변질됐다'는 주장을 읽은 기억이 나는데요."

"그거야 두말할 것 없는 사실이지요."

"당신은 마르크스를 읽었나요?" 베시안이 물었다.

상대방은 아무 대꾸도 하지 않고 베시안의 얼굴을 찬찬히 살폈다.

그는 이렇게 말하려는 것 같았다. '그런 질문을 하는 너는 읽었나?'

베시안은 은밀하게 디안의 옆얼굴을 살폈다. 그는 의사에게 반대 의사를 분명히 밝혀야겠다고 생각했다.

"내가 보기엔, 오늘 판결했던 살인에 대한 당신의 설명도 지나치게 단순하다고 생각합니다." 그렇게 말하면서 그는 의사를 반박할 새로운 근거를 찾으려 했다.

"결코 그렇지 않습니다. 이미 신생에게 말했고, 또 반복하거니와, 오늘 판결이 내려진 사건은 오직 채무 없음을 인정하는 일만이 문제였습니다." 의사가 말했다.

"그래요, 물론 빚의 문제였지요. 그러나 피의 빚이 문제였습니다."

"피의 빚이든, 보석의 빚이든, 옷감의 빚이든 중요하지 않습니다. 그것은 빚의 문제였을 뿐, 다른 어떤 문제도 아니었습니다."

"결코 같은 문제가 아닙니다!"

"완전히 같은 문제입니다."

의사의 말투가 날카로워져 있었다. 그의 병약한 살갗은 벌겋게 달아올라 흡사 불이 붙은 것 같았다. 베시안은 모욕을 당한 기분이었다.

"그건 지나치게 순진한 설명입니다. 파렴치하다고까지 말할 수 없다면 말입니다." 그가 말했다.

의사가 차가운 눈으로 대꾸했다.

"순진한 건 선생이오. 순진하고 파렴치한 것은 선생과 선생의 예술이란 말이오!"

"언성을 높일 이유가 어디 있습니까?" 베시안이 말했다.

"난 원한다면 고함이라도 지를 거요, 목이 터지게 말이오!" 그러나 의사는 목소리를 낮추어 대꾸했다. 그의 입에서는 거친 숨소리가 새어 나왔고, 목소리는 한층 위협적으로 들렸다. "당신의 책, 당신의 예술에서는 범죄의 냄새가 나오. 불행한 산악 지방 주민들을 위해 무엇을 하기는커녕, 당신은 관객이 되어 그들의 죽음을 구경하고, 재미있는 소재나 찾고 있소. 당신의 예술을 살찌우기 위해, 미美를 찾기 위해 당신은 이곳에 왔소. 십중팔구 당신이 좋아하지 않을 어떤 젊은 작가가 지적했듯이, 당신은 그것이 살인의 미학이라는 점을 보지 못하오. 당신은 내게 러시아 귀족들의 궁전에서 상연되던 연극을 연상시키오. 그곳의 무대는 연기자 수백 명이 공연할 수 있을 만큼 넓은 반면, 객석은 오직 왕가만 수용할 수 있는 크기요. 당신이 나에게 연상시키는 것이 바로 그 귀족들이란 말이오. 한 민족 전체를 피비린내나는 연극을 공연하도록 몰아넣고는, 당신은 귀부인들과 함께 박스석에서 연극을 관람하는 거요!"

그 순간 베시안은 디안이 없어졌다는 사실을 알아챘다. 그는 당황해하며 그녀가 그녀 곁에 바짝 붙어 있던 측량기사와 함께 앞서 걷고 있을 것이라고 생각했다.

"그렇다면 좋습니다. 개인적으로 그런 생각을 가진 당신이, 의사인 당신이, 그런 식으로 이 일을 이해한다고 주장하는 당신이, 왜 이 연극에, 이 기만적인 일에 참여합니까? 어째서 당신은 이것으로 밥벌이를 하느냔 말입니다." 그가 대꾸했다.

"나에 관한 한 당신의 말은 전적으로 옳소. 나는 실패한 불쌍한 남자일 뿐이오. 그러나 적어도 나는 내가 어떤 놈인지 인식하고 있으며 책으로 세상에 해악을 끼치지는 않소." 의사가 말했다.

베시안의 눈은 다시 디안을 찾았으나 허사였다. 어떤 면에서는 그녀가 이런 불건전한 말을 듣지 않는 편이 더 나았다.

의사는 여전히 말하고 있었고, 베시안은 그의 말을 들으려 애쓰고 있었다. 그러나 입을 여는 순간, 그는 그에게 말을 건네는 대신, 자기 자신에게 이야기하듯 말했다.

"이 여자가 어디로 갔을까?"

이제 그의 눈은 교회 광장을 느린 걸음으로 끊임없이 오가는 사람들 중에서 아내를 찾고 있었다.

"디안!" 그는 어쨌거나 그녀의 이름을 불러보았다.

몇몇 사람이 고개를 돌려 그를 바라보았다.

"호기심으로 교회에 들어갔거나, 화장실에 가려고 가정집에 들어갔을지 모릅니다." 의사가 말했다.

"그럴지도 모르죠."

그들은 계속 걸었으나, 베시안은 내심 불안했다. 주막을 떠나지 않는 건데, 그는 생각했다.

"죄송합니다. 내가 도를 지나쳤던 것 같습니다." 의사가 어조를 누그러뜨리며 말했다.

"괜찮습니다. 그나저나 내 아내는 대체 어디로 갔을까요?"

"걱정하지 마십시오. 이 근방에 있을 겁니다. 그런데 어디 안 좋으십니까? 안색이 창백하군요."

"아닙니다, 아니에요, 아무것도."

베시안은 의사의 손이 그의 팔을 붙잡는 것을 느꼈다. 그는 팔을 빼고 싶었으나 참았다. 아이들이 알리 비낙과 측량기사가 있는 선두 무리 주위를 돌고 있었다. 베시안은 입맛이 쓰디썼다. 알리 비낙은 실제보다 더욱 창백해 보였다. 호수…… 그는 한순간 생각을 더듬었다. 가짜 금박이라도 입힌 듯한 썩은 낙엽으로 된 낡은 카펫……

그는 알리 비낙 일행을 향해 성큼성큼 걸어갔다. 디안은 물에 빠졌을까? 아직 그들과 거리가 있는 그는 생각했다. 그들의 표정은 굳어 있었다. 그들의 표정에서 그를 안심시킬 수 있는 것이라고는 하나도 찾을 수 없었다.

"무슨 일이 생겼나요?" 베시안은 겁에 질린 목소리로 물었다. 그러고 나서 그는 무엇 때문인지 깨닫지도 못한 채, 아마도 그들의 표정 때문이었겠지만, '내 아내에게 무슨 일이라도 생겼나요?'라고 묻는 대신 "내 아내가 무슨 일이라도 저질렀나요?"라고 물었다.

이상하리만큼 앙다문 그들의 입에서 어렵사리 대답이 흘러나왔다. 베시안이 그들의 말을 이해할 때까지 그들은 그에게 두세 차례 같은 말을 반복해주어야 했다.

"당신의 아내가 유폐탑에 들어갔습니다."

대체 무슨 일이 벌어졌단 말인가? 사람들은 당시에도, 그 이후에도, 그들이 본 것을 이야기하면서(사람들은 단번에 그것이 현실적인 면모와, 동시에 실제의 삶과는 단절된 뭔가 안개가 서린 듯한 모호한 면모를 지닌 사건, 즉 전설이 되는 사건 중 하나임을 직감했다) 이방인이 한 번도 발을 들여놓은 적이 없는 탑에 어떻게 젊은 도시 여인이 들어가는 데 성공했는지 정확하게 설명하지를 못했다. 그리고 그녀가 탑에 들어갔다는 사실보다 더 한층 믿기지 않는 일은 아무도 그 장면을 보지 못했다는 것, 사람들이 그녀가 무리에서 떨어져나와 근방을 헤매는 것을 보았는지도 모르지만 몇몇 아이들을 제외하고는 누구도 그녀의 행방에 주의를 기울일 만큼 관심을 쏟지 않았다는 점이었다. 그녀가 어떻게 그곳까지 갔으며, 어떻게 그곳으로 들어가는 데 성공했는지에 대한 질문을 받는다면, 그녀 자신조차 어떻게 그렇게 되었는지 설명하기 어렵지 않을까? 몇 마디나마 고원지대에 대해 그녀가 했던 말로 판단해보건대, 그녀는 아마도 그 순간 완벽한 초월의 경지, 그러니까 탑에 들어간다는 생각만이 아니라, 그 문까지 걸어간다는 것도 대단찮은 일로 보이게 만드는 일종의 무중력상태를 겪은 것 같았다. 게다가 무중력상태의 가벼움이 총체적 조심성을 흩뜨리는 데 기여하고, 그녀로 하여금 운명의 한 걸음을 떼게 했을 가능성을 배제할 수 없었다. 실제로, 이제 사람들이 기억이 난다고 믿는 것처럼 그녀는 불빛으로 날아드는 나방과도 같은 가벼움으로 무리로부터 벗어나 탑으로 다가갔던 것이다. 그녀는 어떤 의미로는 날아갔다. 바람에 날리는 낙엽처럼 날아서 그곳에 들어섰거나 혹은 그 문턱에 떨어진 것이다……

베시안은 잔뜩 공포에 질린 얼굴로 마침내 무슨 일이 벌어졌는지를 이해했다. 그가 처음으로 취한 행동은 아내를 나오게 하기 위해 그곳으로 뛰어가는 것이었다. 그러나 몇몇 억센 손들이 그의 두 팔을 붙잡았다.

"놓으시오!" 그는 거친 목소리로 고함을 질렀다.

사람들의 얼굴이 꿈쩍도 않는 돌벽처럼 그의 얼굴 앞에 늘어섰다. 납빛이 된 알리 비낙의 얼굴이 그들한테서 떨어져나왔다.

"나를 놓아주시오!" 알리 비낙이 그를 잡고 있는 건 아니었지만, 그는 그를 향해 말했다.

"진정하시오, 선생. 선생은 저곳에 들어갈 수 없습니다. 저곳에는 아무도 들어갈 수 없습니다. 사제를 제외하고는요." 알리 비낙이 그에게 말했다.

"그렇지만 내 아내가 저 안에 있단 말입니다! 남자들 틈에 홀로 있단 말입니다……" 베시안이 버럭 고함을 질렀다.

"그렇습니다, 그러니 손을 써야 합니다, 그러나 선생이 직접 그곳에 들어갈 수는 없습니다. 그들이 선생을 쏠 위험이 있습니다. 내 말 이해하시겠습니까? 그들이 당신을 죽일 수 있습니다."

"그렇다면 사제를 불러주시오, 저 안에 들어갈 수 있는 사람이라면 누구든 부르란 말입니다!"

"이미 신부님께 알렸습니다." 알리 비낙이 대답했다.

"저기 신부님이 온다!" 사람들이 소리쳤다.

사람들이 그들 주위에 우르르 몰려와 있었다. 휘둥그레진 눈으로 쳐다보는 마부의 모습이 보였다. 그는 명령이 떨어지기만을 기다리고 있었다. 그러나 베시안은 그에게서 시선을 돌렸다.

"물러서시오!" 알리 비낙이 명령조로 소리쳤다. 사람들은 몇 걸음만 뒤로 물러섰을 뿐, 그 상태에서 꼼짝도 하지 않았다.

사제가 숨을 헐떡이며 다가왔다. 눈밑이 축 처진 무기력한 얼굴을 한 사제는 몹시 불안해 보였다.

"여자가 들어간 지 얼마나 됐습니까?" 그가 물었다.

알리 비낙은 심문하는 듯한 태도로 그의 주변을 둘러보았다. 몇몇 사람이 동시에 입을 열었다. 어떤 사람은 반시간 전이라고 하고, 또 어떤 사람은 한 시간 전이라고 하고, 또다른 사람은 사십오 분가량 됐다고 말했다. 대부분의 사람들은 어깨만 으쓱할 뿐이었다.

알리 비낙이 말했다.

"그건 중요하지 않습니다. 중요한 것은 이제부터 취할 행동입니다."

사제와 알리 비낙은 의논에 들어갔다. "그럼 신부님과 함께 가겠습니다." 베시안은 알리 비낙이 하는 말을 들었다. 그는 얼마간 용기를 되찾았다. 군중 속에서 "신부님이 알리 비낙과 함께 가신다"라고 말하는 소리가 들렸다.

사제가 앞장서고 알리 비낙이 그 뒤를 따랐다. 얼마간 걷다가 알리 비낙이 고개를 돌리더니, 운집한 구경꾼들에게 말했다.

"아무도 가까이 오지 않도록 하시오! 그들이 불을 지를 가능성이 있습니다."

베시안은 사람들이 여전히 그의 팔을 붙잡고 있는 것을 느꼈다. 대체 내게 무슨 일이 벌어진 거지? 그는 속으로 절규했다. 그의 눈에는, 지구 전체가 텅 비어 있었다. 지표면에는 오직 걷고 있는 두 사람, 사제와 알리 비낙의 실루엣과 그들이 향하는 유폐탑 말고는 아무것도 남아 있지 않았다.

주위 사람들의 말소리는 마치 저세상에서 불어오는 바람처럼 멀리서 웡웡댔다. "그들은 신부님을 쏠 수 없어. 카눈에 의해 보호되고 있으니까. 하지만 알리 비낙은 쏘지 않을 이유가 없지." "아니야, 나는 그들이 그에게도 총을 쏘지 않을 거라고 생각해. 그들은 모두 알리 비낙을 알고 있다고."

두 남자가 유폐탑을 향해 절반쯤 다가갔을 때, 갑자기 디안이 탑의 문을 통해 밖으로 나왔다. 베시안은 그 순간 벌어진 일을 뚜렷하게 기억할 수 없었다. 단지 그녀에게 달려가기 위해 안간힘을 썼던 일, 그러자 누군가 그의 팔을 와락 잡았던 일, "그녀가 탑에서 좀더 멀리 떨어질 때까지, '하얀 돌들'에 이를 때까지 기다리세요"라던 누군가의 목소리만 기억날 따름이었다. 이어 그의 눈앞에 의사의 모습이 스치듯 나타났다. 그는 다시 몸을 빼내려고 시도했다. 그러자 그를 진정시키려 애쓰는 사람들의 말소리가 들렸다.

마침내 디안은 '하얀 돌들'에 도달했고, 베시안을 잡고 있던 사람들은 그를 놓아주었다. 그러나 어떤 사람은 이렇게 말하기도 했다. "놓아주지 마, 그녀를 죽일 거야!" 디안의 얼굴은 백지장처럼 하얬다. 그녀의 얼굴에는 공포도 고통도 수치심도 나타나 있지 않았으며, 다만 겁이 날 정도로 멍한 느낌뿐이었다. 특히 그녀의 눈이 그랬다. 베시안은 불안해하며, 그녀의 옷에 찢어진 흔적이 있는지, 입술이나 목에 멍든 흔적이 있는지 훑어보았다. 그런 흔적이 하나도 없다는 것을 알기 전까지는 결코 마음을 놓을 수 없었다. 그러나 그보다 더욱 참기 힘들었던 것은 그녀의 공허한 눈이 그녀가 상처를 입었다는 사실을 의미하는지도 모른다는 점이었다.

그는 폭력이 가미되지 않은, 그러나 따뜻함 또한 찾아볼 수 없는 몸짓으로 그녀의 팔을 잡고 앞장서서 마차로 끌고 갔으며, 그들은 아무 말도 없이, 누구에게도 인사말을 건네지 않고 차례로 마차에 올랐다.

마차는 한길을 전속력으로 달렸다. 얼마나 그렇게 달렸을까. 일 분? 한 세기? 베시안은 마침내 아내를 향해 고개를 돌렸다.

"왜 말을 하지 않는 거야? 무슨 일이 벌어진 건지 왜 설명하지 않는 거야?"

그녀는 텅 빈 시선으로 정면을 응시한 채 의자에 웅크리고 앉아 있었다. 그는 격렬하게 그녀의 팔꿈치를 잡아챘다.

"말을 해! 그 안에서 무슨 일이 있었어?"

그녀는 아무런 대답도 하지 않았으며, 그가 비틀듯이 꽉 잡고 있는 팔을 빼내려고도 하지 않았다.

그녀가 왜 그곳에 갔을까? 그는 마음속 깊이 절규했다. 눈으로 직접 무시무시한 비극의 장소를 보기 위해서? 나에게 상처를 주려고? 혹은 그 산악 지방 청년, 그조르그…… 그조르그를 찾기 위함이었나?…… '탑마다 돌아다니며 내 너를 찾으리……'였단 말인가? 정말 그렇단 말인가?

그는 이 모든 의문을, 단어만 조금 바꾸었을 뿐 여전히 같은 내용을 담아 큰 소리로 물었다. 그러나 그녀의 입에서 대답은 나오지 않았다. 그러나 그는 이 모든 것이 그녀의 행동의 동기였다고 확신했다. 갑자기 그는 살아오면서 한 번도 느낀 적이 없는 피곤을 느꼈다.

밖에는 저녁 어스름이 깔리고 있었다. 곧 석양과 안개가 길을 덮었다. 한순간 그는 차창 너머로 나귀를 탄 남자를 본 듯한 느낌을 받았다. 베시안이 누군지 알아보았다고 믿은, 창백한 얼굴의 길손은 한동안 그들의 뒤를 쫓아왔다. 어둠 속에서 피의 관리인은 어디로 가고 있단 말인가? 그는 생각했다.

그러면 나는, 나는 어디로 가고 있나?

잠시 뒤 그는 자신에게 같은 질문을 던졌다. 이 낯선 고원지대에 홀로, 유령들이 들끓는 석양 속에서, 나는 어디로 가고 있나……?

반시간 뒤 마차는 주막 앞에 정차했다. 그들은 차례로 나무 계단을 올라 방으로 들어갔다. 여전히 불은 타오르고 있었으며, 틀림없이 주인이 물을 더 채워넣었을 물통은 검게 그을린 채 여전히 그 자리에 매달려 있었다. 석유 등잔 하나가 희미한 불빛을 드리우고 있었다. 그들 중 누구도 불이나 물통에 관심을 기울이지 않았다. 디안은 옷을 벗고 침대에 반듯하게 누워, 등잔불 빛을 피하기 위해 팔로 눈을 가렸다. 베시안은 어깨에서 흘러내린 비단 속옷 끈이 걸린 디안의 아름다운 팔이 얼굴 상단부를 가리고 있는 모습을 보기 위해 이따금 돌아볼 뿐, 유리창에 시선을 고정한 채 창가에 서 있었다. 반半장님인 폴리페모스*들이 그녀에게 무슨 짓을 했단 말인가? 그는 자문했다. 그리고 인간 존재 전부를 채울 수 있는 문제가 바로 이것이라고 생각했다.

그들은 그날 밤, 그리고 다음날 아침에도 문밖출입을 일절 하지 않고 주막에 머물렀다. 주막 주인은 그들이 벽난로에 불을 지펴달라고 부탁하지 않는 것을 놀라워하며 그들에게 먹을 것을 가져다주었다.

이튿날 아침(그날은 4월 17일이었다) 마부는 마차에 가방을 날라다 실었으며, 그들 둘은 주막 주인에게 돈을 지불한 뒤 차갑게 인사를 하고 길을 떠났다.

그들은 고원지대를 떠났다.

* 그리스신화에 등장하는 외눈박이 거인.

7

4월 17일 아침, 그조르그는 브레즈프토흐트로 가는 길에 있었다. 새벽부터 쉬지 않고 걸었고, 베사가 정오에 끝나는데도 불구하고, 브레즈프토흐트까지 가려면 적어도 하루는 더 필요할 것 같았다.

구름이 하늘을 잔뜩 뒤덮고 있긴 했으나 구름층 위로 태양의 위치를 어림잡을 수 있었기 때문에, 그조르그는 고개를 들어 태양이 어디에 있는지 확인했다. 그는 정오가 멀지 않았다고 생각하며 다시 한길 쪽으로 눈길을 돌렸다. 눈이 부신 탓인지 길 위에 온통 붉은빛이 흩뿌려져 있는 듯한 느낌이 들었다. 그는 계속 걸으면서 베사가 종료되는 시점이 저녁이기만 해도, 걸음을 재촉한다면 한밤중에는 집에 도착할 수 있으리라고 생각했다. 그러나 대부분의 휴전이 그렇듯 그의 휴전도 정오에 종료되었다. 베사의 혜택을 받고 있는 자가 베사가 종료되는 당일에 죽임을 당했을 경우, 그 머리의 그림자가 어느 쪽을 향하고 있는지 검사하도록 카눈에 규정되어 있었다. 만일 그림자가 동쪽을 향하고 있으면, 그가 정오 이후에, 즉 휴전이 일단 종료된 이후에 죽임을 당했다는 것을 의미했다. 그러나 그와 반대로 서쪽을 향하고 있을 경우, 그가 휴전 종료 이전에 비겁한 죽임을 당했다는 것을 의미했다.

그조르그는 다시 얼굴을 들었다. 그날 그의 일상사는 그렇듯 하늘과 태양의 움직임에 직결되어 있었다. 이윽고 그는 처음인 양, 여진히 부신 눈길을 도로로 떨어뜨렸다. 도로는 마치 빛의 바다에 침몰한 듯했다. 그는 고개를 좌우로 돌려 사방에 편만한 빛을 바라보았다. 빛을 훼방하는 것은 아무것도 없었다. 그가 고원지대의 모든 길을 돌아다니며 지난 삼 주간 찾아 헤맸으나 만날 수 없었던 검은 마차는 그의 자유로운 삶이 끝나는 마지막날 아침에도 모습을 드러내지 않을 것이 분명했다. 마차를 보았다고 믿었던 것이 몇 번이었던가. 그러나 매번 마차는 감쪽같이 증발하고 없었다. 마차는 마누아르에서 샬라에 이르는 '유령의 길'에서, 그리고 '깃발들의 대로'에서 사람들의 눈에 띄었다고 했다. 그러나 온갖 노력을 기울였음에도 그는 마차를 만날 수 없었다. 사람들이 가르쳐준 지역으로 가보면 마차가 방금 그곳을 떠났다는 사실을 알게 되고, 또 마차를 따라잡을 요량으로 마차가 지나가리라고 짐작되는 교차로로 되짚어가면, 마차는 다시 그와의 약속을 어기고 엉뚱한 곳으로 방향을 꺾은 뒤였다.

간혹 그는 마차를 잊기도 했다. 마차를 다시 보리라는 희망도 이제 거의 사라졌지만, 길들은 그에게 다시 마차를 연상시켰다. 사실 마차가 고원지대를 영원히 돌아다닌다 해도, 그는 곧 유폐탑에 갇힐 것이며, 그렇게 되면 마차를 보는 것은 불가능했다. 설사 믿을 수 없는 일이 발생해서 어느 날 유폐탑에서 나온다 해도, 그의 시력은 너무도 퇴화하여, 오늘 구름층을 배경으로 태양이 그리고 있는 으깨진 장미 다발과도 닮은 빛의 흐릿한 외형밖에는 알아볼 수 없을 것이었다.

그조르그는 머릿속에서 마차의 모습을 지우고 가족에 대해 생각하기 시작했다. 가족은 그날 정오까지 마음을 졸이며 그를 기다릴 게 분명했다. 그러나 그는 제시간에 도착할 수 없었다. 정오가 되면 그는 가던 길을 멈추고 날이 저물기를 기다리며 몸을 숨겨야 했다. 이제 그는 피의 표적을 단 사람이었으며, 밤에만 이동할 수 있었다. 그것도 주요 도로로는 불가능했다.

최근 들어 그는 하룻밤을 보낼 요량으로 묵었던 주막에서 크리예키크가 일족의 실루엣을 얼핏 보았다고 생각했던 적이 한두 번 있었다. 어쩌면 환상이었을지 모르지만, 사실일 수도 있었다. 베사가 종료되자마자, 즉 그가 경계해야 할 필요성을 미처 충분히 깨닫지 못할 때 그를 죽이기 위해 누군가 뒤를 밟고 있는지도 몰랐다.

어쨌거나 조심해야겠다고 생각하며 그는 세번째로 하늘을 향해 고개를 들었다. 그와 동시에 멀리서 어떤 소리가 난 것 같았다. 그는 그 소리가 어디서 나는지 알아보기 위해 멈춰 섰으나, 알 수 없었다. 그는 다시 걸음을 재촉했다. 그때 그 소리가 다시 들렸다. 그 소리는 아련했는데, 커졌다 작아졌다 하면서 반복되었다. 폭포 소리 같았다. 실제로 폭포 소리였다. 폭포로 다가간 그는 단박에 매료되었다. 일찍이 그처럼 멋진 폭포를 본 적이 없었다. 여지껏 보아왔던 폭포들과는 달랐다. 폭포는 거품을 일으키지도 흙탕물을 튀기지도 않으면서 짙은 녹색의 암벽을 따라 마치 여인의 머리채처럼 가지런히 흘러내리고 있었다. 도시에서 온 아름다운 여인의 머리채를 연상시키는 폭포였다. 햇살이 부서져내리는 폭포는 혼동할 만큼 그녀와 닮아 있었다.

그는 한동안 자그마한 나무다리 한복판에 서 있었다. 다리 아래로는 암벽에서 흘러내린 폭포수가 이제는 위엄을 잃은 모습으로 혼란스럽게 흐르고 있었다. 그조르그는 하염없이 폭포를 바라보았다. 일주일 전에 밤을 보냈던 주막에서, 이 세상 어딘가에는 저런 폭포를 이용하여 전깃불을 뽑아 쓰는 나라들이 있다는 말을 들은 적이 있었다. 산악 지방 청년이 어떤 남자에게서 들었다며 두 여행자에게 해준 이야기였다. 그 남자 또한 다른 사람으로부터 들은 이야기라고 했다. 두 여행자는 그의 이야기를 들으면서 똑같이 되물었다. "물로 빛을 만든다고요? 여보시오, 청년. 머리가 어떻게 된 것 아니오? 빛을 만든다니. 물은 석유가 아니란 말이오! 물은 불을 꺼뜨리는데, 어떻게 물로 불을 붙인단 말이오?" 그러나 산악 지방 청년은 주장을 굽히지 않았다. 자기는 그렇다고 설명하는 이야기를 분명히 들었으며, 결코 꾸며낸 이야기가 아니라는 것이었다. 물로 빛을 생산할 수 있는데, 아무 물로나 그렇게 하는 것은 아니며, 그런 물은 사람들 사이에서도 그렇듯이 물 가운데서도 아주 다른 물이라는 것이었다. 빛은 오직 고귀한 폭포수로만 만든다고 했다. "청년에게 그 이야기를 해준 사람은 미쳤을 거요. 그리고 그 말을 믿다니, 청년은 더욱 미쳤소!" 여행자들이 대꾸했다. 그러나 그들이 산악 지방 청년의 주장을 가로막지는 못했다. 청년은 그것이 사실이라면(여전히 남에게 들은 이야기에 근거해서), 그리고 만일 그것이 이 고원지대에서도 일어날 수 있는 일이라면, 카눈은 조금 누그러질 수밖에 없을 것이며, 오염된 땅의 염분이 관개로 제거되듯 라프시는 뿌리깊게 밴 죽음을 씻어낼 수 있을 것이라고 했다. "미쳤군, 정말 단단히 미쳤어!" 여행자들은 거듭 청년을 몰아세웠다. 그조르그는 왠지 모르지만 낯선 청년의 말에 믿음이 갔다.

그는 폭포를 두고 돌아서기가 힘들었다. 직사각형을 펼쳐놓은 듯한 길은 한없이 뻗어 있었으며, 그 끝은 주홍빛으로 엷게 물들어 있었다.

그는 다시 한번 하늘을 향해 고개를 들었다. 아직 시간이 조금 남아 있었다. 베사가 끝나면, 그는 카눈의 시간을 벗어날 것이다. 시간을 벗어난다, 그는 되뇌었다. 사람이 그처럼 자신의 시간으로부터 휴가를 받을 수 있다는 사실이 낯설게 느껴졌다. 아직은 조금 남았군, 하늘을 향해 고개를 쳐들고 그는 다시 되뇌었다. 구름층의 으깨진 장미들은 이제 약간 어두워져 있었다. 그조르그는 쓴웃음을 지었다. 마치 이렇게 말하려는 것 같았다. 어쩔 것인가, 하는 수 없지!

그사이 베시안과 디안을 실은 마차는 고원지대를 가로지르는 도로 중 가장 긴 '깃발들의 대로'를 달리고 있었다. 절반가량 눈에 덮인 산의 정상들이 점점 뒤로 물러났다. 베시안은 그 모습을 바라보며 드디어 그들이 죽음의 왕국을 벗어난다고 생각했다. 그는 오른눈으로 이따금 아내의 옆모습을 살폈다. 그녀는 창백했으며, 마차의 약해진 요동에 자세가 풀어지기는커녕 오히려 더 뻣뻣해져 그에게 두려움을 안겨주었다. 그는 그녀가 낯설었다. 그녀는 넋이 빠져 있어, 혼은 저 위에 두고 몸뚱이만 이곳에 달랑 와 앉아 있는 것처럼 느껴졌다.

대체 무슨 생각으로 그녀를 저주받은 고원으로 데리고 갔단 말인가!

베시안은 골백번은 더 자책했다. 라프시와 딱 한 번 접촉했을 뿐인데, 단 한 차례의 접촉으로 라프시는 그녀를 앗아갔다. 괴물 같은 세계가 그에게서 그녀를 앗아가 자신의 포로로—아무리 좋은 경우를 생각해도 오레이아스밖에 안 되는데—만드는 데는 그녀를 슬쩍 스치는 것만으로도 충분했던 것이다.

마차의 바퀴 소리는 그의 의혹과 추측과 회한과 동반하기에 안성맞춤이었다. 그는 자신이 행복을 누릴 만한 가치가 있는지 확인하기라도 하듯 자신의 행복을 시험했다. 부서지기 쉬운 행복을, 첫봄이 오자마자 곧장 지옥의 문으로 끌고 갔던 것이다. 그리고 그 시험을 이겨내지 못했다.

가끔 조금이나마 마음이 평온해질 때면, 그는 사실 다른 어떤 부차적인 기호嗜好도, 어떤 제삼자도 디안이 그에게 품고 있는 감정에 조금이라도 영향을 미칠 수 없을 것이라고 생각했다. 만일 그런 일이 벌어졌다면(맙소사, '그런 일이 벌어졌다면'이란 말은 얼마나 고통스러운가!) 제삼자 때문이 아니라, 대단히 거대한 무언가의 개입에 의한 일이었다. 몇 세기 동안 이어져내려온 수백만 영혼들의 비극과 결부된, 그리고 이미 그것만으로도 냉혹해 보이는, 모호한 어떤 것이었다. 시커먼 기관차와 부딪친 나비처럼, 그녀는 고원지대의 비극으로부터 일격을 받고 패배한 것이었다.

이따금 그를 두렵게 만드는 마음의 평정이 찾아오면, 그는 고원지대에 그만큼의 조공租貢을 지불했어야 하는 건지도 모른다고 생각했다. 그의 작품들에 대해, 그가 작품 속에서 묘사한 요정과 오레이아스들에 대해, 그가 들어앉아 유혈이 낭자한 사람들이 벌이는 연극을 보았던 극장의 작은 박스석에 대한 조공을.

그러나 벌은 아무데서든, 예컨대 티라나에서도 그에게 내려질 수 있지 않았을까? 그는 마음을 달래기 위해 생각했다. 고원지대는 아주 멀리까지, 나라 전체에, 모든 시대에 파장을 뻗치고 있었기 때문이다.

그는 외투 소매를 올리고 시계를 들여다보았다. 정오였다.

그조르그는 고개를 들고 구름층 밑으로 보이는 태양의 자취를 더듬으며 생각했다. 정오군. 그의 베사는 이제 종료되었다.

그는 대로를 따라 펼쳐진 황무지로 천천히 올라섰다. 지금부턴 어둠이 깔리기를 기다릴 피난처를 찾아야 했다. 사방 풍경은 인적이 끊겨 황량했다. 그러나 그 길을 따라 계속 걸을 수는 없었다. 카눈에 대한 위반으로 느껴졌기 때문이다.

그곳은 끝도 없이 펼쳐진 평지였다. 멀리 경작지와 나무 몇 그루가 보였으나, 주변에는 자그마한 동굴조차 없었다. 하다못해 몸을 숨길 만한 덤불조차 발견할 수 없었다. 피신처를 발견하면 즉시 그곳으로 가서 숨어야지. 그렇게 몸을 노출시키고 있다면, 자신이 용감해서가 아니라 숨을 만한 곳을 발견하지 못했기 때문이라는 것을 확신하고 싶은 듯, 그는 그렇게 생각했다.

황야는 지평선 너머까지 펼쳐져 있는 것 같았다. 그는 머릿속에서 이상한 평온감을, 아니, 그보다는 멍한 공허감을 느꼈다. 그는 이제 태양의 비중이 약간 서쪽으로 기운 듯한 하늘 아래 완벽하게 홀로 서 있었다. 휴전이 끝나고 이제 다른 시간으로 들어섰음에도, 그의 주위에는 전과 같은 대기에, 전과 같은 주홍빛에 젖은, 전과 다름없는 날이 펼쳐져 있었다. 그는 차가운 눈길로 주변을 빙 둘러보았다. 베사 너머의 시간, 이게 그것이란 말인가? 더이상 그에게 속하지 않는, 날짜도 계절도 연도도 미래도 없는 영원의 시간, 더이상 어느 것도 그와 결부되지 않는 추상적 시간. 그에게 어떤 기준점도, 어떤 지표도, 심지어 징벌의 날에 대해서도 어떤 정보도 제공해주지 않을 근본적으로 낯선 시간, 그런 시간이 그곳에, 앞쪽 어딘가에, 알 수 없는 날짜와 장소 속에 있었다. 그 시간은 그로선 알 수 없는 어떤 손에 의해 그를 찾아오게 될 것이었다.

멀리 눈에 익은 것처럼 보이는 잿빛 건물들을 발견했을 때, 그는 생각에 깊이 빠져 있었다. 어, 마누아르 드 르레즈 아냐, 그는 그곳으로 다가가며 생각했다. 그는 그 집들로부터 이름을 잊은 시냇물에 이르는 길이 베사의 보호를 받고 있다고 생각했다. 베사 아래 있는 길에는 특별한 게시판도 표시도 없었으나, 그렇다고 사람들이 알아보는 데 방해가 되지는 않았다. 처음 만나는 사람에게 물어보기만 하면 되었다.

황야를 걷고 있는 그조르그는 걸음을 재촉했다. 이제 그의 정신은 멍한 상태를 벗어났다. 베사 아래 있는 길에 도달하면 덤불 속에 숨지 않고도 저녁까지 걸을 수 있었다. 그사이, 누가 알겠는가, 혹 벨벳을 두른 그 마차가 그곳을 지날지. 한번은 사람들이 마차가 마누아르 드 샬라에 나타났다고 말했었다.

그래, 그래, 그렇게 해야겠어. 그는 좌우를 살펴본 뒤 그 길에도 황야처럼 인적이 없을 것이라고 확신하고는, 가벼운 걸음으로 한걸음에 대로까지의 공간을 훌쩍 넘어, 대로를 따라 걷기 시작했다. 그는 가능한 한 빨리 베사 아래 있는 길에 도달하기 위해 지름길을 택한 것이다. 그렇게 하지 않는다면 그곳에 도달하기까지 한 시간은 필요할 것이었다.

조심해, 그는 혼잣말을 했다. 이제 머리 그림자가 동쪽으로 길어졌다. 그러나 대로에는 여전히 인적이 없었다. 그는 온갖 생각을 떨치고 걸음을 재촉했다. 멀리 앞쪽에 거의 움직이지 않는 검은 실루엣이 보였다. 그쪽으로 다가가자 산악 지방 주민 둘과 노새를 탄 여자임을 알았다.

"저 아래 길은 베사 아래 있는 길이죠?" 그들을 따라잡자 그가 물었다.

"그럼, 백년 전부터 마누아르 드 르레즈에서 오레이아스강으로 이르는 길은 베사로 보호되어 있지." 그들 중 최연장자가 대답했다.

"고맙습니다." 그조르그가 대답했다.

노인은 그의 팔에 달린 검은 리본을 곁눈질하며 말했다.

"뭘 그런 걸 가지고. 즐거운 여행 되게나, 젊은이!"

그는 걸음을 재촉하면서, 고원지대 곳곳에 베사의 보호를 받는 이런 길이 없다면, 갑자기 휴전이 종료된 살인자들이 추격자들을 피해 몸을 숨길 수나 있을지 자문했다.

베사의 보호 아래 있는 구간은 다른 길과 전혀 구별되지 않았다. 말발굽과 물줄기, 바퀴자국, 그리고 길 양쪽의 덤불숲에 의해 군데군데 함몰된 낡은 길로 다른 길과 다를 바 없었다. 그럼에도 그조르그는 황금빛 먼지 속에서 온기 같은 것을 느꼈다. 그는 깊이 숨을 내쉬며 걸음을 늦추었다. 이곳에서 밤을 기다려야겠다, 그는 생각했다. 돌 위에 앉아 쉴 작정이었다. 마차가 이곳을 지나갈 수도 있으리라. 그런 가능성은 차치하고라도 덤불 속에 들어가 웅크리느니 그게 나을 것 같았다.

그는 마차를 다시 볼 희미한 소망을 품고 있었다. 그의 공상은 한층 더 앞서갔다. 그는 마차가 멈춰 서서 마차 안의 사람들이 자신에게 어이, 청년, 피곤하면 우리와 함께 가지……라고 말하는 모습을 상상했다.

가끔 그조르그는 다시 하늘을 향해 고개를 들곤 했다. 아무리 길어도 세 시간 뒤면 어둠이 깔릴 거야. 길에는 산악 지방 주민들이 도보로 혹은 말을 타고, 홀로 또는 무리를 지어 지나갔다. 멀리 움직이지 않는 작은 점 두세 개가 보였다. 그들은 그조르그처럼 다시 길을 가기 위해 밤이 되기를 기다리는 살인자들이 분명했다. 집에서 걱정하고 있겠지, 그는 생각했다.

어느 산악 지방 청년이 다가왔다. 그는 검은 소를 앞세우고 천천히 걷고 있었다. 그조르그는 그 청년이나 그의 소보다 훨씬 더 천천히 걷고 있었다. 청년이 마침내 그를 따라잡았다.

"안녕하십니까!" 그조르그가 있는 곳까지 왔을 때 청년이 말했다.

"안녕하세요!" 그조르그가 대답했다.

상대방은 하늘을 향해 절레절레 고개를 흔들며 말했다.

"도대체 시간이 가질 않는군요."

그는 붉은 콧수염을 길렀는데, 그 때문에 그의 미소는 붉게 타오르는 것처럼 보였다. 그의 소매에는 검은 리본이 달려 있었다.

"베사가 끝났나요?"

"네, 오늘 정오에요."

"나는 사흘 전에 끝났는데, 아직 이 소를 팔지 못했습니다."

그조르그는 놀라서 그를 쳐다보았다. 그가 말을 이었다.

"소를 몰고 길을 나선 지 이 주나 지났건만…… 이놈은 정말 좋은 녀석이죠. 이놈이 떠나는 것을 보면서 가족들이 전부 울었어요. 그러나 아직 이놈을 사겠다는 사람을 찾을 수가 없군요."

그조르그는 무슨 말을 해야 할지 알 수 없었다. 그는 가축을 팔아본 적이 없었던 것이다. 청년이 말을 이었다.

"나는 탑에 갇히기 전에 이놈을 팔았으면 해요. 우리는 가난에 쪼들리고 있고, 나 아니면 우리집에 이 일을 처리할 사람이 없거든요. 그러나 그리 희망적이진 못해요. 자유롭게 다닐 수 있었던 지난 이 주 동안에도 소를 팔지 못했는데, 밤에만 다닐 수 있는 지금 어떻게 팔 수 있겠어요? 당신은 어떻게 생각합니까?"

"그렇군요. 쉽지 않겠네요." 그조르그는 자기 생각을 말했다.

그는 태평하게 새김질을 되풀이하는 검은 소를 힐끗 쳐다보았다. 먼 고장에서 죽은 군인에 대한 옛 민요시 가사가 떠올랐다. '나의 어머니에게 저녁인사를 전해주오/그리고 어머니에게 나의 검은 소를 팔라고 말해주오……'

"어디서 오는 길입니까?" 청년이 물었다.

"브레즈프토흐트요."

"이곳에서 그리 먼 곳은 아니군요. 서둘러 걷기만 한다면, 오늘밤이면 집에 도착할 수 있겠네요."

"당신은요?" 그조르그가 물었다.

"아, 나는 세상 끝에서, 크라스니크 깃발에서 왔는걸요."

그조르그는 휘파람을 불었다.

"그렇군요, 정말 굉장히 먼 데서 왔네요. 당신은 집으로 돌아가기 전에 틀림없이 소를 팔게 될 겁니다."

"나는 그렇게 생각하지 않아요. 이제 내가 소를 팔 수 있는 유일한 장소는 베사 아래 있는 길뿐인데, 그런 길은 극히 드물지요." 그가 말했다.

그조르그는 고개를 끄덕였다. 그가 말을 이었다.

"베사 아래 있는 이 길이 '깃발들의 대로'와 만나는 교차로까지 이어지기만 해도 틀림없이 소를 팔 겁니다. 그러나 이 길은 저 앞에서 끝이 난답니다."

"'깃발들의 대로'가 이곳에서 가깝습니까?"

"그렇게 멀지는 않아요. 길이라는 게 바로 이렇죠! 길에 사람들이 지나는 모습이 보이지 않는다면 정말 고약할 겁니다!"

그조르그가 맞장구를 쳤다.

"그래요, 길에서는 흥미로운 일들을 만나게 돼요. 언젠가 저는 마차 한 대와 마주친 적이 있었습니다……"

"아름다운 여인이 탄 검은 마차 말인가요?" 상대방이 그조르그의 말을 가로막았다.

"그걸 어떻게 알죠?" 그조르그는 큰 소리로 그의 말을 받았다.

"어제 '십자가 주막'에서 그 마차를 보았지요."

"그들이 그곳에서 무엇을 하던가요?"

"그들이 무엇을 했느냐고요? 아무것도요. 마차는 주막 앞에 있었는데 말들을 풀어놓았더라고요. 마부는 안에서 커피를 마시고 있었고요."

"그녀는요?"

청년이 미소를 지었다.

"그들은 주막 안에 있었어요. 방에서 이틀 낮 이틀 밤을 두문불출했지요. 주막 주인이 그랬어요. 거참, 그 여인은 요정처럼 예쁘더군요! 그녀의 눈길은 사람의 마음을 꿰뚫을 것 같더라고요. 어제저녁 그들이 여전히 있는 것을 보고 그곳을 떠났지요. 오늘은 틀림없이 다시 출발했을 겁니다."

"그걸 어떻게 알죠?"

"주막 주인이 그렇게 이야기하던걸요. 그들이 내일 떠날 거라고요. 주인은 마부한테 들었답니다."

그조르그는 잠시 길을 뚫어지게 바라보며 망연자실해 서 있었다.

"그곳으로 가려면 어느 길로 가야 하나요?" 그조르그가 불쑥 물었다.

청년은 그쪽 방향을 가리켰다.

"이곳에서 걸어서 한 시간 거리예요. 우리가 있는 이 길은 '깃발들의 대로'와 만나죠. 틀림없이 그들은 그곳을 지날 겁니다. 아직 지나가지 않았다면요. 다른 길은 없거든요."

그조르그는 길동무가 그에게 막 가리킨 방향을 뚫어져라 쳐다보았다. 청년은 놀란 태도로 그를 관찰하기 시작했다.

"저, 무슨 일이라도 있습니까?" 청년이 물었다.

그조르그는 아무 말도 하지 않았다. 이곳에서 걸어서 한 시간 거리라, 그는 되뇌었다. 그는 구름 속에서 태양의 자취를 찾기 위해 고개를 들었다. 그는 햇살이 아직 두 시간가량 남아 있다고 계산했다. 여태껏 그녀가 이토록 지척에 있어본 적은 없었다. 이제 그는 그의 요정을 볼 수도 있으리라……

더이상 생각할 것도 없이, 길동무에게 한마디 인사조차 건네지 않은 채, 그는 미친 사람처럼 검은 소를 몰고 가는 청년의 말에 따라 길이 교차하는 방향으로 출발했다.

보릅시 부부의 마차는 신속하게 고원지대를 벗어났다. 멀리 소도시의 지붕들과, 회교 사원의 첨탑 두 개와, 하나뿐인 교회의 종탑이 보이기 시작했을 때는 해가 기울고 있었다.

베시안은 차창으로 머리를 가져갔다. 저 아래, 집들 사이로 우스꽝스러운 골목들이 형성되어 있었다. 그는 잠시 그곳을 소도시의 주민, 치안판사에게 서류를 들고 가는 군청 직원, 상점, 졸고 있는 듯한 사무실, 또한 그 지방에서 유일한 것으로, 따분한 대화들이 오가고 또 그런 대화들의 대부분이 중간중간에 하품으로 끊어지는 구형 전화기 너덧 개로 채워보았다. 그 모든 것들을 상상하자 저 아래서 자신을 기다리고 있는 세계가 방금 떠나온 세계에 비해 끔찍할 만큼 무색에 무미건조한 세계로 보였다.

그러나 그는 그런 무색의 세계에 속해 있었다. 그렇기 때문에 고원지대까지 올라가서는 안 되었던 것이라고 그는 우울하게 생각했다. 고원지대는 평범한 인간을 위해 만들어진 세계가 아니라 거인들을 위한 세계였다.

소도시의 연기가 갈수록 짙어졌다. 디안은 출발할 때부터 등받이에 머리를 기댄 채 꼼짝도 않고 있었다. 베시안은 집으로 아내의 빈껍데기만 가져가고, 진짜 그녀는 산중 어딘가에 놓아두고 가는 느낌이었다.

그들은 이제 한 달 전, 여행의 출발점이었던 헐벗은 황무지를 지나고 있었다. 그는 라프시를 보기 위해, 아마도 마지막으로 그곳을 보기 위해 다시 고개를 돌렸다. 산들이 침묵 속에서 천천히 줄지어 지나갔다. 희끄무레한 안개가 연극이 막 끝난 무대 위로 드리워지는 커튼처럼 산들 위로 내려오고 있었다.

같은 순간, 그조르그는 한 시간 전에 들어선 '깃발들의 대로'를 성큼성큼 걷고 있었다. 대기에서 처음으로 석양의 서늘한 기운이 느껴지기 시작했다. 바로 그때, 그는 도로 한쪽으로부터 몇 마디 짧은 말소리를 들었다.

"그조르그, 인사말 좀 전해주렴, 제프 크리예……"

그는 재빠른 동작으로 어깨에서 소총을 내리려 했으나, 그의 동작은 그 끔찍한 이름의 나머지 절반인 '키크'라는 음절과 뒤섞였다. 그 음절은 어수선하게 의식을 파고들었다. 그조르그는 땅이 앞뒤로 흔들거리다가 격렬하게 뒤흔들리더니, 이내 얼굴로 다가와 부딪치는 것을 보았다. 그조르그는 고꾸라졌다.

한순간 세상은 아주 고요해진 것 같았다. 이어 고요한 침묵 사이로 그는 발소리를 들었다. 그는 두 개의 손이 자신의 몸뚱이를 만지는 것을 느꼈다. 누군가 나의 몸을 돌려놓는구나, 그는 생각했다. 그러나 그 순간, 무언가 차디찬 것이, 아마도 그의 소총의 총신으로 생각되는 것이 오른쪽 뺨을 건드리는 것이었다. 오오, 하느님, 모든 게 규칙 그대로군요! 할 수 있을지 알 수 없지만, 그는 눈을 뜨려고 애썼다. 그의 눈에는 자신을 쏜 살인자가 아니라 아직도 녹지 않은 하얀 눈덩이 몇 개가 들어왔을 뿐이었다. 그리고 그사이 아직 팔리지 않은 검은 소가 보였다. 그는 생각했다. 올 게 왔구나, 하지만 실은 모든 게 지나치게 길었어……

다시금 발소리가 멀어졌다. 그는 의아해했다. 저 발소리는 누구의 것이지? 그는 그 소리가 친숙하다는 느낌을 받았다. 그랬다, 그는 자신의 몸을 돌려놓은 손만큼이나 그 소리를 잘 알고 있었다…… 나의 발소리군! 3월 17일, 브레즈프토흐트 근처 길에서…… 그는 잠시 의식을 잃었다. 다시 그 발소리가 들렸다. 그는 여전히 그것이 자신의 발소리이며, 도로 위에 방금 쓰러뜨린 몸뚱이를 놓아두고 그렇게 달아나는 것 역시, 다름 아닌 그 자신인 것만 같았다.

티라나, 1978년 12월.

비정상적 나라에서 쓴 정상적 작품

한때 발칸반도는 유럽의 화약고라 불렸다. 다양한 민족과 언어와 종교가 좁은 공간에서 공존과 갈등을 거듭했고 유럽 열강 간 세력다툼의 희생물이 되기도 했다. 그중 작은 공국에 불과했던 알바니아는 고대시대 그리스와 로마 문화권의 변방에 머물렀다가 1479년부터 오스만제국의 지배를 받았으며 1912년 독립했으나 2차대전 중 이탈리아와 독일의 침략을 받았고 종전 이후 소련의 위성국가가 되어 사십 년간 엔베르 호자의 일인 독재 체제를 겪어야만 했다. 내부 결속을 구실로 호자가 강력한 철권정치를 유지했던 것은 긴 역사에 걸쳐 외세에 시달렸던 알바니아의 역사가 남긴 후유증이었다. 이스마일 카다레는 1936년 '은의 도시'라는 뜻의 지로카스트라에서 태어났고 그보다 삼십 년 앞서 같은 도시, 그것도 같은 거리에서 엔베르 호자가 태어났다. 그 동네 이름이 묘하게도 '미친 자들의 골목'이었다고 작가는 증언한 바 있다. 1941년 다섯 살의 어린아이는 그 거리에서 이탈리아군, 그리스군, 독일군이 뒤엉켜 전투하고 포격하는 전쟁터를 구경했고 알바니아 공산당을 창당한 엔베르 호자는 유혈이 낭자한 전투에 끼어 조국의 독립운동을 주도했다. "엔베르 호자는 아마 정말 미쳤던 것 같다. 악행을 저지르는 생각만으로도 희열에 이글거리는 두 눈이 붉게 충혈되었다. 그는 이 조그만 나라를 당시 강대국이 공격할 테지만 우리가 결국 승리하리라는 과대망상에 사로잡혀 살았다. 나 역시 다른 모든 알바니아 사람과 마찬가지로 이 기상천외하고 기이한 신동정치에 빠져 살았다. 나는 종종 내가 어찌 미치지 않고 살았는지 자문해본다."(2019년 8월 8일, 르몽드 인터뷰) 이제 '미친 자들의 골목'에서 삼십 년 터울로 태어난 두 남자는 현대 알바니아를 대표하는 두 인물이 되었다. 엔베르 호자가 집권한 1944년 말부터 그가 프랑스에 망명을 요청한 1990년 10월 25일까지, 사십육 년의 세월 동안 알바니아는 스탈린주의를 겪었고 이스마일 카다레는 여덟 살부터 그런 세계 속에서 하루하루 일상을 살아야 했다. 여덟 살부터 쉰네 살까지 세계에서 가장 폐쇄적이고 혹독한 독재 체제 속에서 숨쉬고 살았던 사람은 여든여섯 살을 맞은 2022년에도 신간 『정상 다툼』을 발표할 정도로 펜을 놓지 않고 있다.

알바니아의 지하에는 알바니아 민족뿐 아니라 그리스와 로마, 세르비아와 루마니아, 그리고 독일과 이탈리아 등 여러 민족의 시신이 켜켜이 쌓여 있다. 그 지층의 단면을 들여다보며 작가는 지상에서 벌어지는 현재의 비극을 중첩시키는 것을 작품의 주요 주제로 삼았다. 대학을 졸업한 후 모스크바의 고리키문학연구소에서 이 년을 수학했음에도 불구하고 그는 사회주의 리얼리즘을 수용하지 않았다. 오히려 어린 시절 읽었던 그리스 비극이나 셰익스피어 비극을 현대적 맥락에서 변용했다. 그것은 작가가 처한 정치적 조건과 무관하지 않았다. 가장 야만적인 전체주의 체제인 엔베르 호자가 지배했던 시절 작품활동을 시작했던 이스마일 카다레의 가장 중요한 목표는 자신의 글이 살아남는 것이었다. 그가 문학적 전범으로 삼은 그리스의 아이스킬로스는 칠십여 편의 비극을 썼지만 전해 내려오는 것은 오직 일곱 편뿐이다. 정치인이나 혁명가가 아니라 작가의 길을 선택한 이스마일 카다레는 글을 지속적으로 써야만 했고, 그 글이 읽히고 살아남는 것이 작가에게 주어진 가장 엄중한 책무였다. 1963년 첫 소설 『죽은 군대의 장군』을 발표하고 프랑스로 망명한 1990년까지 그는 수많은 걸작을 발표했음에도 불구하고 악명 높은 전체주의 국가에서 살아남았다. 심지어 작품을 인정받아 인민의회 의원이 되고 노동당에 가입하기도 했다. 1981년 『꿈의 궁전』, 1988년 『콘서트』가 검열로 인해 출간이 금지된 것을 제외하면 그는 호자의 체제 아래에서 용케 작가로 살아남았다. 그 사실이 그에겐 가장 중요하고 또한 그가 위대한 작가라는 증거이기도 하다. 프랑스 파야르출판사에서 출간된 방대한 그의 전집은 발자크에 비견될 만하여 그를 일컬어 '발칸의 발자크'라 해도 손색이 없다. 줄곧 전체주의에 대한 신랄한 비판으로 일관된 그의 작품이 가장 야만적인 호자의 체제 아래에서 살아남은 비결은 무엇일까. 그중 하나는 그의 작품이 중의적이며 여러 층위의 독해가 가능하기 때문일 것이다. 국수적 공산주의라는 괴물체제는 그의 작품을 정련하고 단단하게 만든 요소이기도 하다. 알바니아의 불구대천의 원수와도 같은 오스만제국에 대한 비판 역시 그의 작품이 살아남은 비결이지만, 인간의 무의식마저도 감시하고자 했던 제국을 묘사했던 『꿈의 궁전』이 비록 오스만제국의 통치방식을 우의적으로 비판한 것이었음에도 결국 도둑이 제 발 저린 격으로 독재자의 비위를 건드리기도 했다.

『부서진 사월』은 알바니아 산악지대에 남아 있는 관습법에 관한 이야기다. 기원을 알 수 없는 관습법은 마치 숲속의 길과 같다. 언제인지 알 수 없지만 사람과 짐승, 심지어 짐승의 등에 실은 사물까지도 길 밖으로 조금만 벗어나면 피의 대가를 치러야 한다. 두 가문 사이에 복수는 대를 이어가며 영원토록 지속되며 복수를 회피하면 명예를 잃게 된다. 사소한 실족이 영원한 피의 희생을 요구하는 관습법은 국가의 통치력보다도 우선시된다. 모든 개인의 사적 복수권을 박탈하고 모든 폭력의 행사에 대한 권리를 독점하는 것이 국가라는 존재임에도 불구하고 알바니아의 산골에서는 여전히 피의 복수가 명예가 되는 사태를 그린 이 작품은 "베리샤가의 그조르그가 제프 크리예키크를 쏘았어요!"라는 외침으로 시작된다. 두 가문 사이의 복수로 인해 마을은 수십 개의 무덤으로 뒤덮였으며 앞으로도 복수의 고리는 끊어지지 않을 것이다. 이 작품에서는 그조르그가 처한 비극적 상황과 내면 심리에 초점을 맞춘다. 불시에 다가올 예정된 죽음을 눈앞에 둔 그조르그가 겪는 불안과 고통은 사형을 언도받고 집행일을 기다리는 사형수의 고통을 논했던 카뮈의 주장을 떠오르게 한다. 죽음 자체보다도 예고된 죽음을 앞에 둔 고통만으로도 죗값은 치른 것이나 진배없다고 했던가. 그가 목숨을 조금이나마 연명할 수 있는 길은 유폐된 성탑에 머무르며 피의 값을 관료에게 치러 화해를 도모하는 것이다. 관습법이 지배하는 이 산골에 신혼여행 온 부부가 등장하며 이야기는 보다 입체적으로 조망된다. 남편 베시안은 명예, 복수, 운명과 같은 원리가 작동하는 이 전설의 세계에서 그리스 비극의 웅장한 재현을 읽는다. 또한 복수의 연쇄를 중재하는 특권계층이 등장하며 피마저도 돈으로 계산하는 자본주의의 모습을 보기도 한다. 한 치의 오차도 허용하지 않는 비정한 세계에서 베시안의 아름다운 부인 디안과 그조르그의 눈빛이 마주치며 신비로운 현상이 일어난다. 딱히 설명할 수 없는 두 사람 간의 끌림은 저주받은 세계를 구원할 가능성처럼 보이지만 그조르그는 결국 복수의 총탄에 쓰러지고 만다.

이 작품은 『꿈의 궁전』과 더불어 조국의 현실과 전통을 왜곡했다는 호된 비판을 받았다. 현대식 법령체계를 구비했다고 주장하는 호자 체제가 자행한 부조리한 폭력은 실제로는 과거의 관습법을 되풀이한다는 비판적 의도를 의심한 것이다. 작가는 독재 현실은 그리스 비극을 닮았다고 고발한 바 있다. 다른 점이 있다면, 그리스 비극의 주인공도 명예와 희생을 덕목으로 삼지만 그것은 오로지 높은 지위의 특권층에게 부과되는 의무였다. 비극의 핵심은 추락에 있으며 따라서 추락할 데 없는 밑바닥의 장삼이사는 비극적 영웅이 될 자격조차 없다. 비행기가 추락해서 죽으면 비극이지만 자전거 타다가 쓰러져 죽으면 그저 평범한 사고에 불과하다는 것이 그리스 비극의 정곡을 찌르는 농담이다. 그 고대시대의 비극이 재현되는 알바니아의 현실, 이스마일 카다레의 표현에 따르면 비극의 영원회귀가 『부서진 사월』에서 그려진다. 그것도 특권계층이 아닌 온 국민이 겪어야 하는 현실, 그 비극의 민주

화가 전체주의 국가의 실상이기도 한 것이다. 인구가 이백오십만 명 정도에 불과한 작은 나라의 이야기가 보편적 공감을 얻는 것은 현시대가 여전히 복수의 고리에서 벗어나지 못한 관습법, 그것을 매개로 권력과 돈을 독점하는 관료제에서 크게 벗어나지 못했기 때문이다. 그는 2005년 그가 발표한 전 작품을 대상으로 맨부커 인터내셔널상의 첫번째 수상자가 되었고, 2017년에도 이 부문의 후보로 지목되었다. 당시 심사위원회가 고른 작품은 1978년에 발표한 『위대한 파샤』(프랑스어판은 『치욕의 둥지』)였다. 2019년 자신의 작품을 자평하는 자리에서 작가는 "작품이 발표된 지 사십 년이 지났는데 심사위원은 여전히 그 작품을 시사성 있으며 자연스럽다고 판단한 것이다. 나는 비정상적 국가에서 정상적 문학을 창작한 셈이다"라고 말했다. 아마도 이것이 『부서진 사월』뿐 아니라 그의 전 작품을 요약하는 표현이 될 것이다.

이재룡(불문학·숭실대학교 명예교수)

에릭 페*

『부서진 사월』을 읽으면 우리는 이스마일 카다레가 왜, 그리고 얼마나 비극과 비극의 대가인 아이스킬로스**, 셰익스피어에 열중했었는지 쉽게 이해하게 된다. "손님과 베사와 복수는 고대 비극의 톱니바퀴와도 같은 것이고, 그런 장치 속으로 뛰어든다는 것은 비극의 씨를 잉태하는" 것이다. 베시안 보릅시와 그의 아내가 여행하는 고원지대에서 이러한 씨앗은 몇 세기 전부터 현실이 되어 있다. 카다레는 도로라는 이름에 걸맞은 도로도 없고, 그 나라의 나머지 세계와도 동떨어져 있으며, 가톨릭과 전통의 요새인 고원지대 미르디트 지방을 소설의 배경으로 삼았다. 그 비극의 작업실에, 작가는 북쪽과 동쪽 여러 지역의 카눈(규범, 관습법)의 특징들을 집약해놓았으며, 작가가 1970년대 말

* 1963~, 프랑스의 소설가이자 문학평론가. 카다레에 관한 다섯 편의 평론을 발표한 바 있으며, 장편소설 『솔리튀드 장군』 『파리』 등 다수의 저서가 있다.

** 기원전 525~456, 그리스의 비극 시인.

알바니아 북부 지방에 머물던 당시의 인상들을 옮겨놓았다. 또한 알리 비낙은 현실에서 빌린 인물로, 실제 이름이 비낙 알리인 그는 19세기 말엽 알바니아 북동 지방에서 유명한 인물이었다.

이 소설은 끔찍한 관습법 중에서 가장 유명한 항목들을 예시하고 있다. 따라서 우리는 매우 집약된 카눈을 대하고 있는 것이고, 소설 속의 비극은 카눈을 최대한 확대할 수 있는 모든 방법을 동원하고 있다. 소설의 배경은 미르디트라는 알바니아의 고원지대를 암시하는 듯하나, 코소보나 몬테네그로의 남부, 알바니아령 알프스 혹은 두카그진고원으로 볼 수도 있다. 세월이 흘렀어도 아가멤논의 피를 회수했던 오레스테스*의 행동은 거의 바뀌지 않았으나, 오레스테이아**는 그 궁전을 떠났다. '회수된' 피는 더이상 귀족의 피가 아니라 하층민의 피다. 복수(그자크마르자)가 대중화된 것이다.

그자크마르자는 국가가 법을 부과하지 않던 시대, 정의란 것이 여전히 특별한 일이었던 시대와 관계가 있으며, 또한 어떤 것도 우연이나 어둠 속에 묻어두지 않는 관습상의 세밀한 준칙에서 연유했다. 어떤 이유로든 복수가 퇴화한 현대의 관점에서 볼 때, 『부서진 사월』은 명예와 위엄에 대한 교훈이다. 카눈이 그 자체로는 아무리 부조리하고 피비린내나는 것 같아 보인다 할지라도……

이 소설은 이러한 부조리성을 어렵지 않게 보여주고 있다. 즉 관습

---

* 그리스신화에서, 미케네 또는 아르고스의 왕 아가멤논은 트로이 원정을 마치고 귀향한 후 아내 클리템네스트라의 정부 아이기스토스 손에 죽임을 당한다. 후에 그의 아들 오레스테스가 어머니 클리템네스트라와 아이기스토스를 죽여 아버지의 원수를 갚는다.

** 아이스킬로스의 삼부작 비극을 통틀어 이르는 말. 주인공 오레스테스에서 유래한 것으로, 아가멤논의 피살과 복수, 그리고 그후 오레스테스의 행적으로 구성되어 있다.

법의 지배 아래서는 자유의지란 존재하지 않는 것이다. "카눈은 보기보다 훨씬 강력하다." 그조르그는 그 진실의 극명한 실례다. 그는 반발하려는 생각이 들자, 곧 그런 생각의 싹을 잘라버린다. "나는 자유로운가?" 어느 날 그는 이렇게 자문하기에 이른다. 그러나 그에 대한 답을 찾지는 않는다. 그는 자신을 죽음으로 몰고 가는 힘에 조종되는 꼭두각시에 불과하기 때문이다.

죽을 사람임을 표시하듯 그조르그는 팔에 검은 상장을 달고 다닌다. 그는 이미 저세상 왕국을 구현한다. 이러한 저세상 왕국은 카다레의 작품에 어떤 식으로든 들어 있는데, 그 왕국이 산 사람에게 매혹적인 힘을 행사하기 때문이다. 도룬틴이 빈사 상태에 빠지자 스트레스*가 그녀에게 매혹되는 것처럼, 베시안 보릅시의 아내는 그자크스(살인자)에게 매혹된다…… 그것은 저주의 마법이다. 복수에 대해 순전히 지적이고 과장된 시각을 가지고 고원지대에 갔던 베시안 보릅시 역시 그곳에 조공을 바쳐야 했다. 갓 결혼한 그는 사람들이 이따금 반신半神의 위치까지 부상하는, 그러나 또한 간단한 운명의 명령에 따라 심연으로 추락할 수도 있는 고원지대의 세계에 말없이 동요된 아내가 날이 갈수록 자신으로부터 멀어져가는 모습을 지켜보게 되는 것이다.

1978년에 쓰인 『부서진 사월』은 「누가 도룬틴을 데려왔나?」와 같은 다른 중편들을 포함하여 『냉혈』이라는 도발적인 제목의 작품집에 처음 실렸다. 이 판본은 초판을 십오 퍼센트가량 수정, 보완한 것이다.

---

* 카다레의 소설 「누가 도룬틴을 데려왔나?」에 나오는 인물.

옮긴이의 말

이스마일 카다레의 작품을 처음 번역했던 때는 지금으로부터 오 년 전이었다. 번역이란 것이 늘 힘들고 고독하기만 한 작업임에도 불구하고 작업을 끝낸 뒤, 그의 작품을 번역할 수 있었다는 사실만으로도 너무나 뿌듯했다. 당연히 나는 그의 세계를 탐구하게 되었고 그의 작품을 출판사에 여러 번 추천했었다. 그러나 많은 출판사들이 당장 '뜰' 책을 찾는 풍토에서 그의 작품은 너무 버거워 보였던 모양이다. 그사이 나는 이전에는 어디 붙었는지도 몰랐던 알바니아나 코소보 사건에 관한 기사가 나면 빠짐없이 읽고 지나가거나, 매년 10월경이면 떠난 연인을 대하듯 신문지상에서 작가를 만나곤 했다. 주지하는 대로 그는 만년 노벨문학상 후보이기 때문이다. 그렇게 세월이 흐르던 중, 문학동네가 계간 『문학동네』에 그에 관한 외국작가 특집 원고와 함께 그의 작품의 번역을 의뢰했을 때 나는 귀를 의심해야 했다.

첫 작품과 달리 그의 작품세계에 대해 어느 정도 알고 작업에 임한

나는 그의 작품의 온갖 특징과 그가 숨겨놓은 장치들을 엿보며 "여기 있군, 여기 있어"라고 무릎을 치면서 배시시 웃음을 터뜨리곤 했다. 그러나 실상 『부서진 사월』은 결코 웃음을 자아내게 하는 작품이 아니다. 흩뿌리는 비 사이로 '벨 나무를 표시하듯' 죽임을 당할 자를 표시하는 상장을 달고 주민들이 유령처럼 돌아다니는 산맥이 겹겹이 늘어선 험준한 죽음의 왕국 고원지대와, 비극을 불러오는 손님과 맹세와 복수를 근간으로 한 관습법을 배경으로 양가 삼대에 걸쳐 마흔네 기의 무덤을 파게 만드는 냉혹한 복수극이, 그러나 부조리하게도 왜 상대방 가문에 대해 증오심을 불러일으켜야 되는지조차 이해가 되지 않는 마당에 살인으로 내몰리는 이야기가 전개되기 때문이다.

『부서진 사월』은 쉽게 네 가지로 대별되는 카다레 작품들 가운데 '영원성을 지향하는' 작품군으로 분류된다. 그러나 일차적으로 이 작품은 알바니아를 새로이 '창조하기' 위한 의도로 읽힌다. 다른 동구 공산권 국가들과는 비교도 되지 않는 혹독한 공산 체제하에서 비참하게 일그러져가고 있던 알바니아의 모습을 견딜 수 없었던 카다레는 새롭게 조국을 창조하기 위해 인간의 형법 중 가장 비인간적이라 할 약식 재판과 고문, 연좌법이 횡행하는 공산 체제에 맞서 사라져가는 옛 관습법을 들이댄다.

그러나 서구 평단에서 의아해하듯, 지금쯤 작품을 다 읽었을 독자들도 '조국의 얼굴을 새로 빚기' 위한 『부서진 사월』이 왜 이토록 야만적이고 후진적인 관습법을 다루는가 하는 것부터 등장인물들이 운명의 노예가 되는 점 등을 들어 자국민에 대한 작가의 시선이 의외로 차갑다며 고개를 갸우뚱할는지 모른다. 이에 대해 작가는 관습법이 겉으로는 아무리 잔인하고 야만적인 것처럼 보일지라도, '피에는 피'라는 법칙은 누구의 피도 등가로 취급되기에 어느 헌법 체계보다도 '민주적'이고, 피를 일단 잃으면 회수되지 않는 법이 없기 때문에 함부로 유혈을 일으킬 수 없게 만들어 '인간적'이며, 당시에 알바니아 공산 정권이 관습법의 출간을 금지하고 오로지 비판 목적의 인용만을 허용했던 것이 결코 우연이 아니었다고 말하고, 자국민에 대한 차가운 시선에 대해선 다른 발칸반도 나라들처럼 알바니아의 문화에도 자아비판의 전통이 있기 때문이라고 설명한다.

일차적으로 알바니아의 새 얼굴을 그리고 있지만 이 작품은 누구라도 깊은 공감을 할 수 있다. 어느 시대 어느 나라의 지식인과도 꼭 같은 모습인 주인공 베시안에서부터 바탕에 깔고 있는 오랜 옛 신화에 이르기까지 보편성을 확보하고 있기 때문이다.

그런가 하면 "비천하고 왜소한 삶에서 인간을 끌어올려주는" 죽음이 어김없이 너울대고, 예의 늘 비가 오거나 구름이 잔뜩 낀 날씨, 전제주의, 지옥을 상징하는 문서실 등이 등장하고, 도로가 큰 역할을 하는 것, 이야기가 여러 층으로 읽힐 수 있는 것, 고대 신화를 원용하는 것, 모호하고 몽환적인 분위기, 고대 그리스비극과 셰익스피어에 대한 한없는 애정 등…… 『부서진 사월』에는 카다레 작품의 특성들이 고루 들어 있다.

1990년 프랑스에 망명한 카다레의 거의 모든 작품은 작가와 각별한 사이이자 프랑스 평단에서 빼어난 번역 솜씨로 정평이 나 있는 동국인 주수프 브리오니가 맡아 불역한다. 따라서 본문에서 알바니아어에 대한 주석은 브리오니가 단 것이다. 구전의 전통이 강하게 남아 있는 나라의 사람이라서 그런지 카다레는 작품을 유기체로 생각하고 자주 손질을 가한다. 심지어 어느 날 장편을 손질하여 뚝딱 단편으로 만들 정도로. 아무리 작가가 최종판이라고 주장한다 해도, '휴화산이 언제 폭발할'지 모르는 만큼, 본 번역본은 '이스마일 카다레 전집' 제4권(파야르, 1996)에 들어 있는 최신판을 옮긴 것임을 밝혀두는 것이 중요할 듯하다.

1999년 1월

유정희

1936년 1월 28일 알바니아 남부, 지로카스트라에서 태어남. 초중등 교육과정을 지로카스트라에서 마친 후 티라나대학교에서 언어학과 문학을 공부함.

1956년 교사 자격증 취득.

1958~1960년 모스크바에 있는 고리키문학연구소에서 공부함.

1960년 알바니아가 소련과 외교관계를 단절하자 알바니아로 귀국. 문학잡지 〈드리타*Drita*〉에서 근무하며 작품활동 시작.

1963년 첫 장편소설 『죽은 군대의 장군*Gjenerali i ushtrisë së vdekur*』 발표.

1964년 시집 『이 산들은 무슨 생각을 할까*Përse mendohen këto male*』 발표.

1968년 장편소설 『결혼*Dasma*』 발표.

1970년 장편소설 『성*Kështjella*』 발표. 프랑스어판 『죽은 군대의 장군*Le Général de l'armée morte*』 출간. 알바니아 인민회의 의원으로 선출됨.

1971년 장편소설 『돌의 연대기*Kronikë në gur*』 발표.

1972년 알바니아 노동당 가입.

1973년 프랑스어판 『돌의 연대기*Chronique de la ville de pierre*』 출간.

1975년 장편소설 『어느 수도의 11월*Nëntori i një kryeqyteti*』 발표.

1977년 장편소설 『위대한 겨울*Dimri i madh*』 발표.

1978년 장편소설 『세 개의 아치가 있는 다리*Ura me tri harqe*』 『위대한 파샤*Pashallëqet e mëdha*』 발표. 프랑스어판 『위대한 겨울*Le Grand hiver*』 출간.

1980년 장편소설 『부서진 사월*Prilli i thyer*』 『누가 도룬틴을 데려왔나?*Kush e solli Doruntinën*』 『우울한 해*Viti i mbrapshtë*』 발표.

1981년 장편소설 『꿈의 궁전*Pallatit të ëndrrave*』 발표. 오스만제국의 수도를 배경으로 우화와 알레고리 기법을 통해 전제주의를 비판한 작품으로, 발표 즉시 출간 금지됨. 장편소설 『H 파일*Dosja H*』 발표. 프랑스어판 『세 개의 아치가 있는 다리*Le Pont aux trois arches*』 출간.

1982년 프랑스어판 『부서진 사월*Avril brisé*』 출간.

1984년 『위대한 파샤』가 프랑스어판 『치욕의 둥지*La Niche de la honte*』로 제목이 바뀌어 출간됨.

1985년 장편소설 『달빛*Nata me hënë*』 발표. 『성』이 프랑스어판 『비의 북소리*Les Tambours de la pluie*』로 제목이 바뀌어 출간됨.

1986년 프랑스어판 『누가 도룬틴을 데려왔나?*Qui a ramené Doruntine?*』 출간.

1987년 프랑스어판 『우울한 해*L'Année noire*』 출간.

1988년 『콘서트*Koncert në fund të dimrit*』 발표. 프랑스어판 『콘서트*Le Concert*』 출간. 1970년대 중국과 알바니아의 관계를 다룬 작품으로, 1978~1981년에 집필되었으나 검열에 걸려 출간 금지됨. 프랑스 문학잡지 〈리르〉에서 그해 최고의 소설로 선정됨.

1989년 프랑스어판 『H 파일*Le Dossier H*』 출간.

1990년 공산주의 독재체제에 위협을 느껴 프랑스로 망명함. 프랑스어판 『꿈의 궁전*Le Palais des rêves*』 출간.

1991년 장편소설 『괴물*Përbindëshi*』 발표. 1965년 단편으로 출간되었으나 검열에 걸려 빛을 보지 못하다가 이후 장편으로 개작 해 재출간. 프랑스어판 『괴물*Le Monstre*』 출간.

1992년 치노델두카 국제상 수상. 장편소설 『피라미드*Piramida*』 발표. 프랑스어판 『피라미드*La Pyramide*』 출간, 이듬해 지중해문학상 해외문학 부문 수상.

1993년 프랑스 파야르출판사에서 '이스마일 카다레 전집'을 출간하기 시작함(2004년까지 총 12권 출간). 프랑스어판 『달빛 *Clair de lune*』 출간.

1994년 장편소설 『그림자*Hija*』 발표(집필은 1984~1986년). 프랑스어판 『그림자*L'Ombre*』 출간.

1995년 장편소설 『독수리*Shkaba*』, 에세이 『알바니아, 발칸반도의 얼굴*Albanie, Visage des Balkans*』 발표.

1996년 프랑스 학사원의 하나인 아카데미데시앙스모랄에폴리티크의 평생회원으로 선출됨. 프랑스 레지옹도뇌르(오피시에) 훈장 수훈. 산문집 『알랭 보스케와의 대화*Dialog me Alain Bosquet*』, 장편소설 『스피리투스*Spiritus*』 발표. 프랑스어판 『독수리*L'Aigle*』 『스피리투스*Spiritus*』 출간.

1997년 에세이 『천사의 사촌*Kushëriri i engjëjve*』 발표.

1998년 단편집 『코소보를 위한 세 편의 애가*Tri këngë zie për Kosovën*』 발표. 모스크바 유학 시절 발표한 습작품 『간판 없는 도시*La ville sans enseignes*』 출간.

1999년 소설집 『남쪽으로 날아가는 철새*Ikja e shtërgut*』 발표.

2000년 장편소설 『사월의 서리꽃*Lulet e ftohta të marsit*』 발표.

2002년 장편소설 『룰 마즈렉의 삶, 게임 그리고 죽음*Jeta, loja dhe vdekja e Lul Mazrekut*』 발표.

2003년 장편소설 『아가멤논의 딸*Vajza e Agamemnonit*』(집필은 1985년)과 이 소설의 속편 격인 『누가 후계자를 죽였는가*Pasardhësi*』 발표. 프랑스어판 『아가멤논의 딸*La Fille d'Agamemnon*』 『누가 후계자를 죽였는가*Le Successeur*』 출간.

2005년 제1회 맨부커 인터내셔널상 수상. 소설집 『광기의 풍토 *Çështje të marrëzisë*』 발표. 프랑스어판 『광기의 풍토*Un Climat de folie*』 출간.

2006년 에세이 『햄릿, 불가능의 왕자*Hamleti, princi i vështirë*』 발표.

2007년 프랑스어판 『햄릿, 불가능의 왕자*Hamlet, ce prince impossible*』 출간.

2008년 장편소설 『사고*L'Accident*』(프랑스에서 먼저 출간됨), 『잘못된 만찬*Darka e gabuar*』 발표.

2009년 스페인의 아스투리아스 왕세자상(문학 부문) 수상. 장편소설 『떠나지 못하는 여자*E Penguara*』 발표. 프랑스어판 『잘못된 만찬*Le Dîner de trop*』 출간.

2010년 알바니아에서 『사고*Aksidenti*』 출간. 프랑스어판 『떠나지 못하는 여자*L'Entravée*』 출간.

2013년 단편집 『12월 어느 오후의 빛나는 대화*Bisedë për brilantet në pasditen e dhjetorit*』 발표.

2014년 장편소설 『티라나의 안개*Mjegullat e Tiranës*』 출간(집필은 1957~1958년). 에세이 『카페 로스탕에서의 아침*Mëngjeset në Kafe Rostand*』 발표.

2015년 장편소설 『인형*Kukulla*』 발표. 프랑스어판 『인형*La Poupée*』 출간.

2016년 프랑스 레지옹도뇌르(코망되르) 훈장 수훈.

2017년 프랑스어판 『카페 로스탕에서의 아침*Matinées au Café Rostand*』 출간.

2019년 제9회 박경리문학상 수상.

2020년 노이슈타트 국제문학상 수상. 발칸반도 문학을 알린 공로로 프로자트상 수상.

2022년 장편소설 『정상 다툼*Disputes au sommet*』 출간.

문학동네 세계문학전집 발간에 부쳐

세계문학은 국민문학 혹은 지역문학을 떠나 존재하는 문학이 아니지만 그것들의 총합도 아니다. 세계문학이라는 용어에는 그 나름의 언어와 전통을 갖고 있는 국민문학이나 지역문학의 존재를 인정하면서 그것을 넘어서는 문학의 보편적 질서에 대한 관념이 새겨져 있다. 그 용어를 처음 고안한 19세기 유럽인들은 유럽문학을 중심으로 그 질서를 구축했지만 풍부한 국민문학의 전통을 가지고 있는 현대의 문학 강국들은 나름의 방식으로 세계문학을 이해하면서 정전(正典)의 목록을 작성하고 또 수정한다.

한국에서도 세계문학 관념은 우리 사회와 문화의 변화 속에서 거듭 수정돼왔다. 어느 시기에는 제국 일본의 교양주의를 반영한 세계문학 관념이, 어느 시기에는 제3세계 민족주의에 동조한 세계문학 관념이 출현했고, 그러한 관념을 실천한 전집물이 출판됐다. 21세기 한국에 새로운 세계문학전집이 필요하다는 것은 명백하다. 우리의 지성과 감성의 기준에 부합하는 세계문학을 다시 구상할 때가 되었다.

문학동네 세계문학전집은 범세계적으로 통용되는 고전에 대한 상식을 존중하면서도 지난 반세기 동안 해외 주요 언어권에서 창작과 연구의 진전에 따라 일어난 정전의 변동을 고려하여 편성되었다. 그래서 불멸의 명작은 물론 동시대 세계의 중요한 정치·문화적 실천에 영감을 준 새로운 작품들을 두루 포함시켰다.

창립 이후 지금까지 한국문학 및 번역문학 출판에서 가장 전문적이고 생산적인 그룹을 대표해온 문학동네가 그간 축적한 문학 출판 경험을 바탕으로 새로운 세계문학전집을 펴낸다. 인류가 무지와 몽매의 어둠 속을 방황하면서도 끝내 길을 잃지 않은 것은 세계문학사의 하늘에 떠 있는 빛나는 별들이 길잡이가 되어주었기 때문이다. 우리가 자부심과 사명감 속에서 그리게 될 이 새로운 별자리가 독자들의 관심과 애정에 힘입어 우리 모두의 뿌듯한 자산이 되기를 소망한다.

문학동네 세계문학전집 편집위원
민은경, 박유하, 변현태, 송병선, 이재룡, 홍길표, 남진우, 황종연

지은이 **이스마일 카다레**
1936년 알바니아 남부 지로카스트라에서 태어났다. 1963년 첫 장편소설 『죽은 군대의 장군』을 발표한 이후, 『돌의 연대기』 『부서진 사월』 『꿈의 궁전』 『H 파일』 『피라미드』 등을 펴냈다. 독재정권 치하에 있던 조국 알바니아의 암울한 현실을 여러 신화와 전설, 구전민담 등에 빗대어 자유롭게 변주하며 우화적으로 그려내는 자신만의 독특한 문학세계를 구축했다. 1990년 프랑스로 망명해 현재까지 왕성한 작품활동을 하고 있으며, 수차례 노벨문학상 후보로 거론되었다. 2005년 제1회 맨부커 인터내셔널상, 2009년 아스투리아스 왕세자상(문학 부문), 2019년 제9회 박경리문학상, 2020년 노이슈타트 국제문학상 등을 수상했다.

옮긴이 **유정희**
전문번역가. 이화여자대학교 불어불문학과를 졸업했다. 『죽은 군대의 장군』 『거의 모든 것에 관한 거의 아무것도 아닌 이야기』 『마농의 샘』 『운현궁』 『이집트 판관』 『블랙 파라오』 등을 우리말로 옮겼다.

세계문학전집 215
부서진 사월

1판 1쇄 1999년 3월 5일 | 1판 2쇄 1999년 10월 20일
개정1판 1쇄 2006년 10월 31일 | 개정1판 8쇄 2019년 9월 30일
개정2판 1쇄 인쇄 2022년 8월 23일
개정2판 1쇄 발행 2022년 8월 30일

지은이 이스마일 카다레 | 옮긴이 유정희

책임편집 양수현 | 편집 손예린 황도옥 오동규
디자인 고은이 이원경 | 저작권 박지영 형소진 이영은 김하림
마케팅 정민호 이숙재 박치우 한민아 이민경 안남영 김수현 정경주
브랜딩 함유지 함근아 김희숙 박민재 박진희 정승민
제작 강신은 김동욱 임현식 | 제작처 영신사

펴낸곳 (주)문학동네 | 펴낸이 김소영
출판등록 1993년 10월 22일 제2003-000045호
주소 10881 경기도 파주시 회동길 210
전자우편 editor@munhak.com | 대표전화 031) 955-8888 | 팩스 031) 955-8855
문의전화 031) 955-3578(마케팅) 031) 955-2684(편집)
문학동네카페 http://cafe.naver.com/mhdn
인스타그램 @munhakdongne | 트위터 @munhakdongne
북클럽문학동네 http://bookclubmunhak.com

ISBN 978-89-546-8789-8 04860
978-89-546-0901-2 (세트)

잘못된 책은 구입하신 서점에서 교환해드립니다.
기타 교환 문의 031) 955-2661, 3580

www.munhak.com

1, 2, 3 안나 카레니나 레프 톨스토이 | 박형규 옮김
4 판탈레온과 특별봉사대 마리오 바르가스 요사 | 송병선 옮김
5 황금 물고기 르 클레지오 | 최수철 옮김
6 템페스트 윌리엄 셰익스피어 | 이경식 옮김
7 위대한 개츠비 F. 스콧 피츠제럴드 | 김영하 옮김
8 아름다운 애너벨 리 싸늘하게 죽다 오에 겐자부로 | 박유하 옮김
9, 10 파우스트 요한 볼프강 폰 괴테 | 이인웅 옮김
11 가면의 고백 미시마 유키오 | 양윤옥 옮김
12 킴 러디어드 키플링 | 하창수 옮김
13 나귀 가죽 오노레 드 발자크 | 이철의 옮김
14 피아노 치는 여자 엘프리데 옐리네크 | 이병애 옮김
15 1984 조지 오웰 | 김기혁 옮김
16 벤야멘타 하인학교 - 야콥 폰 군텐 이야기 로베르트 발저 | 홍길표 옮김
17, 18 적과 흑 스탕달 | 이규식 옮김
19, 20 휴먼 스테인 필립 로스 | 박범수 옮김
21 체스 이야기·낯선 여인의 편지 슈테판 츠바이크 | 김연수 옮김
22 왼손잡이 니콜라이 레스코프 | 이상훈 옮김
23 소송 프란츠 카프카 | 권혁준 옮김
24 마크롤 가비에로의 모험 알바로 무티스 | 송병선 옮김
25 파계 시마자키 도손 | 노영희 옮김
26 내 생명 앗아가주오 앙헬레스 마스트레타 | 강성식 옮김
27 여명 시도니가브리엘 콜레트 | 송기정 옮김
28 한때 흑인이었던 남자의 자서전 제임스 웰든 존슨 | 천승걸 옮김
29 슬픈 짐승 모니카 마론 | 김미선 옮김
30 피로 물든 방 앤절라 카터 | 이귀우 옮김
31 숨그네 헤르타 뮐러 | 박경희 옮김
32 우리 시대의 영웅 미하일 레르몬토프 | 김연경 옮김
33, 34 실낙원 존 밀턴 | 조신권 옮김
35 복낙원 존 밀턴 | 조신권 옮김
36 포로기 오오카 쇼헤이 | 허호 옮김
37 동물농장·파리와 런던의 따라지 인생 조지 오웰 | 김기혁 옮김
38 루이 랑베르 오노레 드 발자크 | 송기정 옮김
39 코틀로반 안드레이 플라토노프 | 김철균 옮김
40 어두운 상점들의 거리 파트릭 모디아노 | 김화영 옮김
41 순교자 김은국 | 도정일 옮김
42 젊은 베르테르의 슬픔 요한 볼프강 폰 괴테 | 안장혁 옮김
43 더블린 사람들 제임스 조이스 | 진선주 옮김
44 설득 제인 오스틴 | 원영선, 전신화 옮김
45 인공호흡 리카르도 피글리아 | 엄지영 옮김
46 정글북 러디어드 키플링 | 손향숙 옮김

47 외로운 남자 외젠 이오네스코 | 이재룡 옮김
48 에피 브리스트 테오도어 폰타네 | 한미희 옮김
49 둔황 이노우에 야스시 | 임용택 옮김
50 미크로메가스·캉디드 혹은 낙관주의 볼테르 | 이병애 옮김
51, 52 염소의 축제 마리오 바르가스 요사 | 송병선 옮김
53 고야산 스님·초롱불 노래 이즈미 교카 | 임태균 옮김
54 다니엘서 E. L. 닥터로 | 정상준 옮김
55 이날을 위한 우산 빌헬름 게나치노 | 박교진 옮김
56 톰 소여의 모험 마크 트웨인 | 강미경 옮김
57 카사노바의 귀향·꿈의 노벨레 아르투어 슈니츨러 | 모명숙 옮김
58 바보들을 위한 학교 사샤 소콜로프 | 권정임 옮김
59 어느 어릿광대의 견해 하인리히 뵐 | 신동도 옮김
60 웃는 늑대 쓰시마 유코 | 김훈아 옮김
61 팔코너 존 치버 | 박영원 옮김
62 한눈팔기 나쓰메 소세키 | 조영석 옮김
63, 64 톰 아저씨의 오두막 해리엇 비처 스토 | 이종인 옮김
65 아버지와 아들 이반 투르게네프 | 이항재 옮김
66 베니스의 상인 윌리엄 셰익스피어 | 이경식 옮김
67 해부학자 페데리코 안다아시 | 조구호 옮김
68 긴 이별을 위한 짧은 편지 페터 한트케 | 안장혁 옮김
69 호텔 뒤락 애니타 브루크너 | 김정 옮김
70 잔해 쥘리앵 그린 | 김종우 옮김
71 절망 블라디미르 나보코프 | 최종술 옮김
72 더버빌가의 테스 토머스 하디 | 유명숙 옮김
73 감상소설 미하일 조셴코 | 백용식 옮김
74 빙하와 어둠의 공포 크리스토프 란스마이어 | 진일상 옮김
75 쓰가루·석별·옛날이야기 다자이 오사무 | 서재곤 옮김
76 이인 알베르 카뮈 | 이기언 옮김
77 달려라, 토끼 존 업다이크 | 정영목 옮김
78 몰락하는 자 토마스 베른하르트 | 박인원 옮김
79, 80 한밤의 아이들 살만 루슈디 | 김진준 옮김
81 죽은 군대의 장군 이스마일 카다레 | 이창실 옮김
82 페레이라가 주장하다 안토니오 타부키 | 이승수 옮김
83, 84 목로주점 에밀 졸라 | 박명숙 옮김
85 아베 일족 모리 오가이 | 권태민 옮김
86 폭풍의 언덕 에밀리 브론테 | 김정아 옮김
87, 88 늦여름 아달베르트 슈티프터 | 박종대 옮김
89 클레브 공작부인 라파예트 부인 | 류재화 옮김
90 P세대 빅토르 펠레빈 | 박혜경 옮김
91 노인과 바다 어니스트 헤밍웨이 | 이인규 옮김

92 물방울 메도루마 슌 | 유은경 옮김
93 도깨비불 피에르 드리외라로셸 | 이재룡 옮김
94 프랑켄슈타인 메리 셸리 | 김선형 옮김
95 래그타임 E. L. 닥터로 | 최용준 옮김
96 캔터빌의 유령 오스카 와일드 | 김미나 옮김
97 만(卍) · 시게모토 소장의 어머니 다니자키 준이치로 | 김춘미, 이호철 옮김
98 맨해튼 트랜스퍼 존 더스패서스 | 박경희 옮김
99 단순한 열정 아니 에르노 | 최정수 옮김
100 열세 걸음 모옌 | 임홍빈 옮김
101 데미안 헤르만 헤세 | 안인희 옮김
102 수레바퀴 아래서 헤르만 헤세 | 한미희 옮김
103 소리와 분노 윌리엄 포크너 | 공진호 옮김
104 곰 윌리엄 포크너 | 민은영 옮김
105 롤리타 블라디미르 나보코프 | 김진준 옮김
106, 107 부활 레프 톨스토이 | 백승무 옮김
108, 109 모래그릇 마쓰모토 세이초 | 이병진 옮김
110 은둔자 막심 고리키 | 이강은 옮김
111 불타버린 지도 아베 고보 | 이영미 옮김
112 말라볼리아가의 사람들 조반니 베르가 | 김운찬 옮김
113 디어 라이프 앨리스 먼로 | 정연희 옮김
114 돈 카를로스 프리드리히 실러 | 안인희 옮김
115 인간 짐승 에밀 졸라 | 이철의 옮김
116 빌러비드 토니 모리슨 | 최인자 옮김
117, 118 미국의 목가 필립 로스 | 정영목 옮김
119 대성당 레이먼드 카버 | 김연수 옮김
120 나나 에밀 졸라 | 김치수 옮김
121, 122 제르미날 에밀 졸라 | 박명숙 옮김
123 현기증. 감정들 W. G. 제발트 | 배수아 옮김
124 강 동쪽의 기담 나가이 가후 | 정병호 옮김
125 붉은 밤의 도시들 윌리엄 버로스 | 박인찬 옮김
126 수고양이 무어의 인생관 E. T. A. 호프만 | 박은경 옮김
127 맘브루 R. H. 모레노 두란 | 송병선 옮김
128 익사 오에 겐자부로 | 박유하 옮김
129 땅의 혜택 크누트 함순 | 안미란 옮김
130 불안의 책 페르난두 페소아 | 오진영 옮김
131, 132 사랑과 어둠의 이야기 아모스 오즈 | 최창모 옮김
133 페스트 알베르 카뮈 | 유호식 옮김
134 다마세누 몬테이루의 잃어버린 머리 안토니오 타부키 | 이현경 옮김
135 작은 것들의 신 아룬다티 로이 | 박찬원 옮김
136 시스터 캐리 시어도어 드라이저 | 송은주 옮김

137 고독한 산책자의 몽상 장자크 루소 | 문경자 옮김
138 용의자의 야간열차 다와다 요코 | 이영미 옮김
139 세기아의 고백 알프레드 드 뮈세 | 김미성 옮김
140 햄릿 윌리엄 셰익스피어 | 이경식 옮김
141 카산드라 크리스타 볼프 | 한미희 옮김
142 이 글을 읽는 사람에게 영원한 저주를 마누엘 푸익 | 송병선 옮김
143 마음 나쓰메 소세키 | 유은경 옮김
144 바다 존 밴빌 | 정영목 옮김
145, 146, 147, 148 전쟁과 평화 레프 톨스토이 | 박형규 옮김
149 세 가지 이야기 귀스타브 플로베르 | 고봉만 옮김
150 제5도살장 커트 보니것 | 정영목 옮김
151 알렉시·은총의 일격 마르그리트 유르스나르 | 윤진 옮김
152 말라 온다 알베르토 푸겟 | 엄지영 옮김
153 아르세니예프의 인생 이반 부닌 | 이항재 옮김
154 오만과 편견 제인 오스틴 | 류경희 옮김
155 돈 에밀 졸라 | 유기환 옮김
156 젊은 예술가의 초상 제임스 조이스 | 진선주 옮김
157, 158, 159 카라마조프가의 형제들 표도르 도스토옙스키 | 김희숙 옮김
160 진 브로디 선생의 전성기 뮤리얼 스파크 | 서정은 옮김
161 13인당 이야기 오노레 드 발자크 | 송기정 옮김
162 하지 무라트 레프 톨스토이 | 박형규 옮김
163 희망 앙드레 말로 | 김웅권 옮김
164 임멘 호수·백마의 기사·프시케 테오도어 슈토름 | 배정희 옮김
165 밤은 부드러워라 F. 스콧 피츠제럴드 | 정영목 옮김
166 야간비행 앙투안 드 생텍쥐페리 | 용경식 옮김
167 나이트우드 주나 반스 | 이예원 옮김
168 소년들 앙리 드 몽테를랑 | 유정애 옮김
169, 170 독립기념일 리처드 포드 | 박영원 옮김
171, 172 닥터 지바고 보리스 파스테르나크 | 박형규 옮김
173 싯다르타 헤르만 헤세 | 권혁준 옮김
174 야만인을 기다리며 J. M. 쿳시 | 왕은철 옮김
175 철학편지 볼테르 | 이봉지 옮김
176 거지 소녀 앨리스 먼로 | 민은영 옮김
177 창백한 불꽃 블라디미르 나보코프 | 김윤아 옮김
178 슈틸러 막스 프리슈 | 김인순 옮김
179 시핑 뉴스 애니 프루 | 민승남 옮김
180 이 세상의 왕국 알레호 카르펜티에르 | 조구호 옮김
181 철의 시대 J. M. 쿳시 | 왕은철 옮김
182 카시지 조이스 캐럴 오츠 | 공경희 옮김
183, 184 모비 딕 허먼 멜빌 | 황유원 옮김

185 솔로몬의 노래 토니 모리슨 | 김선형 옮김
186 무기여 잘 있거라 어니스트 헤밍웨이 | 권진아 옮김
187 컬러 퍼플 앨리스 워커 | 고정아 옮김
188, 189 죄와 벌 표도르 도스토옙스키 | 이문영 옮김
190 사랑 광기 그리고 죽음의 이야기 오라시오 키로가 | 엄지영 옮김
191 빅 슬립 레이먼드 챈들러 | 김진준 옮김
192 시간은 밤 류드밀라 페트루솁스카야 | 김혜란 옮김
193 타타르인의 사막 디노 부차티 | 한리나 옮김
194 고양이와 쥐 귄터 그라스 | 박경희 옮김
195 펠리시아의 여정 윌리엄 트레버 | 박찬원 옮김
196 마이클 K의 삶과 시대 J. M. 쿳시 | 왕은철 옮김
197, 198 오스카와 루신다 피터 케리 | 김시현 옮김
199 패싱 넬라 라슨 | 박경희 옮김
200 마담 보바리 귀스타브 플로베르 | 김남주 옮김
201 패주 에밀 졸라 | 유기환 옮김
202 도시와 개들 마리오 바르가스 요사 | 송병선 옮김
203 루시 저메이카 킨케이드 | 정소영 옮김
204 대지 에밀 졸라 | 조성애 옮김
205, 206 백치 표도르 도스토옙스키 | 김희숙 옮김
207 백야 표도르 도스토옙스키 | 박은정 옮김
208 순수의 시대 이디스 워턴 | 손영미 옮김
209 단순한 이야기 엘리자베스 인치볼드 | 이혜수 옮김
210 바닷가에서 압둘라자크 구르나 | 황유원 옮김
211 낙원 압둘라자크 구르나 | 왕은철 옮김
212 피라미드 이스마일 카다레 | 이창실 옮김
213 애니 존 저메이카 킨케이드 | 정소영 옮김
214 지고 말 것을 가와바타 야스나리 | 박혜성 옮김
215 부서진 사월 이스마일 카다레 | 유정희 옮김

● 문학동네 세계문학전집은 계속 출간됩니다